JOHN LE CARRÉ

DER SPION, DER AUS DER KÄLTE KAM

Roman

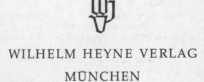

WILHELM HEYNE VERLAG
MÜNCHEN

DIE GROSSE HEYNE-JAHRESAKTION
Nr. 01/8121

Titel der Originalausgabe
THE SPY WHO CAME IN FROM THE COLD
Aus dem Englischen übersetzt
von Manfred von Conta

Copyright © Victor Gollancz Ltd., 1963
Copyright © der deutschen Ausgabe
Paul Zsolnay Verlag Gesellschaft m.b.H., 1964
Wilhelm Heyne Verlag GmbH & Co. KG, München
Printed in Germany 1990
Umschlagfoto: Bildagentur Mauritius/HVH, Mittenwald
Umschlaggestaltung: Atelier Ingrid Schütz, München
Gesamtherstellung: Ebner Ulm

ISBN 3-453-04246-8

1

Kontrollpunkt

Der Amerikaner reichte Leamas noch eine Tasse Kaffee und sagte: »Warum gehen Sie nicht heim und legen sich schlafen? Wir können Sie anrufen, wenn er auftaucht.«

Leamas sagte nichts, er starrte durch das Fenster der Kontrollbaracke die leere Straße hinunter.

»Sie können nicht ewig warten, Sir. Vielleicht kommt er zu einem anderen Zeitpunkt. Wir könnten die Polizei bitten, die Dienststelle anzurufen. Sie wären innerhalb von zwanzig Minuten wieder hier.«

»Nein«, sagte Leamas, »es ist jetzt fast dunkel.«

»Aber Sie können nicht ewig warten. Er ist jetzt schon neun Stunden überfällig.«

»Wenn Sie wollen, gehen Sie.« Leamas fügte hinzu: »Sie sind sehr hilfsbereit gewesen. Ich werde sagen, daß Sie verdammt anständig waren.«

»Aber wie lange wollen Sie warten?«

»Bis er kommt.« Leamas ging zum Beobachtungsfenster und stellte sich zwischen die zwei bewegungslosen Polizisten. Ihre Feldstecher waren auf den ostzonalen Kontrollpunkt gerichtet.

»Er wartet die Dunkelheit ab«, flüsterte Leamas. »Ich weiß es.«

»Heute morgen sagten Sie, er werde mit den Arbeitern herüberkommen.«

Leamas wandte sich zu ihm. »Agenten sind keine Flugzeuge. Sie haben keine Fahrpläne. Er kann hochgegangen oder auf der Flucht sein. Vielleicht hat er Angst. Vielleicht ist Mundt hinter ihm her, jetzt, in diesem Augenblick. Er hat nur eine Chance, lassen Sie ihn selbst den richtigen Zeitpunkt wählen.«

Der jüngere Mann zögerte. Er wollte gehen, aber er fand nicht den passenden Abgang.

In der Baracke läutete eine Glocke. Sie warteten voll plötzlicher Spannung. Ein Polizist sagte auf deutsch: »Schwarzer Opel Rekord, westdeutsches Kennzeichen.«

»Er kann in der Dämmerung nicht so weit sehen«, flüsterte der Amerikaner. »Er vermutet es nur.« Dann fügte er hinzu: »Wie konnte Mundt das wissen?«

»Seien Sie ruhig«, sagte Leamas vom Fenster her. Einer der Polizisten verließ die Baracke und ging auf die weiße Demarkationslinie zu, die wie die Grundlinie eines Tennisplatzes auf die Straße gemalt war. Einen halben Meter von ihr entfernt war aus Sandsäcken ein Unterstand errichtet, und der andere Polizist wartete, bis sein Kamerad dort hinter dem Teleskop kauerte, dann legte er seinen Feldstecher nieder, nahm seinen schwarzen Helm bei der Tür vom Haken und setzte ihn sorgfältig auf. Irgendwo, hoch über dem Kontrollpunkt, flammten die Bogenlampen auf und überfluteten die Straße vor ihnen mit grellem Bühnenlicht.

Der Polizist begann seinen Kommentar – Leamas kannte ihn auswendig.

»Wagen hält an der ersten Kontrolle. Nur ein Insasse, eine Frau. Wird zur Ausweiskontrolle in die Vopobaracke gebracht.« Sie warteten schweigend.

»Was sagt er?« fragte der Amerikaner. Leamas gab keine Antwort. Er nahm einen Feldstecher und starrte zu der ostdeutschen Kontrollstelle hinüber.

»Ausweiskontrolle beendet. Darf weiter zur zweiten Kontrolle.«

»Mr. Leamas, ist das Ihr Mann?« fragte der Amerikaner hartnäckig. »Ich sollte die Dienststelle anrufen.«

»Warten Sie.«

»Wo ist der Wagen jetzt? Was tut er?«

»Devisenkontrolle, Zoll«, antwortete Leamas kurz angebunden.

Leamas beobachtete den Wagen. Es standen zwei Vopos an der Fahrertür, der eine sprach, der andere hielt sich abwartend im Hintergrund. Ein dritter schlenderte um den Wagen herum. Er blieb beim Kofferraum stehen und ging dann zur Fahrerin zurück. Er verlangte den Schlüssel. Er öffnete den Kofferraum, schaute hinein, schloß ihn, gab den Schlüssel zurück und ging auf der Straße dreißig Schritte weiter bis zu dem einzelnen ostdeutschen Posten, der dort auf halbem Wege zwischen den beiden Kontrollpunkten stand: eine vierschrötige Silhouette in Stiefeln und bauschigen Hosen. Die beiden sprachen miteinander, das gleißende Licht der Bogenlampen machte sie befangen.

Mit der dafür typischen Geste bedeutete man dem Wagen weiterzufahren. Er erreichte die beiden Wachtposten in der Mitte der Straße und hielt wieder. Die beiden gingen um den Wagen herum, traten zur Seite und sprachen aufs neue miteinander; schließlich ließen sie ihn fast widerwillig über die Linie in den westlichen Sektor weiterfahren.

»Erwarten Sie einen Mann, Mr. Leamas?« fragte der Amerikaner.

»Ja, einen Mann.«

Leamas schlug den Kragen seiner Jacke hoch und trat in den eisigen Oktoberwind hinaus. Erst jetzt wurde er sich wieder der Menschenmenge bewußt. Das war etwas, das man innerhalb der Baracke vergaß: diese Gruppe erstaunter Gesichter. Die Menschen wechselten, aber der Ausdruck ihrer Gesichter blieb der gleiche. Die Stimmung war wie bei einer hilflos auf einen Unfall starrenden Menge; niemand weiß, wie es geschehen ist und ob man den Körper wegtragen soll. Im Lichtkegel der Bogenlampen bildete Rauch oder Staub eine sich unablässig verschiebende Wolke. Leamas ging zum Wagen hinüber und sagte zu der Frau: »Wo ist er?«

»Sie kamen ihn holen, aber er floh. Er hat das Rad genommen. Von mir konnten sie nichts gewußt haben.«

»Wohin ist er gegangen?«

»Wir hatten ein Zimmer über einer Kneipe – in der Nähe von Brandenburg. Dort verwahrte er ein paar Sachen, Geld, Papiere. Ich nehme an, daß er zuerst dorthin ist. Nachher wird er herüberkommen.«

»Heute nacht?«

»Er sagte, er würde heute nacht kommen. Die anderen wurden alle geschnappt – Paul, Viereck, Ländser, Salomon. Er hat nicht viel Zeit.«

»Ländser auch?«

»Letzte Nacht.«

Ein Polizist stellte sich neben Leamas. »Sie müssen hier weiterfahren«, sagte er. »Es ist verboten, den Übergang zu blockieren.«

»Gehen Sie zum Teufel«, fuhr Leamas ihn an. Der Deutsche erstarrte, aber die Frau sagte:

»Steigen Sie ein. Wir fahren bis zur Ecke.« Er setzte sich neben sie, und sie fuhren langsam die Straße hinunter, auf eine Abzweigung zu.

»Ich wußte nicht, daß Sie einen Wagen haben«, sagte Leamas.

»Er gehört meinem Mann«, antwortete sie gleichgültig. »Karl hat Ihnen nie erzählt, daß ich verheiratet bin, nicht wahr?«

Leamas schwieg.

»Mein Mann und ich arbeiten für eine optische Firma. Sie lassen uns herüber, um Geschäfte zu machen. Karl nannte Ihnen nur meinen Mädchennamen. Er wollte mich nicht in diese Sache mit Ihnen hineinziehen.«

Leamas zog einen Schlüssel aus der Tasche. »Sie werden irgendwo bleiben wollen«, sagte er. Seine Stimme klang matt. »Es gibt da eine Wohnung in der Albrecht-Dürer-Straße, neben dem Museum, Nummer 28a. Sie werden dort alles finden, was Sie brauchen. Ich rufe Sie an, sobald er kommt.«

»Ich werde hier bei Ihnen bleiben.«

»Ich bleibe nicht hier. Fahren Sie in die Wohnung. Ich werde Sie anrufen. Es hat jetzt keinen Sinn, hier zu warten.« Einen Augenblick starrte Leamas sie schweigend an.

»Aber er kommt zu diesem Übergang.«

Leamas sah sie überrascht an.

»Das hat er Ihnen gesagt?«

»Ja, er kennt dort einen der Vopos, den Sohn seines Vermieters. Es kann helfen, deshalb hat er diese Route gewählt.«

»Und er hat Ihnen das gesagt?«

»Er vertraut mir. Er hat mir alles erzählt.«

Er gab ihr den Schlüssel und ging aus der Kälte in die Baracke am Kontrollpunkt zurück. Als er eintrat, sprachen die Polizisten leise miteinander; der größere drehte ihm ostentativ den Rücken zu. »Es tut mir leid«, sagte Leamas. »Es tut mir leid, daß ich Sie angeschrien habe.« Er öffnete eine zerfetzte Aktentasche und kramte darin herum, bis er fand, was er suchte: eine halbe Flasche Whisky. Der ältere Mann nahm sie mit einem Kopfnicken entgegen, goß jeden Becher halbvoll und füllte Kaffee nach.

»Wo ist der Amerikaner hin?« fragte Leamas.

»Welcher?«

»Der Junge vom CIA, der bei mir war.«

»Bettruhe«, sagte der ältere Mann, und alle lachten.

Leamas stellte seinen Becher hin und sagte: »Wie lautet Ihr Schießbefehl für den Fall, daß ein Mann geschützt werden muß, der herüberkommt? Ich meine, ein Mann auf der Flucht.«

»Wir können erst dann Deckungsfeuer geben, wenn die Vopos in unseren Sektor hineinschießen.«

»Das heißt, Sie können nicht eher schießen, als bis der Mann über die Grenze ist.«

Der ältere Mann sagte: »Wir können kein Deckungsfeuer geben, Herr . . .«

»Thomas«, erwiderte Leamas, »Thomas.« Sie schüttelten einander die Hände, während die beiden Polizisten ihre Namen nannten.

»Wir können wirklich kein Deckungsfeuer geben. Man sagt uns, es gäbe Krieg, wenn wir es täten.«

»Das ist Unsinn«, sagte der jüngere Polizist, der vom Whisky mutig geworden war. »Wenn die Alliierten nicht hier wären, würde die Mauer jetzt schon verschwunden sein.«

»Und Berlin auch«, murmelte der ältere Polizist.

»Ich habe einen Mann, der diese Nacht herüberkommt«, sagte Leamas plötzlich.

»Hier? An diesem Übergang?«

»Es wäre sehr viel wert, ihn herauszubekommen. Mundts Leute sind schon hinter ihm her.«

»Es gibt noch Stellen, wo man herüberklettern kann«, sagte der jüngere Polizist.

»Das ist nicht seine Art. Er wird sich seinen Weg durchbluffen; er hat Papiere, wenn die noch gut sind. Er besitzt ein Fahrrad.«

Es gab nur ein Licht im Kontrollpunkt, eine Leselampe mit grünem Schirm, aber der Schein der Bogenlampen fiel wie künstliches Mondlicht in die Baracke. Die Dunkelheit war gekommen, und mit ihr die Stille. Sie sprachen, als hätten sie Angst, belauscht zu werden. Leamas ging zum Fenster und wartete, vor sich die Straße und zu beiden Seiten die Mauer, ein schmutziges, häßliches Ding aus Betonblöcken und Stacheldraht, beleuchtet von billigem gelbem Licht wie die Rückseite eines Konzentrationslagers. Östlich und westlich der Mauer lag der unaufgebaute Teil Berlins, eine Halbwelt der Zerstörung, auf zwei Dimensionen beschränkt, eine Kriegslandschaft.

Dieses verdammte Weib, dachte Leamas, und Karl, dieser Idiot, der über sie nicht die Wahrheit gesagt hatte. Gelogen durch Unvollständigkeit, wie es alle Agenten auf der ganzen Welt machen. Du lehrst sie betrügen, damit sie ihre Spur verwischen können, und genauso betrügen sie dich. Er hatte sie nur einmal vorgeführt. Das war letztes Jahr nach diesem

Abendessen in der Schürzstraße gewesen. Karl war gerade ein ganz großer Wurf geglückt, und der Chef hatte ihn sprechen wollen. Der Chef nahm immer Anteil, wenn jemand erfolgreich war. Sie hatten gemeinsam zu Abend gegessen, Leamas, der Chef und Karl. Karl liebte so etwas. Er erschien wie ein Sonntagsschüler, gestriegelt und gebügelt, seinen Hut in der Hand, und voll Respekt. Der Chef hat ihm eine Ewigkeit die Hand geschüttelt und gesagt: »Ich möchte, daß Sie wissen, wie erfreut wir sind, Karl, höchst erfreut.« Leamas hatte zugeschaut und gedacht: Das wird uns weitere zweihundert Pfund pro Jahr kosten.

Als sie ihr Essen beendet hatten, schüttelte ihnen der Chef nochmals die Hände, nickte bedeutungsvoll und kletterte – während er durchblicken ließ, er müsse sich nun aufmachen, um sein Leben irgendwo anders zu riskieren – in den wartenden Wagen. Dann hatte Karl gelacht, und Leamas hatte gelacht, und gemeinsam hatten sie dem Sekt den Garaus gemacht, während sie noch immer über den Chef lachten. Hinterher waren sie zum ›Alten Faß‹ gegangen. Karl hatte darauf bestanden, und dort wartete Elvira auf sie, eine etwa vierzigjährige stahlharte Blondine.

»Das ist mein bestgehütetes Geheimnis, Alec«, hatte Karl gesagt, und Leamas war wütend geworden. Später hatten sie ihretwegen gestritten.

»Wieviel weiß sie? Wer ist sie? Wie bist du ihr begegnet?«

Karl wurde trotzig und verweigerte die Antwort. Danach lief alles schlecht. Leamas versuchte, die Kontaktmethode zu ändern, die Treffpunkte und Stichworte zu wechseln, aber Karl sah das nicht gern.

Er wußte, welcher Grund dahintersteckte, und das gefiel ihm nicht.

»Dein Mißtrauen ihr gegenüber käme sowieso zu spät«, hatte er gesagt, und Leamas verstand den Wink und hielt seinen Mund. Aber nach dieser Geschichte wurde er vorsichtig. Er erzählte Karl viel weniger und wandte mehr vom Hokuspokus der Spionagetechnik an.

Und da war sie jetzt, dort draußen im Wagen, über alles informiert, über das ganze Spionagenetz, die Ausweichwohnung, alles; und Leamas schwor sich – nicht zum erstenmal –, einem Agenten nie wieder zu trauen.

Er ging zum Telefon und wählte die Nummer seiner Wohnung. Frau Martha war am Apparat. »Wir haben Gäste in der Dürerstraße«, sagte Leamas, »einen Mann und eine Frau.«

»Verheiratet?« fragte Martha.

»Beinahe«, sagte Leamas, und sie lachte dieses furchtbare Lachen. Als er den Hörer auflegte, wandte sich einer der Polizisten zu ihm: »Herr Thomas! Schnell!«

Leamas ging zum Beobachtungsfenster. »Ein Mann, Herr Thomas«, wisperte der jüngere Polizist, »mit einem Fahrrad.«

Leamas hob den Feldstecher.

Es war Karl, die Gestalt war unverkennbar, selbst auf diese Entfernung, in einen alten Wehrmachtsgummimantel gehüllt, sein Fahrrad schiebend. Er hat's geschafft, dachte Leamas, er muß es geschafft haben, er ist durch die Ausweiskontrolle durch, er hat nur noch Währung und Zoll vor sich. Leamas beobachtete, wie Karl sein Rad gegen das Geländer lehnte, sah ihn gleichgültig zur Zollbaracke gehen. Übertreibe es nicht, dachte er. Schließlich kam Karl heraus, winkte gutgelaunt dem Mann an der Schranke zu, und der rotweiße Schlagbaum ging langsam hoch. Er kam durch, er kam auf sie zu, er hatte es geschafft. Nur noch der Vopo in der Straßenmitte, die Grenzlinie, und dann Sicherheit.

In diesem Moment schien Karl irgendeinen Laut zu hören, irgendeine Gefahr zu fühlen; er schaute über die Schulter, begann wild in die Pedale zu treten, beugte sich tief über die Lenkstange. Der einsame Posten stand noch auf der Straße. Er hatte sich umgewandt und beobachtete Karl. Dann leuchteten völlig unerwartet die Suchscheinwerfer auf. Weiß und klar richteten sie sich auf Karl und hielten ihn in ihrem Lichtkegel fest wie ein geblendetes Kaninchen im Scheinwerferlicht eines Autos. Man vernahm das an- und abschwellende Geheul einer Sirene, wild gerufene Befehle. Die beiden Polizisten vor Leamas gingen in die Knie und spähten durch die sandsackbewehrten Sehschlitze, während sie ihre Maschinengewehre entsicherten.

Der ostdeutsche Wachtposten schoß, wobei er sorgfältig von ihnen weghielt, in seinen eigenen Sektor hinein. Der erste Schuß schien Karl nach vorn zu werfen, der zweite ihn zurückzureißen. Irgendwie bewegte er sich noch immer. Er saß noch auf dem Rad und passierte den Wachtposten, der weiter auf ihn feuerte. Dann sackte er zusammen, rollte auf den Boden, und sie hörten ziemlich deutlich das Klappern des Rades, als es umfiel.

Leamas hoffte inbrünstig, daß er tot sei.

2

Das Rondell

Er beobachtete, wie die Startbahn von Tempelhof unter ihm wegsank.

Leamas war kein nachdenklicher Mann und nicht besonders philosophisch veranlagt. Er wußte, daß er abgeschrieben war – eine Tatsache, mit der er von jetzt an würde leben müssen, wie jemand mit seinem Krebsgeschwür oder in dem Bewußtsein leben muß, daß er eingesperrt ist. Er wußte, daß es kein Mittel gab, mit dessen Hilfe er die Kluft zwischen seinem bisherigen Dasein und der gegenwärtigen Situation hätte überbrücken können. Er nahm den Mißerfolg, wie er eines Tages wahrscheinlich den Tod hinnehmen würde: mit zynischem Groll und dem Mut des Einsamen. Er hatte länger als die meisten durchgehalten. Jetzt war er geschlagen worden. Man sagt, ein Hund lebe ebensolange wie seine Zähne. Im übertragenen Sinn waren Leamas die Zähne gezogen worden – und es war Mundt, der sie gezogen hatte.

Zehn Jahre früher hätte er den anderen Weg gehen können, hätte in dem anonymen Regierungsgebäude am Cambridge Circus, dem Rondell, einen Schreibtischposten einnehmen und so lange behalten können, bis er weiß Gott wie alt geworden wäre. Aber er war nicht von dieser Sorte. Ebensogut, wie man von Leamas erwarten konnte, daß er seine Außenarbeit gegen das einseitige Theoretisieren und das verstohlene Selbstinteresse Whitehalls eintauschen würde, hätte man einen Jockey ersuchen können, Angestellter bei der Wettannahme zu werden. Im vollen Bewußtsein, daß die Personalabteilung seinen Akt bereits für die Überprüfung am Ende eines jeden Jahres vorgemerkt hatte, war er in Berlin geblieben: eigensinnig, trotzig, unempfänglich für Belehrungen, immer in der Hoffnung, daß sich irgend etwas ergeben würde. Geheimdienstarbeit kennt nur einen moralischen Grundsatz – sie wird allein durch ihre Resultate gerechtfertigt. Selbst die Sophisterei Whitehalls ehrte dieses Gesetz – Leamas erzielte Resultate. Bis Mundt kam.

Es war seltsam, wie schnell Leamas begriffen hatte, daß Mundts Erscheinen ein böses Vorzeichen für ihn war.

Hans-Dieter Mundt, vor zweiundvierzig Jahren in Leipzig geboren: Leamas kannte seinen Akt, kannte das Lichtbild auf der Innenseite des Einbanddeckels, dies leere, harte Gesicht unter dem strohblonden Haar. Er wußte die Geschichte von Mundts Aufstieg zur Macht, zum zweiten Mann in der ›Abteilung‹ und zum eigentlichen Leiter der Operationen auswendig. Mundt war sogar innerhalb seines Amtes verhaßt.

Leamas wußte all dies aus den Aussagen von Überläufern und von Riemeck, der als Mitglied des SED-Präsidiums gemeinsam mit Mundt in verschiedenen Sicherheitsausschüssen saß und ihn fürchtete. Zu Recht, wie sich später herausstellte, als Mundt ihn umbringen ließ.

Bis 1959 war Mundt in der ›Abteilung‹ ein untergeordneter Funktionär gewesen, der in London unter dem Deckmantel der ostdeutschen Stahlmission operierte. Nachdem er zwei seiner besten Agenten ermordet hatte, um seine eigene Haut zu retten, kehrte er Hals über Kopf nach Ostdeutschland zurück, und länger als ein Jahr hörte man nichts mehr von ihm. Ganz plötzlich tauchte er im Leipziger Hauptquartier der ›Abteilung‹ wieder auf, und zwar als Verantwortlicher für die Zuteilung von Geldmitteln, Ausrüstungsmaterial und Personal für Sonderaufgaben. Am Ende desselben Jahres fand der große Machtkampf innerhalb der ›Abteilung‹ statt. Zahl und Einfluß der sowjetischen Verbindungsoffiziere wurden drastisch reduziert, man baute einige von der alten Garde aus ideologischen Gründen ab, und drei neue Männer stiegen auf: Fiedler als Chef der Abwehr, Jahn, der das Zuteilungsamt von Mundt übernahm, und – mit einundvierzig Jahren zum stellvertretenden Leiter der Operationen ernannt – Mundt selbst, der damit den größten Sprung getan hatte. Dann begann der neue Stil. Der erste Agent, den Leamas verlor, war ein Mädchen. Sie war nur ein kleines Glied in der Kette; sie wurde bei Kurierdiensten eingesetzt. Sie erschossen sie auf der Straße, als sie ein Westberliner Kino verließ. Die Polizei fand den Mörder nie, und Leamas neigte anfangs zu der Annahme, daß der Vorfall nicht im Zusammenhang mit ihrer Tätigkeit stand. Einen Monat später fand man dann einen ehemaligen Agenten aus Peter Guillams Netz – einen Dresdner Gepäckträger – tot und verstümmelt neben einem Eisenbahngleis. Leamas wußte, daß dies kein Zufall mehr war. Bald darauf wurden zwei Mitglieder unter Leamas' Kontrolle verhaftet und kurz und bündig zum Tode verurteilt. So ging es weiter: erbarmungslos und entnervend.

Und jetzt hatten sie Karl, und Leamas verließ Berlin so, wie er gekommen war – ohne einen einzigen Agenten, der einen Groschen wert gewesen wäre. Mundt hatte gewonnen.

Leamas war ein kleiner Mann mit dichtem eisengrauem Haar und der Statur eines Schwimmers. Er war sehr kräftig, wie man an seinem Rücken und an seinen Schultern erkennen konnte, an seinem Nakken und den klobigen Händen und Fingern.

In Fragen der Kleidung ging er ebenso wie bei den meisten anderen Dingen allein vom Standpunkt der Nützlichkeit aus, und so hatte selbst die Brille, die er gelegentlich trug, eine stählerne Fassung. Er trug meist Anzüge aus Kunstfaserstoff, von denen keiner eine Weste besaß. Er bevorzugte Hemden mit Knöpfen auf den Kragenspitzen und weiche Lederschuhe mit Gummisohlen. Sein markantes Gesicht mit dem eigensinnigen Zug um den schmalen Mund wirkte anziehend. Seine Augen waren braun und klein, manche Leute sagten, sie seien irisch. Wäre er in einen Londoner Klub hineinspaziert, so hätte der Pförtner sicherlich nicht den Irrtum begangen, ihn für ein Mitglied zu halten. In einem Berliner Nachtklub gab man ihm gewöhnlich den besten Tisch. Er sah wie ein Mann aus, der Schwierigkeiten machen konnte, der auf sein Geld sah und nicht ganz ein Gentleman war. Die Stewardeß im Flugzeug dachte, daß er interessant sei. Sie tippte darauf, daß er aus Nordengland stamme, was möglich gewesen wäre, und daß er reich sei, was er nicht war. Sie schätzte ihn auf etwa fünfzig

Jahre, was ungefähr stimmte. Sie nahm an, daß er ledig sei, was nur halb der Wahrheit entsprach. Irgendwo, vor langer Zeit, hatte es eine Scheidung gegeben; irgendwo gab es inzwischen halbwüchsige Kinder, die ihr Taschengeld von einer etwas seltsamen Privatbank in der City bekamen.

»Wenn Sie noch einen Whisky wünschen«, sagte die Stewardeß, »wäre es besser, Sie würden sich beeilen. Wir werden auf dem Londoner Flugplatz in wenigen Minuten landen.«

»Keinen mehr.« Er schaute sie nicht an; er blickte aus dem Fenster auf die graugrünen Felder von Kent.

Fawley holte ihn vom Flugplatz ab und fuhr ihn nach London.

»Der Chef ist ziemlich verärgert wegen Karl«, sagte er und schaute Leamas von der Seite an. Leamas nickte.

»Wie geschah es?« fragte Fawley.

»Er wurde abgeschossen. Mundt erwischte ihn.«

»Tot?«

»Ich denke schon, inzwischen. Das wäre das beste für ihn. Er schaffte es fast. Er hätte nie Eile zeigen dürfen, sie konnten ja nicht sicher sein. Die ›Abteilung‹ erreichte den Kontrollpunkt erst, als man ihn gerade durchgelassen hatte. Sie setzten die Sirene in Gang, und ein Vopo schoß auf ihn, zehn Meter vor der Linie. Auf dem Boden bewegte er sich noch etwas, dann lag er still.«

»Armer Kerl.«

»Genau«, sagte Leamas.

Fawley mochte Leamas nicht, und wenn Leamas das wußte, so war es ihm gleichgültig. Fawley war ein

Mann, der als Mitglied verschiedenen Klubs angehörte und repräsentative Krawatten trug. Er traf gern endgültige Feststellungen über das Können von Sportlern und legte Wert darauf, daß man ihn im internen Dienstverkehr mit seinem Rang anredete. Er betrachtete Leamas als verdächtig, während dieser ihn für einen Esel hielt.

»Welcher Abteilung gehören Sie an?« fragte Leamas.

»Personal.«

»Gefällt's Ihnen?«

»Faszinierend.«

»Wohin komme ich jetzt? Auf Eis?«

»Besser, Sie warten, bis es der Chef Ihnen sagt, alter Junge.«

»Wissen Sie es?«

»Freilich.«

»Weshalb sagen Sie es mir dann nicht, zum Teufel?«

»Tut mir leid, alter Junge«, antwortete Fawley, und Leamas war plötzlich nahe daran, seine Beherrschung zu verlieren. Dann sagte er sich, daß Fawley ihn höchstwahrscheinlich ohnehin anlügen würde.

»Gut, aber sagen Sie mir eines, wenn's Ihnen nichts ausmacht: Muß ich mich in London um eine Wohnung kümmern?«

Fawley kratzte sich am Ohr. »Ich glaube nicht, alter Junge, nein.«

»Nein? Gott sei Dank.«

Sie stellten den Wagen unweit des Cambridge Circus an einer Parkuhr ab und betraten gemeinsam das Gebäude.

»Sie haben keinen Passierschein, nicht wahr? Es wäre besser, Sie füllten einen Zettel aus.«

»Seit wann müssen wir Passierscheine haben? McCall kennt mich so gut wie seine eigene Mutter.«

»Neue Anweisung. Das Rondell wächst, wissen Sie.«

Leamas erwiderte nichts, nickte McCall zu und bestieg den Lift ohne Passierschein.

Der Chef schüttelte ihm die Hand, mit der vorsichtigen Geste eines Arztes, der die Knochen betastet.

»Sie müssen schrecklich müde sein«, sagte er entschuldigend. »Nehmen Sie doch Platz.« Die gleiche langweilige Stimme. Derselbe überhebliche Ton.

Leamas setzte sich in einen Sessel, der einem olivgrünen Ofen gegenüberstand, auf dem eine Schale Wasser balancierte.

»Finden Sie es kalt?« fragte der Chef. Er beugte sich, seine Hände reibend, über den elektrischen Ofen. Er trug eine schäbige braune Strickweste unter seiner schwarzen Jacke. Leamas erinnerte sich nun an die Frau des Chefs, eine dumme kleine Person namens Mandy, die anscheinend glaubte, ihr Mann sitze in der Kohlenbehörde. Leamas nahm an, sie habe die Weste gestrickt.

»Es ist so trocken, das ist der Haken«, fuhr der Chef fort. »Vertreibe die Kälte, und du versengst die Luft; das ist genauso gefährlich.«

Er ging zum Schreibtisch und drückte einen Knopf. »Wir wollen versuchen, etwas Kaffee zu bekommen«, sagte er. »Ginnie hat Urlaub, das ist Pech. Man hat mir irgendein neues Mädchen gegeben. Wirklich zu dumm.«

Er war kleiner, als ihn Leamas in Erinnerung hatte, aber sonst war er derselbe geblieben. Dieselbe affektierte Art, Abstand zu wahren, dieselbe steife Überheblichkeit, dieselbe Angst vor der Zugluft. Er war auf eine Weise höflich, die Leamas' Wesen völlig fremd war. Er hatte dasselbe nichtssagende Lächeln wie immer, die gleiche Geziertheit, und er klammerte sich noch immer um Entschuldigung bittend an einer Etikette fest, die er doch angeblich so lächerlich fand. Er schwatzte dasselbe abgedroschene Zeug.

Er holte eine Packung Zigaretten vom Schreibtisch und bot Leamas eine an.

»Sie werden feststellen, daß diese hier teurer sind«, sagte er, und Leamas nickte pflichtbewußt. Der Chef steckte die Zigaretten in seine Tasche und setzte sich. Es entstand eine Pause; schließlich sagte Leamas: »Riemeck ist tot.«

»Tatsächlich«, bemerkte der Chef, als ob Leamas eine sehr treffende Bemerkung gemacht hätte. »Es ist sehr bedauerlich, außerordentlich ... Ich nehme an, das Mädchen ließ ihn hochgehen – Elvira?«

»So wird es wohl sein.« Leamas würde ihn nicht fragen, woher er das Wissen über Elvira hatte.

»Und Mundt ließ ihn erschießen?«

»Ja.«

Der Chef stand auf und schlenderte auf der Suche nach einem Aschenbecher durchs Zimmer. Er fand einen und stellte ihn unbeholfen zwischen ihren Stühlen auf den Boden. »Was haben Sie empfunden? Als Riemeck erschossen wurde, meine ich. Sie beobachteten es, nicht wahr?«

Leamas zuckte mit den Achseln. »Ich war verdammt ärgerlich«, sagte er.

Der Chef legte den Kopf auf die Seite und schloß halb die Augen. »Sie haben sicher mehr als das empfunden? Sie waren gewiß aus der Fassung gebracht? Das wäre nur natürlich.«

»Ich war aus der Fassung gebracht. Wer würde das nicht sein?«

»Mochten Sie Riemeck als Mensch?«

»Ich glaube ja«, sagte Leamas hilflos. Dann fügte er hinzu: »Es hat nicht viel Sinn, sich mit diesen Dingen zu befassen.«

»Wie verbrachten Sie die Nacht oder was davon übrigblieb, nachdem Riemeck erschossen worden war?«

»Hören Sie, was soll das?« fragte Leamas aufgebracht, »worauf wollen Sie hinaus?«

»Riemeck war der letzte«, überlegte der Chef, »der letzte in einer Reihe von Todesfällen. Wenn ich mich recht erinnere, begann es mit dem Mädchen, das sie am Wedding erschossen, außerhalb des Kinos. Dann kamen der Mann in Dresden und die Verhaftungen in Jena. Wie die zehn kleinen Negerlein. Jetzt Paul, Viereck und Ländser – alle tot. Und schließlich Riemeck.« Er lächelte abweisend. »Das ist ein ziemlich hoher Verschleiß. Ich habe mich schon gefragt, ob Sie nicht vielleicht genug hätten.«

»Was meinen Sie – genug?«

»Ich habe mich gefragt, ob Sie nicht müde geworden sind. Ausgebrannt?«

Es entstand ein langes Schweigen.

»Das müssen Sie beurteilen«, sagte Leamas schließlich.

»Wir müssen ohne Gefühl leben, ist es nicht so? Das ist freilich unmöglich. Wir spielen es uns gegenseitig vor, all diese Härte. Aber so sind wir in Wirklichkeit gar nicht. Ich meine, man kann nicht die ganze Zeit draußen in der Kälte sein; man muß auch einmal aus der Kälte hereinkommen ... verstehen Sie, was ich meine?«

Leamas verstand. Er sah die lange Straße außerhalb Rotterdams, die lange, gerade Straße neben den Dünen, und den Strom von Flüchtlingen, der sich dort bewegte. Er sah – noch weit entfernt – das kleine Flugzeug, sah die Prozession anhalten und zu ihm hinaufschauen und dann das Flugzeug elegant über die Dünen einschwenken, er sah das Chaos, die nackte Hölle, als die Bomben auf die Straße schlugen.

»Ich kann darüber nicht reden, Chef«, sagte Leamas schließlich. »Was haben Sie mit mir vor?«

»Ich möchte, daß Sie noch etwas länger in der Kälte aushalten.« Leamas sagte nichts, deshalb fuhr der Chef fort: »Die Ethik unserer Arbeit, wie ich sie verstehe, basiert auf einer einzigen Voraussetzung: daß wir nie die Angreifer sein werden. Glauben Sie, daß das in Ordnung ist?«

Leamas nickte. Alles war gut, wenn er dabei das Sprechen vermeiden konnte.

»Auf diese Weise tun wir unangenehme Dinge, aber wir sind in der Verteidigung. Das glaube ich, ist noch recht. Wir tun unangenehme Dinge, damit hier und anderswo gewöhnliche Menschen nachts sicher in ihren Betten schlafen können. Ist das zu romantisch? Freilich, gelegentlich tun wir sehr böse Dinge«, er grinste wie ein Schuljunge. »Und indem wir die moralischen Aspekte gegeneinander aufwiegen, lassen wir uns auf unehrliche Vergleiche ein; man kann schließlich nicht die Ideale der einen Seite mit den Methoden der anderen in Vergleich setzen, geben Sie mir recht?«

Leamas fühlte sich verloren. Er hatte gehört, daß der Mann eine Menge faselte, bevor er das Messer einstieß, aber er hatte nie zuvor etwas wie dies hier gehört.

»Ich meine, man muß Methode mit Methode vergleichen, und Ideal mit Ideal. Ich möchte sagen, daß sich unsere Methoden seit dem Krieg weitgehend denen des Gegners angeglichen haben. Ich meine, wir sollten nicht rücksichtsvoller als der Gegner sein, wenn es dafür keinen anderen Grund gibt als den, daß die Politik der eigenen Regierung ehrlicher ist. So ist es doch, oder?« Er lachte vor sich hin. »Das würde nie genügen«, sagte er.

Himmel, dachte Leamas, das ist, als arbeite man für einen verdammten Pfarrer. Worauf will er hinaus?

»Darum«, fuhr der Chef fort, »meine ich, wir sollten versuchen, Mundt loszuwerden ... Oh, wirklich«, sagte er, sich nervös nach der Tür umwendend, »wo bleibt dieser elende Kaffee?«

Der Chef ging zur Tür hinüber, öffnete sie und sprach zu einem im Vorzimmer unsichtbar bleibenden Mädchen. Als er zurückkehrte, sagte er: »Ich denke wirklich, wir sollten ihn loswerden, wenn sich das bewerkstelligen ließe.«

»Warum? Es bleibt uns nichts in Ostdeutschland, überhaupt nichts. Sie sagten gerade selbst – Riemeck war der letzte. Es bleibt uns nichts zu beschützen.«

Der Chef setzte sich und schaute eine Weile seine Hände an.

»Das stimmt nicht ganz«, sagte er schließlich, »aber ich glaube nicht, daß ich Sie mit Einzelheiten zu langweilen brauche.«

Leamas zuckte die Achseln.

»Sagen Sie«, fuhr der Chef fort, »haben Sie genug von der Spionage? – Entschuldigen Sie, wenn ich die Frage wiederhole. Aber ich glaube, daß wir dieses Phänomen verstehen, wissen Sie? Wie Flugzeugkonstrukteure ... die Bezeichnung ist dafür wohl Metallermüdung. Sagen Sie's mir doch, wenn es bei Ihnen so ist.«

Leamas erinnerte sich daran, wie er an diesem Morgen nach Hause geflogen war, und er machte sich seine Gedanken.

»Wenn es so wäre«, fügte der Chef hinzu, »müßten wir einen anderen Weg finden, uns mit Mundt auseinanderzusetzen. Was mir vorschwebt, ist ein wenig ungewöhnlich.«

Das Mädchen kam mit dem Kaffee herein. Sie stellte das Tablett auf den Schreibtisch und schenkte zwei Tassen ein. Der Chef wartete, bis sie das Zimmer verlassen hatte.

»So ein dummes Ding«, sagte er fast zu sich selbst. »Es ist mir unverständlich, daß es unmöglich sein soll, noch gute Mädchen zu finden. Ich wünschte, Ginnie wäre nicht gerade jetzt auf Urlaub gegangen.« Er rührte eine Weile in seinem Kaffee herum.

»Wir müssen Mundt wirklich in Mißkredit bringen«, sagte er. »Sagen Sie, trinken Sie viel Whisky und ähnliches Zeug?«

Leamas war der Meinung gewesen, er kenne seinen Chef.

»Ich trinke etwas. Mehr als die meisten, glaube ich.«

Der Chef nickte verstehend. »Was wissen Sie von Mundt?«

»Er ist ein Totschläger. Er war vor ein oder zwei

Jahren mit der ostdeutschen Stahlmission hier. Wir hatten damals ›Beratung‹: der Mann hieß Maston.«

»Richtig.«

»Mundt unterhielt eine Agentin, die Frau eines Foreign-Office-Mannes. Er brachte sie um.«

»Er versuchte, George Smiley umzubringen, und natürlich erschoß er den Ehemann dieser Frau. Er ist ein widerwärtiger Kerl. Früher bei der Hitlerjugend und diese Art Sachen. Er ist das Gegenteil des intellektuellen Kommunisten. Ein Praktiker des kalten Krieges.«

»Wie wir«, bemerkte Leamas trocken.

Der Chef zeigte keinerlei Lächeln. »George Smiley kannte den Fall gut. Er ist nicht mehr bei uns, aber ich meine, Sie sollten ihn aufstöbern. Er schreibt etwas über das Deutschland des 17. Jahrhunderts. Er lebt in Chelsea, gleich hinter dem Sloane Square. Bywater Street, kennen Sie die?«

»Ja.«

»Und auch Guillam hatte mit dem Fall zu tun. Er ist in Abteilung Ost vier im ersten Stock. Ich fürchte, es hat sich hier seit Ihrer Zeit einiges verändert.«

»Ja.«

»Verbringen Sie einen oder zwei Tage mit ihnen. Sie wissen, was ich im Sinne habe. Dann habe ich mich gefragt, ob Sie wohl Lust hätten, das Wochenende bei mir zu verleben. Meine Frau«, fügte er schnell hinzu, »versorgt leider ihre Mutter. Nur gerade Sie und ich.«

»Danke, gern.«

»Wir können dann die Dinge in Ruhe besprechen. Das wäre hübsch. Ich glaube, Sie können eine Menge Geld mit der Sache machen. Sie können behalten, was immer Sie auch herausholen.«

»Danke.«

»Vorausgesetzt freilich, Sie sind entschlossen, mitzumachen. Keine Metallermüdung oder etwas Ähnliches?«

»Wenn es sich darum handelt, Mundt zu vernichten, bin ich bereit.«

»Empfinden Sie wirklich so?« erkundigte sich der Chef höflich. Dann bemerkte er, nachdem er Leamas einen Augenblick angeschaut hatte: »Ja, ich glaube wirklich, Sie empfinden so. Aber Sie dürfen nicht glauben, Sie müßten es aussprechen. Ich glaube, daß man in dieser Umgebung hier sehr rasch gefühllos wird. Haß oder Liebe gehören zu einer Tonleiter, die wir sehr bald nicht mehr wahrnehmen können. So wie das Ohr eines Hundes gewisse Töne nicht mehr vernehmen kann. Alles, was am Schluß übrigbleibt, ist eine Art Übelkeit. Zum Schluß hat man nur noch den Wunsch, nie wieder Leid zu verursachen. Verzeihen Sie mir, aber haben Sie nicht genau dies gefühlt, als Karl Riemeck erschossen wurde? Weder Haß auf Mundt noch Liebe zu Karl, sondern einen widerwärtigen Stoß, wie den Schlag auf einen betäubten Körper ... Man hat mir gesagt, Sie seien die ganze Nacht spazierengegangen, nur durch die Straßen von Berlin gegangen. Stimmt das?«

»Es stimmt, daß ich spazierengegangen bin.«

»Die ganze Nacht?«

»Ja.«

»Was geschah mit Elvira?«

»Weiß der Himmel ... Ich würde gern Mundt einen Schwinger geben«, sagte Leamas.

»Gut ... gut. Übrigens, wenn Sie inzwischen irgendwelche alte Freunde treffen sollten: ich glaube nicht, daß es Sinn hätte, mit ihnen darüber zu diskutieren. Ich würde sogar«, setzte der Chef nach einer Weile hinzu, »ziemlich kurz angebunden sein. Lassen Sie sie glauben, wir hätten Sie schlecht behandelt. Wenn man schon weitermachen will, ist es wohl das beste, gleich damit anzufangen, meinen Sie nicht?«

3

Abstieg

Es überraschte niemanden, als man Leamas abschob. Es hieß, Berlin sei im großen und ganzen seit Jahren ein Mißerfolg gewesen und irgend jemand habe dafür büßen müssen. Außerdem sei er schon verhältnismäßig alt für den Außendienst, bei dem man über die schnellen Reflexe eines berufsmäßigen Tennisspielers verfügen müßte. Während des Krieges hatte Leamas gute Arbeit geleistet, jedermann wußte das. Seine Tätigkeit war in Norwegen und Holland stets irgendwie sichtbar geblieben, und am Ende gab man ihm einen Orden und ließ ihn gehen. Später freilich überredete man ihn dazu, wieder zurückzukehren. Was seine Pension betraf, so war dies Pech, ganz entschieden Pech, wie die Buchhaltung in Gestalt Elsies hatte durchblicken lassen. Elsie erzählte in der Kantine, daß der arme Alec Leamas wegen der Unterbrechung seiner Dienstzeit pro Jahr nur vierhundert Pfund zum Leben haben würde. Elsie war der Meinung, diese Regelung müßte wirklich geändert werden, schließlich hatte Mr. Leamas seinen Dienst getan – oder etwa nicht? Aber so war man dran, mit dem Schatzamt im Nacken. Kein Vergleich mehr mit früher, und was konnte man schon tun? Selbst während der schlechten Tage unter Maston waren die Dinge besser geregelt worden.

Leamas, so wurde den neuen Leuten erzählt, sei noch von der alten Schule: gute Familie, Zivilcourage und Kricket – und ein Schulzeugnis in Französisch. In Leamas' Fall war dies ungerecht, da er Deutsch wie seine Muttersprache beherrschte und sein Holländisch bewundernswert war. Auch verabscheute er Kricket. Aber es stimmte, daß er keinen akademischen Titel besaß.

Da sein Vertrag aber erst in einigen Monaten ablief, steckte man Leamas in die Bankabteilung, damit er seine Zeit absitze. Die Bankabteilung war nicht mit der Buchhaltung zu verwechseln: sie befaßte sich mit Überweisungen ins Ausland, mit der Finanzierung von Agenten und Operationen. Die meisten dieser Arbeiten hätten von einem Bürolehrling erledigt werden können, hätte nicht die Notwendigkeit der Geheimhaltung eine große Rolle gespielt. So aber war die Bankabteilung eine jener Dienststellen des Secret Service, die als Aufbahrungsort für Beamte galt, welche man in Kürze begraben wollte.

Leamas' Leistungen ließen nach. Ganz allgemein glaubte man, der Leistungsabfall sei ein langwieriger Vorgang, aber bei Leamas war das nicht der Fall. Innerhalb weniger Monate verwandelte er sich unter den Augen seiner Kollegen aus einem ehrenhaft entlassenen Mann zu einem grollenden, betrunkenen Wrack. Trunkenbolde zeigen manchmal, besonders wenn sie nüchtern sind, eine Stumpfsinnigkeit, eine Art Losgelöstsein, die auf den Unaufmerksamen wie Zerstreutheit wirkt und die sich Leamas mit unnatürlicher Eile anzuzeigen schien. Er entwickelte kleine Unredlichkeiten, lieh sich von Büroangestellten unbedeutende Summen aus und versäumte es, sie zurückzugeben, und oft kam er unter einem hingemurmelten Vorwand zu spät ins Büro oder ging früher weg. Im Anfang behandelten ihn seine Kollegen mit Nachsicht. Vielleicht wurden sie durch seinen Verfall in derselben Weise wie durch den Anblick von Krüppeln, Bettlern oder Invaliden erschreckt, der einen befürchten läßt, man könnte selbst einmal in ihre Situation geraten, aber am Ende isolierte ihn seine Nachlässigkeit, seine brutale, blinde Boshaftigkeit.

Sehr zum Erstaunen der Leute schien es Leamas nichts auszumachen, daß er abgeschoben worden war. Seine Willenskraft schien plötzlich zusammengebrochen zu sein. Neu eingestellte Sekretärinnen, die nicht glauben mochten, daß Geheimdienste von gewöhnlichen Sterblichen bevölkert sind, wurden von der Feststellung beunruhigt, daß Leamas ganz entschieden verlotterte. Er gab immer weniger acht auf sein Äußeres, nahm immer weniger Notiz von seiner Umgebung. Mittags aß er in der Kantine, was normalerweise den jüngeren Angestellten vorbehalten war, und es wurde gemunkelt, daß er trinke. Er wurde ein Einzelgänger, da er nun zu jener tragischen Klasse von aktiven Männern gehörte, die vorzeitig ihrer Aktivität beraubt wurden, wie Schwimmer, denen das Wasser verboten ist, oder wie Schauspieler, die man von der Bühne verbannt hat.

Einige sagten, sein Netz sei aufgerollt worden, weil er in Berlin Fehler gemacht habe, aber niemand wußte etwas Bestimmtes. Alle waren sich einig, daß er mit ungewöhnlicher Härte behandelt worden war, selbst wenn man die Maßstäbe einer Personalabteilung anlegte, die sich keineswegs durch besondere Menschenfreundlichkeit auszeichnete. Wenn er vorüberging, zeigte man heimlich auf ihn, wie auf einen früher berühmten Sportler, und sagte: »Das ist Leamas. Er hat in Berlin Pech gehabt. Traurig, wie er sich gehenläßt.«

Und dann war er eines Tages verschwunden. Er nahm von niemandem Abschied, offenbar nicht einmal vom Chef. An sich war das nicht überraschend. Die Natur des Geheimdienstes schließt kunstvolle Verabschiedungen und die Überreichung von goldenen Uhren aus, aber selbst nach diesem Maßstab schien Leamas' Abgang äußerst plötzlich zu sein. Soweit man es beurteilen konnte, schied er vor Ablauf seines Vertrages aus. Elsie aus der Buchhaltung hausierte mit ein paar mageren Informationen. Leamas hatte sich den Rest seines Gehaltes in bar auszahlen lassen, und wenn Elsie überhaupt etwas von der Sache verstand, so bedeutete dies, daß er Schwierigkeiten mit seiner Bank hatte. Das Geldgeschenk an ihn war am Ende des Monats zu zahlen, sie konnte nicht sagen wieviel, aber es war keine vierstellige Zahl, armer Kerl. Sein Krankenversicherungsausweis war nachgeschickt worden. Von der Personalabteilung war ihm ein Schreiben zugestellt worden, fügte Elsie mit einem Nasenrümpfen hinzu, aber freilich konnte man nicht erfahren, was drinstand – nicht von der Personalabteilung.

Dann war da eine Geldgeschichte. Es sickerte durch – wie üblich wußte niemand woher –, daß die plötzliche Entlassung von Leamas etwas mit Unregelmäßigkeiten in der Buchführung der Bankabteilung zu tun habe. Es habe eine größere Summe gefehlt – nach Aussage einer Dame mit blaugefärbtem Haar, die in der Telefonzentrale arbeitete, war die Summe nicht drei-, sondern vierstellig gewesen, und man hatte fast alles davon zurückbekommen, machte jetzt aber ein Zurückbehaltungsrecht auf seine Pension geltend. Andere wieder hielten das Gerücht für unglaubwürdig. Sie sagten, Alec hätte sicherlich eine bessere Methode gefunden, als sich mit der Buchhaltung der Zentrale anzulegen, wenn er schon die Kasse plündern wollte. Niemand hatte Zweifel daran, daß er dazu fähig gewesen wäre, aber man glaubte, er hätte es sicher besser gemacht. Wer jedoch von den schlummernden kriminellen Fähigkeiten Leamas' weniger überzeugt war, erinnerte an den großen Alkoholkonsum, an die Kosten, die immer mit dem Unterhalt eines getrennten Haushaltes verbunden sind, an den großen Unterschied zwischen den Auslandsbezügen und dem Gehalt, das Leamas zu Hause bekam, und vor allem erinnerten sie an die Versuchung, die der Umgang mit großen Summen heißen Geldes in dem Augenblick für einen Mann bedeuten mußte, da seine Tage beim Geheimdienst gezählt waren. Alle stimmten überein, daß Alec für immer erledigt war, wenn er seine Hände tatsächlich in den Honigtopf gesteckt hatte. Die Sozialabteilung würde sich nicht mehr um ihn kümmern, und die Personalleute stellten ihm sicherlich kein Zeugnis aus – oder ein so eiskaltes, daß es auch bei dem begeistertsten Arbeitgeber ein Frösteln hervorrufen müßte.

Es gab nur eine Sünde, die die Personalabteilung einem nicht zu vergessen erlaubte: die Unterschlagung – und auch sie selbst würde diese Sünde nie mehr vergessen. Wenn es stimmte, daß Alec das Rondell bestohlen hatte, so müßte er den Bannfluch der Personalabteilung mit ins Grab nehmen – und sie würde nicht einmal das Leichentuch bezahlen.

Ein paar Leute fragten sich nach seinem Ausscheiden noch ein oder zwei Wochen lang, was wohl aus ihm geworden war. Aber seine früheren Freunde hatten schon gelernt, sich von ihm fernzuhalten. Er hatte sich in einen grollenden Langeweiler verwandelt, der nichts anderes im Sinn hatte, als auf den Geheimdienst und dessen Verwaltung zu schimpfen oder seinem Ärger über jene Leute Luft zu machen, die er ›Kommißknöpfe‹ nannte, weil sie – wie er sagte – die Organisation leiteten, als ob sie ein Regimentsklub sei. Er ließ nie eine Gelegenheit aus, über die Amerikaner und deren Abwehr herzuziehen. Er schien sie noch mehr zu hassen als die ostzonale Abteilung, die er nur selten oder gar nicht erwähnte. Er versäumte es nicht, regelmäßig anzudeuten, die Amerikaner seien es gewesen, die sein Netz aufs Spiel gesetzt hatten. Dieser Gedanke schien sich zu einer fixen Idee bei ihm zu entwickeln, und da er ein miserabler Gesellschafter geworden war, fanden die Versuche tröstlichen Zuspruchs nur spärlichen Dank, so daß ihn bald auch diejenigen seiner Bekannten abschrieben, die ihn stillschweigend geschätzt hatten. Leamas' Abschied kräuselte die Wasserfläche nur wenig – andere Winde und der Wechsel der Jahreszeiten ließen ihn bald vergessen sein.

Seine kleine Wohnung war recht erbärmlich, die Wände waren braun getüncht und an ihnen hingen Fotografien von Clovelly. Die Fenster blickten auf die grauen Rückseiten von drei Lagerhäusern, auf die aus ästhetischen Gründen mit Teerfarbe Fenster aufgemalt waren. Über einem der Lagerhäuser wohnte eine italienische Familie, die sich nachts herumstritt und morgens Teppiche klopfte. Leamas besaß wenig, womit er die Räume verschönern konnte. Er kaufte einige Lampenschirme, um die Glühbirnen abzudekken, und zwei Paar Laken anstelle des Sackleinens, mit dem der Hausherr die Betten überzogen hatte. Den Rest tolerierte Leamas: die Blumenmustervorhänge, die weder eingefaßt noch eingesäumt waren, die braunen, abgenützten Teppiche und die plumpen Möbel aus dunklem Holz, die aus einer Seemannsherberge zu stammen schienen. Aus einem gelben, zerfallenen Badeofen erhielt er für einen Shilling heißes Wasser.

Er brauchte Arbeit. Er hatte überhaupt kein Geld mehr. Deshalb mochte auch die Unterschlagungsgeschichte wahr sein. Die Angebote des Geheimdienstes, bei der Arbeitssuche behilflich zu sein, schienen Leamas lauwarm und merkwürdig unangemessen zu sein. Er versuchte zuerst, eine kaufmännische Arbeit zu bekommen. Eine Fabrik industrieller Klebstoffe zeigte Interesse für seine Bewerbung um den Posten eines Direktionsassistenten und Personalchefs. Das Zeugnis, da ihm der Geheimdienst ausgestellt hatte, war unzureichend, aber man nahm keinen Anstoß daran und verlangte keinen weiteren Befähigungsnachweis. Man bot ihm sechshundert Pfund im Jahr. Er blieb eine Woche, und in dieser Zeit durchdrang der üble Gestank faulenden Fischöls seine Kleider, sein Haar und setzte sich in seinen Nasenlöchern wie der Geruch des Todes fest. Kein noch so häufiges Waschen konnte ihn entfernen, so daß Leamas am Schluß sein Haar bis auf die Kopfhaut abschneiden ließ und zwei seiner besten Anzüge wegwarf. Er verbrachte eine weitere Woche mit dem Versuch, in den Vororten Londons Nachschlagewerke an Hausfrauen zu verkaufen, aber er war nicht der Mann, den Hausfrauen schätzten oder verstanden. Sie hatten nicht auf Leamas gewartet, gar nicht zu reden von seinen Enzyklopädien. Nacht für Nacht kehrte er mit seinem lächerlichen Musterband unter dem Arm müde in seine Wohnung zurück. Am Ende der Woche rief er die Firma an und sagte, daß er nichts verkauft habe. Sie waren nicht überrascht und erinnerten ihn nur an seine Verpflichtung, das Muster zurückzugeben, sobald er nicht mehr für sie arbeiten wollte, und legten auf. Wütend verließ Leamas die Telefonzelle, ließ den Musterband dort liegen und ging in die Kneipe, um sich für fünfundzwanzig Shilling zu betrinken, was er sich eigentlich nicht leisten konnte. Als er eine Frau anschrie, die ihn mitnehmen wollte, warf man ihn hinaus und verbot ihm, jemals wiederzukommen. Aber eine Woche später war alles vergessen. Leamas begann dort bekannt zu werden.

Auch anderswo fing man an, seine graue, torkelnde Gestalt zu kennen, die eigentlich in ein feineres Wohnviertel zu gehören schien. Er sprach niemals und hatte keinen einzigen Freund, sei es ein Mann, eine Frau oder ein Tier. Man nahm an, daß er in Schwierigkeiten steckte, daß er höchstwahrscheinlich seiner Frau davongelaufen war. Beim Einkaufen wußte er nie den Preis der Ware, sooft er ihm auch gesagt worden war – er konnte sich nie daran erinnern. Wenn er Kleingeld suchte, klopfte er immer alle Taschen ab. Er vergaß stets, einen Korb mitzubringen, und kaufte jedesmal einen Tragbeutel. In seiner

Straße mochte man ihn nicht, aber man fühlte fast ein gewisses Mitleid mit ihm. Man war auch der Ansicht, daß er schmutzig sei, weil er sich am Wochenende nicht rasierte und seine Hemden ganz schmierig waren. Eine Woche lang machte eine Mrs. McCaird aus der Sudbury Avenue bei ihm sauber, aber sie gab die Arbeit wieder auf, weil er nie ein einziges freundliches Wort mit ihr gesprochen hatte. Sie war in dieser Straße, deren Kaufleute einander versicherten, daß man für den Fall, Leamas wolle Kredit haben, im Bilde sein müsse, eine wichtige Informationsquelle. Mrs. McCaird war gegen Kredit. Leamas bekomme nie Post, sagte sie, und dies war ernst zu nehmen – darin waren sich alle einig. Er besitze keine Bilder und nur wenige Bücher, von denen eines ihrer Ansicht nach wohl schmutzig sein müßte, auch wenn sie sich dessen nicht ganz sicher sein konnte, da es in einer fremden Sprache geschrieben war. Sie vertrat die Meinung, er bestreite sein Leben von einem Rest seines Besitzes, daß aber dieser Rest zu Ende gehe. Sie wüßte, daß er jeden Dienstag die Arbeitslosenunterstützung abholte.

Bayswater war gewarnt und brauchte keine zweite Warnung. Man hörte von Mrs. McCaird, daß er soff wie ein Loch, und der Kneipenwirt bestätigte es. Wirte und Zugehfrauen sind meist nicht so gestellt, daß sie ihren Kunden Kredit einräumen könnten, aber ihre Informationen werden von den Leuten geschätzt, die dazu in der Lage wären.

4

Liz

Schließlich nahm er doch die Stellung in der Bibliothek an. Das Arbeitsamt hatte sie ihm jeden Dienstagmorgen vorgeschlagen, wenn er seine Unterstützung abholte, und er hatte stets abgelehnt.

»Es ist eigentlich nicht das Richtige für Sie«, sagte Mr. Pitt, »aber die Bezahlung ist gut, und die Arbeit ist für einen gebildeten Mann leicht.«

»Was ist das für eine Bibliothek?« fragte Leamas.

»Es ist die Bayswater-Bibliothek für psychische Forschung. Es ist eine Stiftung. Sie haben Tausende von Bänden, alles mögliche, und haben noch viel mehr vermacht bekommen. Sie suchen noch einen Helfer.«

Er nahm seine Unterstützung und den Zettel in Empfang.

»Es sind merkwürdige Leute«, fügte Mr. Pitt hinzu, »aber Sie sind ohnehin kein Dauerarbeiter, wie? Ich meine, es wäre an der Zeit, es jetzt einmal zu versuchen, meinen Sie nicht?«

Etwas war merkwürdig mit Pitt. Leamas war sicher, ihn schon vorher irgendwann einmal gesehen zu haben. Im Rondell, während des Krieges.

Die Bibliothek glich einem Kirchenschiff und war sehr kalt. Die schwarzen Heizöfen an den beiden Enden des Raumes verbreiteten Ölgeruch. In der Mittelhalle stand ein würfelförmiger Verschlag, in dem Miß Crail, die Bibliothekarin, saß.

Es war Leamas nie der Gedanke gekommen, daß er einmal unter einer Frau würde arbeiten müssen. Niemand beim Arbeitsamt hatte etwas davon erwähnt.

»Ich bin der neue Helfer«, sagte er, »mein Name ist Leamas.«

Miß Crail blickte scharf von ihren Karteikästen auf, als ob sie ein böses Wort gehört hätte.

»Helfer? Was meinen Sie mit Helfer?«

»Assistent. Vom Arbeitsamt. Von Mr. Pitt.«

Er schob ein vervielfältigtes Formblatt, auf dem seine Personalangaben in schräger Handschrift eingetragen waren, über den Tisch. Sie nahm es auf und prüfte es.

»Sie sind Mr. Leamas.« Es war keine Frage, sondern die erste Etappe einer mühsamen Untersuchung zur Tatsachenfeststellung. »Und Sie sind vom Arbeitsamt?«

»Nein. Ich wurde vom Arbeitsamt nur hergeschickt. Man sagte mir, daß Sie eine Hilfskraft brauchten.«

»Ich verstehe.« Ein hölzernes Lächeln.

In diesem Moment läutete das Telefon: Sie hob den Hörer ab und begann mit dem Anrufer sofort heftig zu streiten. Leamas tippte darauf, daß sie mit dieser anderen Person in einem ständigen Streit lebte, denn es hatte kein Vorgeplänkel gegeben. Ihre Stimme hatte sich einfach um eine Tonlage gehoben, während sie wegen irgendwelcher Konzertkarten zu schimpfen begann. Er lauschte ihr ein oder zwei Minuten und schlenderte dann zu den Bücherregalen. In einer der Nischen bemerkte er ein Mädchen auf einer Leiter, das große Bände sortierte.

»Ich bin der neue Mann«, sagte er, »mein Name ist Leamas.«

Sie kam die Leiter herunter und schüttelte etwas förmlich seine Hand. »Ich bin Liz Gold. Sehr angenehm. Kennen Sie schon Miß Crail?«

»Ja, aber sie telefoniert im Moment.«

»Sie hat einen Krach mit ihrer Mutter, nehme ich an. Was werden Sie hier machen?«

»Keine Ahnung. Arbeiten, denke ich.«

»Wir sind im Augenblick beim Registrieren; Miß Crail legt ein neues Verzeichnis an.«

Sie war ein großes, linkisches Mädchen mit langer Taille und langen Beinen. Sie trug Schuhe mit flachen Absätzen, um etwas kleiner zu wirken. Einzelne Partien ihres Gesichtes und ihres Körpers schienen unentschlossen, ob sie sich für grobe Einfachheit oder Anmut entscheiden sollten. Leamas schätzte sie auf zweiundzwanzig oder dreiundzwanzig Jahre, wahrscheinlich war sie Jüdin.

»Wir müssen nur sehen, ob alle Bücher in den Regalen sind. Dies ist die Standortliste, sehen Sie. Wenn Sie kontrolliert haben, schreiben Sie mit Bleistift die Standortbezeichnung hinein und haken den Titel im Katalog ab.«

»Was geschieht dann?«

»Nur Miß Crail darf die Eintragung im neuen Verzeichnis mit Tinte machen. So ist die Vorschrift.«

»Wessen Vorschrift?«

»Miß Crails. Fangen Sie doch bei der Archäologie an.«

Leamas nickte, und gemeinsam gingen sie zu der nächsten Nische, wo eine Schuhschachtel voll Karteikarten auf dem Boden stand.

»Haben Sie schon einmal eine derartige Arbeit gemacht?«

»Nein.« Er bückte sich, nahm eine Handvoll Karten heraus und blätterte sie durch. »Mr. Pitt vom Arbeitsamt hat mich geschickt.« Er steckte die Karten zurück. »Miß Crail ist auch die einzige Person, die auf diesen Karten mit Tinte schreiben darf?« erkundigte sich Leamas.

»Ja.«

Sie ließ ihn in seiner Nische allein, und nach kurzem Zögern nahm er ein Buch vom Regal und las das Titelblatt. Das Buch hieß »Archäologische Entdeckungen in Kleinasien, Band vier«. Man schien hier nur Band vier zu haben.

Es war ein Uhr und Leamas war sehr hungrig, er ging deshalb zu Liz Gold hinüber und sagte:

»Wie steht es mit dem Mittagessen?«

»Ich bringe mir immer Brote mit.« Sie sah etwas verlegen aus. »Sie können davon haben, wenn Ihnen damit gedient ist. Es gibt hier meilenweit kein Café.«

Leamas schüttelte den Kopf.

»Ich werde weggehen. Vielen Dank. Muß außerdem einige Einkäufe machen.«

Sie sah ihm nach, als er durch die Schwingtür ging. Es war halb drei, als er zurückkam. Er roch nach Whisky. Er schleppte zwei Tragtaschen mit Lebensmitteln. Er stellte sie in einer Ecke der Nische ab und begann widerwillig seine Arbeit bei den Archäologiebüchern fortzusetzen. Er hatte ungefähr zehn Minuten gearbeitet, als er bemerkte, daß ihn Miß Crail beobachtete.

»Mr. Leamas!« Er war halb oben auf der Leiter, deshalb schaute er nur über seine Schulter hinunter und sagte:

»Ja?«

»Wissen Sie, woher diese Beutel kommen?«

»Es sind meine.«

»Aha, es sind Ihre.« Leamas wartete.

»Ich bedaure«, fuhr sie schließlich fort, »daß wir es nicht gestatten können, Einkäufe in die Bibliothek mitzubringen.«

»Wo soll ich sie sonst lassen? Ich kann sie nirgendwo anders hinstellen.«

»Nicht in die Bibliothek«, erwiderte sie.

Leamas ignorierte sie und wandte seine Aufmerksamkeit wieder dem Regal zu.

»Wenn Sie die vorgeschriebene Mittagspause einhielten«, fuhr Miß Crail fort, »würden Sie keine Zeit zum Einkaufen haben. Niemand von uns hat das, weder Miß Gold noch ich selbst. Wir haben keine Zeit zum Einkaufen.«

»Warum nehmen Sie sich nicht eine halbe Stunde frei?« fragte Leamas. »Dann würden Sie Zeit haben. Wenn Sie mit der Arbeit in Druck geraten, könnten Sie abends eine halbe Stunde anhängen, falls es nötig ist.«

Sie blieb einige Augenblicke stumm, indem sie ihn beobachtete und offensichtlich nach einer Antwort suchte. Schließlich kündigte sie an: »Ich werde es mit Mr. Ironside besprechen.« Dann ging sie weg.

Punkt halb sechs zog Miß Crail ihren Mantel an und ging mit einem betonten »Gute Nacht, Miß Gold«. Leamas schätzte, daß sie den ganzen Nachmittag wegen der Einkaufsbeutel gegrübelt hatte. Er ging zur nächsten Nische, wo Liz Gold auf der untersten

Sprosse ihrer Leiter saß und etwas las, das wie ein Traktat aussah. Als sie Leamas sah, ließ sie es schuldbewußt in ihrer Handtasche verschwinden und stand auf.

»Wer ist Mr. Ironside?« fragte Leamas.

»Ich glaube nicht, daß er existiert«, sagte sie. »Er ist ihr großes Geschütz, wenn sie um eine Antwort verlegen ist. Ich fragte sie einmal, wer er sei. Sie wurde unruhig und geheimnisvoll und sagte: ›Schon gut.‹ Ich glaube nicht, daß es ihn gibt.«

»Ich bin nicht sicher, daß es Miß Crail gibt«, sagte Leamas, und Liz Gold lächelte.

Um sechs Uhr schloß sie ab und gab den Schlüssel dem Kurator, einem sehr alten Mann, der aus dem Ersten Weltkrieg einen Schock weghatte und der für den Fall, daß die Deutschen einen Gegenangriff machten, die ganze Nacht aufblieb, wie Liz erklärte. Draußen war es bitterkalt.

»Haben Sie weit zu gehen?« fragte Leamas.

»Zwanzig Minuten. Ich gehe immer zu Fuß. Wie ist es bei Ihnen?«

»Nicht weit«, sagte Leamas. »Gute Nacht.«

Er ging langsam zur Wohnung zurück. Nachdem er aufgesperrt hatte, drehte er den Lichtschalter, aber nichts geschah. Er versuchte, das Licht in der winzigen Küche anzudrehen und schließlich die elektrische Heizung, die bei seinem Bett angeschlossen war. Auf der Fußmatte an der Tür lag ein Brief. Er hob ihn auf, nahm ihn mit hinaus in das dünne gelbe Licht des Treppenaufganges. Es war ein Schreiben der Elektrizitätsgesellschaft, die mitteilte, daß der Distriktsleiter es bedaure, keine andere Möglichkeit zu haben, als den Strom so lange abzuschalten, bis der ausstehende

Berg von neun Pfund, vier Shilling und acht Pennies beglichen sei.

Er war ein Feind von Miß Crail geworden, und sie liebte es, Feinde zu haben. Sie blickte ihn entweder finster an oder übersah ihn einfach, und wenn er ihr nahe kam, begann sie zu zittern und ihre Augen nach rechts und links wandern zu lassen, entweder auf der Suche nach einem Gegenstand, mit dem sie sich verteidigen konnte, oder nach einem Fluchtweg. Gelegentlich pflegte sie an irgend etwas gewaltigen Anstoß zu nehmen, so, als er seinen Gummimantel an ihren Haken hängte, und sie volle fünf Minuten zitternd davorstand, bis Liz sie bemerkte und Leamas rief. Leamas ging zu ihr hin und sagte: »Was irritiert Sie, Miß Crail?«

»Nichts«, erwiderte sie tonlos und kurz. »Gar nichts.«

»Ist irgend etwas mit meinem Mantel?«

»Nichts.«

»Fein«, erwiderte er und ging in seine Nische zurück.

Sie bebte den ganzen Tag und führte den halben Vormittag ein geflüstertes Telefongespräch in der Lautstärke von Bühnengeflüster.

»Sie erzählt es ihrer Mutter«, sagte Liz. »Sie erzählt alles ihrer Mutter, sie erzählt ihr auch von mir.«

Miß Crail entwickelte einen so starken Haß gegen Leamas, daß es ihr unmöglich war, mit ihm zu sprechen. An jedem Zahltag fand er regelmäßig nach der Rückkehr vom Mittagessen auf der dritten Sprosse seiner Leiter einen Umschlag mit seinem falsch geschriebenen Namen darauf.

Als es zum erstenmal passierte, ging er mit dem Geld und dem Umschlag zu ihr hinüber und sagte:

»Es heißt L – E – A, Miß Crail, und nur ein S«, worauf sie von einer richtiggehenden Lähmung befallen wurde. Sie verdrehte die Augen und fuchtelte ziellos mit ihrem Bleistift in der Luft herum, bis Leamas wegging. Danach führte sie ein stundenlanges, verschwörerisches Telefongespräch.

Ungefähr drei Wochen, nachdem Leamas in der Bibliothek zu arbeiten begonnen hatte, lud ihn Liz zum Abendessen ein. Sie tat so, als sei ihr dieser Gedanke erst jetzt, an diesem Nachmittag um fünf Uhr, plötzlich gekommen. Es schien ihr klar zu sein, daß er eine Einladung für morgen oder den übernächsten Tag vergessen oder einfach nicht kommen würde, deshalb machte sie ihren Vorschlag erst um fünf Uhr. Leamas schien nicht geneigt, zu akzeptieren, aber schließlich tat er es doch.

Während sie zu ihrer Wohnung gingen, regnete es, und ihr Weg hätte durch irgendeine Stadt, wie Berlin oder London, führen können, in der sich die Pflastersteine im Abendregen zu Lichterseen verwandeln und der Verkehr sich hoffnungslos und mühsam durch nasse Straßen schleppt.

Es war die erste von vielen Mahlzeiten, die Leamas in ihrer Wohnung einnahm. Er kam, sooft sie ihn bat – und sie bat ihn oft.

Er sprach nie viel. Wenn sie spürte, daß er ihrer Einladung folgen würde, deckte sie den Tisch gewöhnlich schon morgens, ehe sie in die Bibliothek ging. Sie bereitete sogar das Gemüse vorher zu und stellte Kerzen auf den Tisch, denn sie liebte Kerzenlicht. Es war ihr immer bewußt, daß mit Leamas irgend etwas zutiefst nicht stimmte und daß er wohl eines Tages, aus einem für sie nicht erfaßbaren Grund, mit ihr Schluß machen und sie ihn nie wiedersehen würde. Sie versuchte, ihm zu sagen, daß sie dies wußte.

Sie sagte eines Abends: »Du mußt gehen, wenn du es willst. Ich werde dir nie folgen, Alec.«

Seine braunen Augen ruhten für einen Moment auf ihr. »Wenn's soweit ist, werd' ich's dir sagen«, erwiderte er.

Ihre Wohnung hatte nur ein Zimmer und die Küche. Im Zimmer standen zwei Armstühle, eine Schlafcouch und ein Bücherschrank, der mit Taschenbüchern angefüllt war, hauptsächlich mit Klassikern, die sie nie gelesen hatte.

Nach dem Abendessen redete sie immer, und er lag dann auf der Couch und rauchte. Sie war nie ganz sicher, ob er ihr zuhörte, aber das war ihr auch gleichgültig. Sie kniete dann neben dem Bett und hielt seine Hand an ihr Gesicht und redete.

Einmal fragte sie ihn: »Alec, woran glaubst du? Lach nicht, sag es mir!«

Sie wartete, und schließlich sagte er: »Ich glaube, daß mich der Elfuhrbus nach Hammersmith bringen wird. Ich glaube nicht, daß er vom Weihnachtsmann gefahren wird.«

Sie schien darüber nachzudenken und fragte dann: »Aber woran glaubst du wirklich?«

Leamas zuckte die Achseln.

»Aber du mußt doch an etwas glauben«, beharrte sie, »etwas wie Gott – ich weiß, du tust es, Alec. Manchmal hast du einen Blick, als ob du etwas Besonderes tun müßtest – wie ein Priester. Lächle nicht, Alec, es ist wahr.«

Er schüttelte den Kopf. »Bedaure, Liz, du hast das falsch verstanden. Ich mag keinen Amerikaner und keine Public-Schools. Ich mag weder Militärparaden noch Menschen, die Soldaten spielen.« Ohne zu lächeln, fügte er hinzu: »Und ich mag keine Gespräche über das Leben.«

»Aber, Alec, du könntest genausogut sagen –«

»Ich sollte hinzusetzen«, unterbrach Leamas, »daß ich Menschen nicht mag, die mir sagen, was ich denken soll.«

Sie wußte, daß er ärgerlich wurde, aber sie war schon zu sehr in Fahrt, um sich noch zurückhalten zu können.

»Das kommt daher, daß du nicht denken willst, weil du dich nicht zu denken traust! Es ist irgendein Gift in dir, irgendein Haß. Du bist ein Fanatiker, Alec, ich weiß, daß es so ist, aber ich weiß nicht, in welcher Hinsicht. Du bist ein Fanatiker, der keine Menschen bekehren will, und das ist eine gefährliche Sache. Du bist wie ein Mann, der . . . Rache geschworen hat, oder etwas Ähnliches.«

Die braunen Augen ruhten auf ihr. Als er sprach, erschrak sie vor dem drohenden Ton in seiner Stimme.

»Wenn ich du wäre«, sagte er rauh, »würde ich mich um meine eigenen Angelegenheiten kümmern.« Und dann lächelte er, ein verschmitztes, irisches Lächeln. Bisher hatte er noch nie so gelächelt, und Liz wußte, daß er jetzt charmant zu sein versuchte.

»Woran glaubt Liz?« fragte er, und sie erwiderte:

»So einfach wirst du auch wieder nicht mit mir fertig, Alec.« Aber in dieser Nacht redeten sie später nochmals darüber. Leamas lenkte das Gespräch darauf, indem er sie fragte, ob sie religiös sei.

»Du hast mich falsch verstanden«, sagte sie, »ganz falsch.«
»Woran glaubst du dann?«
»An Geschichte.«
Er sah sie einen Moment erstaunt an, dann lachte er.
»O Liz ... o nein ... Du bist doch nicht etwa eine verdammte Kommunistin?«
Sie nickte, wobei sie wie ein kleines Mädchen errötete, denn sie war über sein Gelächter ärgerlich und doch gleichzeitig erleichtert, daß es ihn nicht weiter störte. Sie ließ ihn diese Nacht nicht fortgehen. Er verließ sie um fünf Uhr morgens. Sie war sehr stolz, aber er schien beschämt zu sein. Das konnte sie nicht verstehen.

Er verließ ihre Wohnung und ging in Richtung auf den Park die leere Straße entlang. Es war neblig. Nicht weit die Straße hinunter, vielleicht zwanzig Meter, stand die Gestalt eines Mannes. Er trug einen Regenmantel, war klein und ziemlich dick. Er lehnte am Geländer des Parks und hob sich als Silhouette gegen den ziehenden Nebel ab. Als Leamas näher kam, schien sich der Nebel zusammenzuziehen und die Figur ganz zu umschließen, und als er sich wieder teilte, war der Mann verschwunden.

5

Kredit

Etwa eine Woche später kam er eines Tages nicht in die Bibliothek. Miß Crail war entzückt. Bis halb elf hatte sie es ihrer Mutter berichtet. Nach der Mittagspause trat sie vor das Regal, an dem er seit seinem Kommen gearbeitet hatte, und starrte mit auffällig gespielter Konzentration auf die Buchreihen. Sie gab sich vor Liz den Anschein, als prüfe sie, ob Leamas etwas gestohlen hatte.

Liz nahm daraufhin für den Rest des Tages keine Notiz mehr von ihr, gab keine Antwort, wenn sie von ihr angesprochen wurde, und arbeitete mit verbissenem Fleiß. Als der Abend kam, ging sie nach Hause und weinte sich in den Schlaf.

Am nächsten Morgen kam sie früher als sonst in die Bibliothek. Sie hatte das Gefühl, Leamas werde um so eher zurückkommen, je früher sie selbst an Ort und Stelle war; aber als der Morgen sich hinschleppte, schwanden all ihre Hoffnungen, und sie wußte, daß er niemals mehr kommen würde. Sie hatte an diesem Tag vergessen, sich Sandwiches zu machen, deshalb entschloß sie sich, mit dem Bus in die Bayswater Road zu fahren und dort in ein Buffet zu gehen. Sie fühlte sich krank und leer, aber nicht hungrig. Sollte sie sich auf die Suche nach ihm machen? Sie hatte versprochen, ihm nicht nachzulaufen, aber er hatte versprochen, ihr vorher Bescheid zu sagen. Sollte sie zu ihm gehen?

Sie rief ein Taxi und sagte seine Adresse.

Sie lief das schmutzige Treppenhaus hinauf und läutete an seiner Tür. Die Glocke schien nicht zu funktionieren, denn sie hörte nichts, als sie auf den Knopf drückte. Auf dem Fußabstreifer standen drei Flaschen Milch, daneben lag ein Brief vom Elektrizitätswerk. Sie zögerte einen Moment, dann trommelte sie an die Tür und hörte das schwache Stöhnen eines Mannes.

Sie lief die Treppe hinunter zur tiefer gelegenen Wohnung, hämmerte und läutete an der Tür. Da niemand Antwort gab, rannte sie ganz hinunter und kam in das Hinterzimmer eines Krämerladens. Eine alte Frau saß in einer Ecke und schaukelte in ihrem Stuhl vor und zurück.

»Im obersten Stock«, schrie sie fast. »Jemand ist sehr krank. Wer hat einen Schlüssel?«

Die alte Frau sah sie einen Moment an, dann rief sie in den Laden: »Arthur! Komm her, Arthur, ein Mädchen ist hier.«

Ein Mann in einem braunen Overall mit grauem Filzhut schaute zur Tür herein und fragte:

»Mädchen?«

»Jemand im obersten Stock ist schwer krank«, sagte Liz. »Er kann nicht an die Tür kommen und sie aufmachen. Haben Sie einen Schlüssel?«

»Nein«, sagte der Krämer, »aber ich habe einen Hammer.« Zusammen eilten sie die Stufen hinauf, der Krämer noch mit seinem Filzhut auf dem Kopf, in der Hand einen schweren Schraubenzieher und einen Hammer. Er pochte an die Tür, und atemlos warteten sie auf Antwort. Es kam keine.

»Ich habe vorhin gehört, daß jemand stöhnte – ganz bestimmt«, flüsterte Liz.

»Bezahlen Sie die Tür, wenn ich sie aufbreche?«

»Ja.«

Der Hammer machte schrecklichen Lärm. Mit drei Schlägen hatte der Mann ein Stück des Rahmens und das Schloß herausgeschlagen. Liz ging zuerst hinein, der Kaufmann folgte ihr. In dem Raum war es bitter kalt und dunkel, aber auf dem Bett in einer Ecke war die Gestalt eines Mannes zu erkennen.

O Gott, dachte Liz, ich kann ihn nicht anfassen, wenn er tot ist. Aber sie ging zu ihm hinüber und sah, daß er lebte. Sie zog die Vorhänge auf und kniete sich neben das Bett.

»Ich werde Sie rufen, wenn ich Sie brauche, danke sehr«, sagte sie, ohne sich umzudrehen. Der Kaufmann nickte und ging hinunter.

»Alec, was ist los? Was hast du, was ist, Alec?«

Leamas bewegte seinen Kopf auf dem Kissen; seine eingesunkenen Augen waren geschlossen. Der dunkle Bart hob sich von der Blässe seines Gesichts ab.

»Alec, du mußt es mir sagen, bitte, Alec.« Sie hielt eine seiner Hände in der ihren. Die Tränen liefen ihr die Wangen hinunter. Verzweifelt fragte sie sich, was zu tun sei, dann stand sie auf, lief in die winzige Küche und stellte einen Kessel Wasser aufs Gas. Sie wußte nicht genau, was sie tun sollte, aber es beruhigte sie, irgend etwas zu unternehmen. Sie ließ den Kessel auf dem Gas, nahm ihre Handtasche und den Wohnungsschlüssel vom Nachttisch und lief die vier Treppen und über die Straße zu Mr. Sleaman hinunter, in dessen Geschäft sie eine Dose Hühnerbrust, Suppenwürfel und eine Schachtel Aspirin kaufte. Als sie schon an der Tür war, drehte sie um und kaufte noch ein Paket Zwieback. Alles zusammen kostete sechzehn Shilling. Sie besaß noch vier Shilling in bar und elf Pfund auf ihrem Postsparbuch, von dem sie heute nichts mehr abheben konnte.

Das Wasser kochte gerade, als sie wieder in die Wohnung zurückkam. Sie goß die Suppenwürfel in einem Glas auf, wie es ihre Mutter immer machte, indem sie einen Löffel hineinstellte, um das Zerspringen des Glases zu verhindern. Unterdessen ließ sie Leamas nicht aus den Augen, als fürchtete sie, er könnte tot sein.

Sie mußte ihn stützen, damit er die Suppe trinken konnte. Er besaß nur ein Kopfkissen, und da es in der Wohnung keine anderen Polster gab, nahm sie seinen Mantel vom Haken hinter der Tür, machte ein Bündel daraus und stopfte es hinter das Kopfkissen. Sie hatte Angst vor der Berührung mit ihm, er war schweißnaß, und sein kurzes graues Haar war feucht und klebrig. Sie stellte das Glas ab, hielt seinen Kopf mit der einen Hand und flößte ihm die Suppe mit der anderen ein. Als er einige Löffel zu sich genommen hatte, zerdrückte sie zwei Aspirintabletten und gab sie ihm mit dem Löffel. Sie redete ihm wie einem Kind zu, während sie auf der Bettkante saß, ihn und sein Gesicht mit den Fingerspitzen streichelte, wobei sie immer seinen Namen flüsterte: »Alec, Alec.«

Allmählich wurde sein Atem gleichmäßiger und sein Körper entspannte sich, da er aus dem schmerzhaften Fieberkrampf in einen ruhigen Schlaf hinüberglitt. Liz fühlte, daß er das Schlimmste überstanden hatte. Plötzlich kam ihr zu Bewußtsein, daß es fast dunkel war.

Als ihr einfiel, daß sie aufräumen konnte, statt herumzusitzen, schämte sie sich. Sie sprang auf, holte aus der Küche die Teppichkehrmaschine und einen Staublappen und machte sich fieberhaft an die Arbeit. Als sie in einem Zimmer fertig war und ein sauberes Tischtuch auf den Nachttisch gelegt hatte, wusch sie in der Küche das herumstehende Geschirr ab. Als sie auf die Uhr sah, war es halb neun. Sie setzte den Kessel auf und ging ans Bett zurück. Leamas schaute sie böse an.

»Alec, sei nicht böse, bitte, nicht«, sagte sie. »Ich versprech' dir, daß ich dann gehe, aber laß mich erst etwas Richtiges zu essen für dich machen. Du bist krank, du kannst so nicht weitermachen. Du bist . . . o Alec.« Sie verlor die Beherrschung und weinte, wobei sie die Hände vors Gesicht hielt, so daß ihr die Tränen wie bei einem Kind zwischen den Fingern hinunterliefen. Seine braunen Augen waren unbewegt auf sie gerichtet, während seine Hände das Bettuch hielten.

Sie half ihm beim Waschen und Rasieren und sie fand sauberes Bettzeug. Sie gab ihm etwas Hühnerbrust aus der Dose, die sie in Mr. Sleamans Laden gekauft hatte. Sie saß auf dem Bett und sah ihm beim Essen zu, während sie darüber nachdachte, daß sie noch niemals vorher so glücklich gewesen war.

Er schlief bald ein. Sie zog die Decke über seine Schultern und ging zum Fenster. Sie schlug die vergilbten Vorhänge zurück, schob das Fenster hoch und schaute hinaus. Im Hof waren Fenster erleuchtet. Durch das eine konnte sie den flimmernden blauen Schatten eines Fernsehschirmes sehen, der bewegungslose Gestalten in seinem Bann hielt, hinter dem anderen drehte sich eine ziemlich junge Frau Lockenwickler in ihr Haar. Liz hätte über die verworrene Selbsttäuschung in ihren Träumen weinen können.

Sie schlief in einem Sessel, bis es fast hell war, und als sie aufwachte, fühlte sie sich kalt und steif. Sie ging zum Bett. Leamas regte sich, als sie ihn anschaute, und sie berührte seine Lippen mit den Fingerspitzen. Er zog sie, ohne die Augen zu öffnen, sanft aufs Bett herunter. Plötzlich hatte sie heftiges Verlangen nach ihm, so daß nichts anderes mehr wichtig war, und sie küßte ihn wieder und wieder, und als sie ihn ansah, schien er zu lächeln.

Beinahe eine Woche lang kam sie jeden Tag. Er sprach nie viel mit ihr, und als sie ihn einmal fragte, ob er sie liebe, sagte er, er glaube an keine Märchen. Sie legte sich dann auf das Bett, den Kopf auf seiner Brust, er fuhr mit seinen dicken Fingern ins Haar und hielt es ziemlich fest, während Liz lachte und sagte, es tue ihr weh.

Als sie Freitag abend kam, war er angezogen, aber nicht rasiert, und sie wunderte sich darüber. Irgendein unbestimmtes Gefühl alarmierte sie. Im Zimmer fehlten verschiedene Kleinigkeiten, wie etwa die Wanduhr und das billige tragbare Radio, das auf dem Tisch gestanden hatte. Sie wollte fragen, wagte es aber nicht. Sie hatte Eier und Schinken gekauft und daraus bereitete sie das Abendessen, während Leamas auf dem Bett saß und eine Zigarette nach der anderen rauchte. Als das Essen fertig war, ging er in die Küche und kam mit einer Flasche Rotwein zurück. Er sprach während des Essens kaum ein Wort. Sie beobachtete ihn mit wachsender Angst, bis sie es nicht mehr aushielt und plötzlich rief: »Alec, Alec . . . was ist denn? Ist das der Abschied?«

Er stand vom Tisch auf, nahm ihre Hände und küßte sie, wie er sie nie vorher geküßt hatte. Dann sprach er lange Zeit leise auf sie ein, erzählte ihr Dinge, die sie nur halb verstand, weil sie die ganze Zeit wußte, daß es das Ende war und nichts anderes mehr eine Rolle spielte.

»Leb wohl, Liz«, sagte er. »Leb wohl.« Und dann: »Diesmal suche mich nicht mehr. Diesmal nicht.«

Liz nickte und murmelte: »Wie wir gesagt haben.« Sie war dankbar für die beißende Kälte auf der Straße und für die Dunkelheit, die ihre Tränen verbarg.

Es war am nächsten Morgen, am Samstag, als Leamas beim Krämer um Kredit bat. Er tat es unbeholfen und auf eine Art, die nicht sehr erfolgversprechend schien. Er verlangte ein halbes Dutzend Dinge, die zusammen nicht mehr als ein Pfund gekostet hätten, und als sie in seinem Tragbeutel verstaut waren, sagte er: »Am besten, Sie schicken mir die Rechnung.«

Der Krämer zeigte ein schiefes Lächeln und sagte: »Ich fürchte, das kann ich nicht!«, wobei er das »Sir« mit deutlicher Absicht fortließ.

»Warum nicht, zum Teufel?« fragte Leamas. Die Wartenden hinter ihm wurden bereits unruhig.

»Kenn' Sie ja nicht«, erwiderte der Krämer.

»Seien Sie nicht albern«, sagte Leamas. »Seit vier Monaten kaufe ich jetzt bei Ihnen ein.«

Der Krämer lief rot an. »Bevor wir Kredit geben, brauchen wir eine Bankauskunft«, sagte er. Leamas verlor die Geduld.

»Reden Sie keinen Unsinn«, brüllte er. »Die Hälfte Ihrer Kunden hat noch nie eine Bank von innen gesehen – und wird sie auch nie zu sehen bekommen.«

Das war unerträglich, weil es die Wahrheit war.

»Ich kenne Sie nicht«, wiederholte der Krämer heiser, »und ich schätze Sie nicht. Machen Sie jetzt, daß Sie aus meinem Laden hinauskommen.« Er bemühte sich, das Paket wieder an sich zu nehmen, das Leamas unglücklicherweise schon in der Hand hielt.

Man war später verschiedener Meinung darüber, was im Anschluß daran geschehen war. Einige sagten, der Krämer habe bei dem Versuch, das Paket an sich zu bringen, Leamas gestoßen. Andere sagten, er habe es nicht getan. Auf jeden Fall stand fest, daß Leamas nach dem Krämer geschlagen hatte, und zwar nach Ansicht der meisten zweimal, ohne daß er seine rechte Hand freigemacht hätte, die noch immer den Tragbeutel hielt. Er schien den Schlag nicht mit der Faust zu führen, sondern mit der Kante der linken Hand und – als Teil derselben unglaublich schnellen Bewegung – mit dem linken Ellbogen. Der Krämer ging kerzengerade zu Boden und rührte sich nicht mehr. Vor Gericht wurde später behauptet, und von der Verteidigung nicht bestritten, daß der Krämer zwei Verletzungen davongetragen hatte: vom ersten Schlag einen gebrochenen Backenknochen und vom zweiten ein ausgerenktes Kinn. Die Berichterstattung war angemessen, aber nicht übertrieben ausführlich.

6

Kontakt

Nachts lag er auf seiner Pritsche und hörte auf die Laute der Häftlinge: das heimliche Schluchzen eines jungen Burschen und den Gesang eines alten Zuchthäuslers, der auf seinem Blechnapf den Takt dazu schlug. Ein Wärter schrie nach jedem Vers: »Halt's Maul, George, du alter Schurke«, aber niemand nahm Notiz davon. Dann war ein Ire da, der Lieder über den Freiheitskampf sang, obgleich die anderen sagten, er sei wegen Vergewaltigung eingesperrt.

Leamas versuchte, am Tage möglichst viel Bewegung zu machen, um müde zu werden und nachts schlafen zu können, aber es half nichts. Nachts wußte man, daß man im Gefängnis war: Nachts gab es nichts, was einem geholfen hätte, den ekelhaften Zustand des Gefangenseins zu vergessen, keinen Trick der Einbildungskraft, keine Selbsttäuschung. Man konnte sich weder der Gefängnisluft entziehen noch dem Geruch der eigenen Sträflingskleidung, noch dem Gestank der Kübel, noch den Geräuschen der anderen Männer. Besonders in der Nacht schien die Würdelosigkeit der Haft kaum noch erträglich, und besonders dann sehnte sich Leamas nach einem Spaziergang im freundlichen Sonnenschein eines Londoner Parks. Besonders in der Nacht empfand er gegen den grotesken Stahlkäfig, in dem er eingeschlossen war, einen so großen Haß, daß er nur schwer dem Wunsch widerstehen konnte, mit den bloßen Fäusten gegen die Käfigstangen loszugehen, die Schädel seiner Wärter einzuschlagen und in den freien Raum Londons auszubrechen. Manchmal dachte er an Liz. Er hatte sich angewöhnt, die Gedanken wie das Objektiv einer Kamera auf sie zu richten, um für einen Augenblick die Erinnerung an die Berührung ihres weichen und doch straffen Körpers zu genießen und sie dann wieder aus seinem Gedächtnis zu verbannen. Leamas war ein Mann, der gewohnt war, von Träumen zu leben.

Er verachtete seine Zellengenossen, und sie haßten ihn. Sie haßten ihn, weil er das war, was jeder heimlich zu sein wünschte: ein Geheimnis. Er bewahrte einen deutlich spürbaren Teil seiner Persönlichkeit vor dem Zugriff der Gefängnisgemeinschaft, indem er sich auch in sentimentalen Augenblicken nicht dazu hinreißen ließ, über sein Mädchen, seine Familie oder seine Kinder zu sprechen. Die anderen wußten nichts von Leamas. Sie warteten darauf, daß er sich ihnen anvertraute, aber er kam nicht zu ihnen.

Es gibt im großen und ganzen nur zwei Arten von Neulingen im Gefängnis, die einen sind von Scham, Furcht oder Schock in einen Zustand des starren Schrecks versetzt, in dem sie darauf warten, in die Lehre des Gefängnislebens eingeführt zu werden, während die anderen mit ihrer elenden Neuheit hausieren gehen, um sich bei der Gemeinschaft einzuschmeicheln. Leamas tat keines von beiden. Er schien zufrieden damit zu sein, sie alle zu verachten, und sie haßten ihn, weil sie von ihm ebensowenig wie von der Welt draußen gebraucht wurden. Nach ungefähr zehn Tagen waren sie es überdrüssig. Er hatte den Großen nicht gehuldigt und den Kleinen keinen Trost gespendet, so daß man ihn in der Essensschlange rempelte. Rempeln ist ein Gefängnisbrauch, der auf die im 18. Jahrhundert übliche gewesene Technik des Quetschens zurückgeht. Er hat den Vorteil, ein scheinbarer Zufall zu sein, bei dem der Inhalt des Eßgeschirrs auf die Uniform des Gefangenen geschüttet wird. Während Leamas von der einen Seite heftig gestoßen wurde, senkte sich auf der anderen eine gefällige Hand auf seinen Unterarm, schon war die Sache bewerkstelligt. Leamas sagte nichts, sondern prägte sich nur aufmerksam die Gesichter der beiden Männer ein. Den unflätigen Wutanfall des Aufsehers, der sehr wohl wußte, was vorgefallen war, ließ er stillschweigend über sich ergehen.

Es war vier Tage später, als er während der Arbeit am Blumenbeet des Gefängnisses mit seiner Hacke zu stolpern schien. Er hielt den Stiel des Werkzeuges mit beiden Händen quer vor sich hin. Als Leamas sein Gleichgewicht zurückerlangt hatte, hielt sich sein rechter Nebenmann mit schmerzverzerrtem Gesicht und zusammengekrümmtem Leib den Arm über die Magengrube. Danach gab es kein Rempeln mehr.

Die seltsamste von jenen Erfahrungen, die Leamas im Gefängnis machte, war seine Reaktion auf das braune Papierpaket, mit dem man ihn entließ. In lächerlicher Weise erinnerte es ihn an eine Hochzeitszeremonie: mit diesem Ring besiegle ich den Bund unserer Ehe, mit diesem Papierpaket besiegle ich deine Rückkehr in die Gemeinschaft. Als man ihm das Paket übergab, mußte er ein Formular unterschreiben. Es enthielt alles, was er auf dieser Welt besaß. Leamas empfand diesen Augenblick als den niederdrückendsten während der drei Monate, und er beschloß, das Paket wegzuwerfen, sobald er draußen war.

Er schien ein ruhiger Gefangener zu sein. Es gab keine Klagen über ihn. Der Direktor, der an seinem Fall entfernt interessiert war, schob alles dem irischen Blut zu, das er in Leamas entdeckt haben wollte.

»Was werden Sie tun«, fragte er, »wenn Sie uns hier verlassen?«

Leamas erwiderte ohne die geringste Spur eines Lächelns, daß er einen neuen Anfang machen wolle. Der Direktor meinte, dies sei ein ausgezeichneter Vorsatz.

»Wie steht's mit Ihrer Familie?« fragte er. »Könnten Sie sich mit Ihrer Frau nicht wieder versöhnen?«

»Ich werde es versuchen«, antwortete Leamas gleichgültig, »aber sie ist wieder verheiratet.«

Der Bewährungsbeamte hätte es gerne gesehen, wenn Leamas Pfleger in der Nervenheilanstalt von Buckinghamshire geworden wäre, und Leamas versprach, sich bewerben zu wollen. Er ließ sich sogar die Anschrift geben und notierte die Abfahrtszeiten der Züge nach Buckinghamshire.

»Die Strecke ist bis Great Missenden elektrifiziert«, sagte der Bewährungsbeamte, und Leamas erwiderte, das sei eine große Hilfe. Man gab ihm also das Paket, und er verließ das Gefängnis. Er fuhr mit dem Bus bis Marble Arch und ging dann zu Fuß. Er hatte etwas Geld in der Tasche und wollte sich eine gute Mahlzeit gönnen. Er hatte deshalb vor, durch den Hydepark zum Piccadilly und über den Parliament Square durch White Hall zum Strand hinunterzuwandern, wo er im großen Café am Charing-Cross-Bahnhof für sechs Shilling ein ordentliches Lendenstück bekommen konnte.

Es war ein sonniger Tag im späten Frühjahr, und in den Parkanlagen blühten Krokusse und Narzissen. Er hätte den ganzen Tag im kühlen, erfrischenden Südwind laufen können. Aber er trug noch immer das Paket, und er mußte es loswerden. Die Abfallkörbe waren zu klein für sein großes Paket. Der Versuch, es in einen von ihnen zu stopfen, wäre lächerlich gewesen. Außerdem wollte er noch ein paar Dinge herausnehmen: seine zerknitterten Papiere, wie die Versicherungskarten, den Führerschein und seinen E. 93 – was immer das war –, der in einem braunen Umschlag steckte, wie er von amtlichen Dienststellen verwendet wurde. Aber plötzlich wollte er sich nicht mehr damit abgeben. Er setzte sich auf eine Bank und legte das Paket neben sich. Dann schob er sich von dem Paket weg ans andere Ende der Bank. Nach ein paar Minuten stand er auf und ließ das Paket, wo es lag. Er hatte den Fußweg gerade erreicht, als er einen Ruf hörte. Er wandte sich um, vielleicht sogar ein wenig heftig, und sah einen Mann in einem Armeegummimantel, der ihm zuwinkte und in der anderen Hand das braune Papierpaket hielt.

Leamas hatte die Hände in den Taschen, und dort ließ er sie, während er über seine Schulter zu dem Mann im Gummimantel zurückschaute. Der Mann zögerte. Offenbar erwartete er, daß Leamas näher kommen oder zumindest Interesse zeigen würde. Statt dessen zuckte er nur mit den Achseln und ging weiter. Er kümmerte sich nicht um die weiteren Rufe des Mannes, von dem er wußte, daß er hinter ihm herkam. Er hörte seine eiligen Schritte auf dem Kies, die rasch näher kamen, und dann eine etwas atemlose und ziemlich gekränkte Stimme:

»Hallo, Sie – hören Sie doch!«

Der Mann hatte ihn fast erreicht, als Leamas stehenblieb und ihn ansah. »Ja?«

»Das ist doch Ihr Paket? Sie haben es auf der Bank liegenlassen. Warum sind Sie nicht stehengeblieben? Ich habe Sie doch gerufen!«

Der Mann war groß, mit ziemlich gekräuseltem braunem Haar. Er trug einen orangefarbenen Schlips und ein blaßgrünes Hemd. Er wirkte ein klein wenig verdrossen. Ein bißchen schwul, dachte Leamas, könnte Lehrer sein, vielleicht leitete er in einem Vorort den Theaterklub. Kurzsichtig.

»Sie können es zurücklegen«, entgegnete Leamas. »Ich will es nicht haben.«

Der Mann lief rot an: »Es ist Abfall. Sie können es doch nicht einfach dort liegenlassen«, sagte er.

»Das kann ich sehr wohl«, erwiderte Leamas. »Irgend jemand wird schon eine Verwendung dafür haben.« Er wollte weitergehen, aber der andere stand noch immer vor ihm, das Paket wie ein Baby auf beiden Armen haltend. »Gehen Sie aus dem Licht«, sagte Leamas, »wenn ich bitten darf.«

»Hören Sie«, sagte der Fremde, wobei sich seine Stimme um einen Ton hob. »Warum sind Sie so verdammt unhöflich? Ich wollte Ihnen doch nur einen Gefallen tun.«

»Wenn Sie so scharf drauf sind, mir einen Gefallen zu tun«, antwortete Leamas, »dann sagen Sie mir, weshalb Sie mir jetzt schon seit mehr als einer halben Stunde nachlaufen?«

Er ist ziemlich gut, dachte Leamas. Er hat sich bisher noch nichts anmerken lassen, man muß ihn hart anfassen.

»Ich meinte, ich hätte Sie schon einmal in Berlin gekannt, wenn Sie es unbedingt wissen wollen.«

»Deshalb sind Sie mir eine halbe Stunde nachgelaufen?« Leamas' Stimme war voller Sarkasmus. Seine braunen Augen wandten sich keinen Moment vom Gesicht des anderen ab.

»Es war keine halbe Stunde. Ich hab' Sie beim Marble Arch gesehen, und mir kam's vor, als wären Sie Alec Leamas – ein Mann, von dem ich mir einmal Geld geliehen hatte. Ich hab' beim britischen Rundfunk in Berlin gearbeitet, müssen Sie wissen, und da war auch dieser Leamas, der mir Geld borgte. Ich hab' seitdem of Gewissensbisse gehabt, und als ich Sie sah, bin ich Ihnen gefolgt, um mir Gewißheit zu verschaffen.«

Leamas schaute ihn weiterhin wortlos an. Der Kerl war doch nicht so gut, wie er zuerst gedacht hatte, aber er war immerhin gut genug. Seine Geschichte war zwar nicht sehr plausibel, aber das spielte keine Rolle. Viel wichtiger war, daß er jetzt eine neue Geschichte erfunden hatte und bei ihr blieb, nachdem sein erster, fast klassisch zu nennender Annäherungsversuch von Leamas zerstört worden war.

»Ich bin Leamas«, sagte er schließlich. »Wer, zum Teufel, sind Sie?«

Er sagte, sein Name sei Ashe, mit einem ›E‹, wie er schnell hinzufügte, und Leamas wußte, daß er log. Er tat so, als sei er noch nicht ganz davon überzeugt, daß Leamas wirklich Leamas war, so daß sie während des

Mittagessens das Paket öffneten und seinen Krankenversicherungsausweis betrachteten. Wie ein paar Schwächlinge vor einem schmutzigen Foto, dachte Leamas. Ashe bestellte das Essen, wobei er den Preisen um einen Bruchteil zuwenig Beachtung schenkte, und sie tranken Frankenwein, um sich der vergangenen Tage zu erinnern. Leamas begann das Gespräch mit der Versicherung, daß er sich nicht an Ashe erinnern könne, während Ashe beteuerte, daß ihn das überrasche. Er schien verletzt. Er sagte, sie seien sich auf einer Party begegnet, die Derek Williams in seiner Wohnung unweit des Kurfürstendammes (das war richtig beschrieben) einmal gegeben habe, alle Zeitungsleute seien dagewesen, und es sei ausgeschlossen, daß sich Alec jetzt nicht mehr daran erinnern könne.

Nein, Leamas konnte sich nicht erinnern. Aber ganz bestimmt mußte er doch noch Derek Williams vom *Observer* kennen, diesen netten Mann, der so reizende Pizzapartys gab? Leamas hatte jedoch für Namen ein sehr schlechtes Gedächtnis, und sie sprachen schließlich vom Jahre 1954. Seit damals ist eine Menge Wasser den Berg hinuntergeflossen ... Ashe – sein Vorname war William, und die meisten Leute riefen ihn Bill – erinnerte sich jedoch klar und deutlich daran. Sie hätten anregende Sachen getrunken, Brandy und Crème de Menthe, und seien alle ziemlich angeheitert gewesen. Derek habe für ein paar prächtige Mädchen gesorgt, das halbe Kabarett vom ›Malkasten‹, daran müßte sich Alec doch jetzt erinnern? Leamas meinte, es werde ihm alles wieder einfallen, wenn Bill noch etwas weiter erzählte.

Bill erzählte tatsächlich weiter, ohne Zweifel alles

frei erfunden, aber er machte es gut, indem er das Sexuelle etwas in den Vordergrund spielte und erzählte, daß sie am Ende mit drei von diesen Mädchen in einem Nachtlokal gewesen seien. Nämlich Alec, ein netter Kerl vom politischen Beratungsbüro und Bill. Er selbst sei in Verlegenheit gewesen, weil er kein Geld bei sich gehabt habe, Alec habe bezahlt, und da Bill eines der Mädchen mit heimnehmen wollte, habe ihm Alec noch einen Hunderter geliehen.

»Aber klar!« rief Leamas. »Jetzt erinnere ich mich. Natürlich!«

»Ich war sicher«, sagte Ashe glücklich, indem er Leamas über sein Glas hinweg zunickte. »Laß uns noch einen trinken. Es ist so gemütlich.«

Ashe war ein Musterbeispiel jenes Typs, der seine Beziehungen zu anderen Menschen nach dem Prinzip von Angriff und Nachgiebigkeit gestaltet. Wo er Weichheit spürte, stieß er vor, wo er Widerstand fand, wich er zurück. Da er selbst weder eine bestimmte Meinung noch Geschmack besaß, verließ er sich stets auf das Urteil seiner jeweiligen Begleitung. Er hätte ebensogern Tee bei ›Fortnum‹ wie Bier im Aussichtslokal von Whitby getrunken, wäre mit gleicher Begeisterung zur Militärmusik im St.-James-Park wie zum Jazz in einem Keller der Compton Street gegangen, und bei der Schilderung des Elends in dem farbigen Viertel von Sharpeville hätte seine Stimme ebenso bereitwillig vor Mitleid gebebt wie vor Zorn, wenn er über das Anwachsen der Negerbevölkerung in England gesprochen hätte. Leamas widerte diese ausgesprochen passive Art an, sie weckte die Kampflust in ihm, und er steuerte Ashe im Lauf des Gespräches mit spielender Leichtigkeit dauernd in Positionen hinein, in denen der andere festgelegt war, während er selbst sich zurückzog, so daß Ashe ständig versuchen mußte, aus jenen Sackgassen wieder herauszukommen, in die ihn Leamas gelockt hatte. Während des Nachmittags gab es Augenblicke, in denen die perverse Unverschämtheit von Leamas es Ashe ohne weiteres erlaubt hätte, das Gespräch abzubrechen – nicht zuletzt deshalb, weil er ja dafür zahlte. Aber Ashe überhörte dies alles geflissentlich und blieb.

Hätte der traurige kleine Mann am Nebentisch, der hinter seiner Brille in ein Buch über die Fabrikation von Kugellagern vertieft war, ihrer Unterhaltung zugehört, so hätte er zu dem Schluß kommen müssen, daß Leamas gerade seiner sadistischen Neigung freien Lauf ließ – oder, wäre er ein Mann von besonderem Scharfsinn gewesen, daß sich Leamas gerade eine Bestätigung dafür zu verschaffen suchte, daß nur ein sehr triftiger verborgener Grund einen Mann dazu bringen konnte, sich diese Behandlung gefallen zu lassen.

Es war fast vier Uhr, bevor sie die Rechnung verlangten, und Leamas versuchte ernsthaft, seinen Anteil zu zahlen. Aber Ashe wollte davon nichts hören, bezahlte die Rechnung und nahm ein Heft mit Überweisungsformularen heraus, um seine alte Schuld zu begleichen.

»Zwanzig von den Besten«, sagte er und füllte das Datum auf dem Formular aus. Dann schaute er Leamas treuherzig an. »Übrigens, eine Überweisung ist dir doch recht, wie?«

Leamas erwiderte etwas verlegen: »Ich stehe im Moment mit keiner Bank in Verbindung – ich bin gerade erst aus dem Ausland zurück und muß das erst regeln. Gib mir lieber einen Scheck, den ich bei deiner Bank einlösen kann.«

»Daran würde ich nicht im Traum denken, mein Lieber. Du müßtest nach Rotherhithe hinausfahren, um den zu kassieren.«

Leamas zuckte mit den Achseln, und Ashe lachte. Sie kamen überein, sich morgen mittag am gleichen Ort wieder zu treffen. Ashe werde das Geld in bar bringen.

An der Compton Street nahm Ashe ein Taxi, und Leamas winkte ihm nach, bis er außer Sicht war. Als der Wagen fort war, schaute er auf seine Uhr. Es war vier. Er nahm an, daß er noch beobachtet würde. Deshalb ging er die Fleet Street hinunter und trank eine Tasse Kaffee bei ›Black and White‹. Er schaute Buchläden an, las die Abendzeitungen, die in Schaukästen an den Verlagsgebäuden ausgehängt waren, und sprang dann plötzlich, so als sei ihm auf einmal etwas eingefallen, in einen Bus. Der Bus fuhr nach Ludgate Hill. In der Nähe einer U-Bahn-Station gab's eine Verkehrsstockung, die Leamas dazu benützte, abzuspringen und mit irgendeinem Zug der U-Bahn weiterzufahren, nachdem er eine Sechspennykarte gekauft hatte. Er stellte sich in den hintersten Wagen und stieg schon auf der nächsten Station wieder aus, wo gerade ein Zug nach Euston stand. Von dort fuhr er nach Charing Cross zurück. Es war neun Uhr, als er den Bahnhof erreichte, und ziemlich kalt. Auf dem Bahnhofsvorplatz wartete ein Lieferwagen, dessen

Fahrer schlief. Leamas las das Nummernschild, ging hin und rief durch die Scheibe:

»Sind Sie von Clements?« Der Fahrer schreckte hoch und fragte:

»Mr. Thomas?«

»Nein«, antwortete Leamas. »Thomas konnte nicht kommen. Ich bin Amies aus Hounslow.«

»Steigen Sie ein, Mr. Amies«, erwiderte der Fahrer und machte die Tür auf. Sie fuhren Richtung King's Road. Der Fahrer kannte den Weg.

Der Chef öffnete die Tür. »George Smiley ist nicht da«, sagte er. »Ich habe sein Haus geliehen. Kommen Sie herein.«

Erst als Leamas drinnen und die Eingangstür geschlossen war, schaltete der Chef das Licht in der Diele ein.

»Ich wurde bis Mittag beschattet«, sagte Leamas. Sie gingen in den kleinen, mit Büchern gefüllten Wohnraum. Es war ein hübsches Zimmer, an der hohen Decke waren Stuckarbeiten aus dem 18. Jahrhundert, es hatte hohe Fenster und einen guten Kamin.

»Sie haben heute morgen Kontakt mit mir aufgenommen. Ein Mann names Ashe.« Er zündete sich eine Zigarette an. »Ein Schwuler. Wir treffen uns morgen wieder.«

Der Chef hörte sich die Geschichte von Leamas Etappe für Etappe aufmerksam an, beginnend bei dem Tag, an dem Leamas den Krämer niedergeschlagen hatte, bis zur Begegnung mit Ashe.

»Wie war's im Gefängnis?« erkundigte sich der Chef. Genausogut hätte er fragen können, ob Leamas einen angenehmen Urlaub verbracht hatte. »Es tut mir leid, daß wir Ihnen nicht mit kleinen Sondergeschichten gewisse Erleichterungen verschaffen konnten, aber das wäre ungeschickt gewesen.«

»Natürlich!«

»Man muß konsequent sein. Bei jeder Wende muß man konsequent sein. Außerdem wäre es falsch, den Reiz der Echtheit zu zerstören. Ich habe gehört, daß Sie krank waren. Das tut mir leid. Was war es?«

»Nur Fieber.«

»Wie lange waren Sie im Bett?«

»Ungefähr zehn Tage.«

»Wie unangenehm! Und niemand, der Sie versorgt hat, natürlich?«

Es entstand eine lange Pause.

»Sie wissen, daß sie in der Partei ist, wie?« fragte der Chef ruhig.

»Ja«, entgegnete Leamas. Wieder Schweigen. »Ich wünsche nicht, daß sie da hineingezogen wird.«

»Warum sollte sie?« fragte der Chef scharf. Leamas dachte für einen Augenblick, freilich nicht länger als einen Augenblick, er habe die Fassade fast wissenschaftlicher Unbeteiligtheit durchdrungen.

»Wer sagt, daß sie hineingezogen werden sollte?«

»Niemand«, erwiderte Leamas. »Ich weise nur darauf hin. Ich weiß, wie solche Dinge laufen – alle Operationen mit Angriffscharakter. Sie erzeugen unvorhergesehene Nebenwirkungen, machen plötzliche Wendungen in unerwarteter Richtung, man glaubt, daß man den einen Fisch gefangen hat, und entdeckt, daß es ein anderer ist. Ich wünsche, daß sie aus der Sache herausgehalten wird.«

»Oh, gewiß, gewiß.«

»Wer ist dieser Mann auf dem Arbeitsamt – Pitt? War er nicht während des Krieges im Rondell?«

»Ich kenne niemanden dieses Namens. – Pitt, sagten Sie?«

»Ja.«

»Nein. Mir unbekannt. Im Arbeitsamt?«

»Ja doch! Himmel noch mal!« entgegnete Leamas sehr gereizt.

»Ich bitte um Entschuldigung«, sagte der Chef und stand auf. »Ich vernachlässige meine Pflichten als stellvertretender Gastgeber. Wollen Sie etwas trinken?«

»Nein. Ich will noch heute hier weg, Chef. Ich möchte aufs Land und mir etwas Bewegung machen. Ist das Haus offen?«

»Ich habe einen Wagen bestellt«, sagte er. »Um welche Zeit treffen Sie morgen Ashe – ein Uhr?«

»Ja.«

»Ich werde nun Haldane anrufen und ihm sagen, daß Sie etwas Fruchtsaft wünschen. Sie würden auch besser einen Arzt aufsuchen. Wegen des Fiebers.«

»Ich brauche keinen Arzt.«

»Wie Sie wollen.«

Der Chef schenkte sich einen Whisky ein und begann uninteressiert die Bücher in Smileys Bücherschrank anzusehen.

»Warum ist Smiley nicht hier?« fragte Leamas.

»Er mag die Sache nicht«, antwortete der Chef gleichgültig. »Er findet sie widerwärtig. Er sieht zwar die Notwendigkeit ein, will aber nichts damit zu tun haben.«

Mit einem sonderbaren kleinen Lächeln fügte der Chef hinzu: »Sein Fieber läßt merklich nach.«

»Man kann nicht sagen, daß er mich mit offenen Armen empfing.«

»Ganz recht. Er will nicht teilnehmen. Aber er hat Ihnen von Mundt erzählt und Ihnen den Hintergrund geschildert?«

»Ja.«

»Mundt ist ein sehr harter Mann«, sagte der Chef nachdenklich. »Wir sollten das nie vergessen. Und ein hervorragender Abwehrspezialist.«

»Weiß Smiley den Grund für die Operation? Kennt er die besondere Bedeutung?«

Der Chef nickte und nahm bedächtig einen kleinen Schluck Whisky.

»Und er mag es trotzdem nicht?«

»Es ist keine Frage moralischer Überlegungen. Er ist wie ein Chirurg, der kein Blut mehr sehen möchte. Es genügt ihm, wenn andere operieren.«

Leamas gab sich nicht zufrieden: »Sagen Sie mir, woher Sie so sicher wissen, daß wir mit dieser Operation unser Ziel erreichen werden. Woher wissen Sie, daß die Ostdeutschen dahinterstecken und nicht die Tschechen oder die Russen?«

»Seien Sie versichert«, sagte der Chef etwas schwulstig, »daß man sich darum gekümmert hat.«

Als sie zur Tür kamen, legte der Chef seine Hand leicht auf Leamas' Schulter. »Dies ist Ihr letzter Auftrag«, sagte er. »Nachher können Sie aus der Kälte hereinkommen. Wegen des Mädchens: Wollen Sie, daß irgend etwas ihretwegen unternommen wird – Geld oder so etwas?«

»Wenn es vorüber ist. Ich werde dann selbst für sie sorgen.«

»Richtig. Es wäre sehr gefährlich, jetzt etwas zu tun.«

»Ich will, daß sie in Frieden gelassen wird«, wiederholte Leamas mit Nachdruck. »Ich will nur nicht haben, daß man mit ihr Geschichten macht. Ich wünsche nicht, daß ein Akt angelegt wird oder etwas Ähnliches. Ich will, daß sie vergessen wird.«

Er nickte dem Chef zu und schlüpfte in die Nachtluft hinaus.

In die Kälte.

7

Kiever

Leamas kam am folgenden Tag mit zwanzig Minuten Verspätung zu seiner Verabredung mit Ashe. Er roch nach Whisky. Ashes Freude, Leamas zu sehen, war jedoch unvermindert. Er behauptete, er selbst sei erst in diesem Augenblick gekommen, er sei erst spät zur Bank gegangen. Er händigte Leamas einen Umschlag aus.

»Einzelne Scheine«, sagte Ashe. »Ich hoffe, daß es recht ist.«

»Danke«, erwiderte Leamas, »wir wollen einen trinken.« Er hatte sich nicht rasiert, und sein Kragen war schmutzig. Er rief den Kellner und bestellte Drinks, einen großen Whisky für sich und einen Gin für Ashe. Als die Drinks kamen und Leamas sich Soda ins Glas gießen wollte, zitterte seine Hand so sehr, daß er es fast danebenschüttete.

Sie aßen gut und tranken viel Alkohol dazu, wobei Ashe die Führung des Rennens übernahm. Wie Leamas erwartete, sprach er zuerst von sich, ein alter Trick, aber kein schlechter.

»Um ganz offen zu sein, bin ich kürzlich auf eine ganz gute Sache gestoßen«, sagte Ashe. »Ich schreibe als freier Mitarbeiter für Zeitungen im Ausland Englandreportagen. Nach Berlin ging es mir anfangs ziemlich dreckig. Man hatte meinen Vertrag nicht verlängert, und ich mußte einen Job annehmen – ich machte eine langweilige Reklamezeitschrift mit Freizeittips für Leute über sechzig. Gibt's noch was Schlimmeres? Das Blatt ging beim ersten Druckerstreik ein – ich kann dir nicht sagen, wie erleichtert ich war. Dann lebte ich eine Zeitlang bei meiner Mutter in Cheltenham. Sie hat ein Antiquitätengeschäft und läßt dir übrigens vielmals danken. Dann bekam ich einen Brief von einem alten Freund, Sam Kiever, der eine Agentur für kleine, speziell auf ausländische Blätter zugeschnittene Reportagen aus dem englischen Leben aufgemacht hatte. Du kennst diese Sachen – sechshundert Worte über den englischen Volkstanz und derlei Kram. Aber Sam hatte einen neuen Dreh: er verkaufte das Zeug übersetzt, und das macht einen Unterschied, weißt du. Man glaubt immer, jeder könnte einen Übersetzer bezahlen oder es selbst übersetzen. Aber wenn man nur noch eine halbe Spalte auf seiner Auslandsseite füllen muß, verschwendet man weder Zeit noch Geld für Übersetzungen. Sams Trick war es, mit den Redakteuren in persönlichen Kontakt zu kommen. Er zog wie ein Zigeuner durch Europa, der arme Kerl, aber es hat sich wirklich ausgezahlt.«

Ashe machte eine Pause. Offenbar wartete er darauf, daß Leamas die Einladung annehmen würde, über sich selbst zu sprechen. Aber Leamas überhörte das. Er nickte nur gelangweilt und sagte: »Verdammt gut.«

Ashe hatte eigentlich Wein bestellen wollen, aber Leamas sagte, er werde beim Whisky bleiben, und bis der Kaffee kam, war er schon beim vierten Doppelten. Er schien in schlechter Verfassung zu sein. Wie viele Trinker, schnappte er im letzten Augenblick, ehe das Glas seinen Mund berührte, nach dem Rand des Glases, als ob seine Hand ihn im Stich lassen und der Drink ihm entgegenkommen könnte.

Ashe verfiel für einen Augenblick in Schweigen.

»Du kennst Sam nicht, wie?« fragte er.

»Sam?«

Ein Ton von Gereiztheit kam in Ashes Stimme. »Sam Kiever, mein Chef. Ich hab' dir doch gerade von ihm erzählt.«

»War der auch in Berlin?«

»Nein. Er kennt Deutschland gut, aber in Berlin hat er nie gelebt. Er hat als freier Mitarbeiter manchmal in Bonn ausgeholfen. Er ist ein lieber Kerl. Du könntest ihm begegnet sein.«

»Glaube ich nicht.« Pause.

»Und du? Was machst du jetzt so, alter Knabe?« fragte Ashe.

Leamas zuckte die Achseln. »Ich bin kaltgestellt«, entgegnete er mit einem etwas dümmlichen Grinsen. »Raus aus dem Sack und aufs Regal gestellt.«

»Ich vergaß, was hast du in Berlin gemacht? Warst du nicht einer von diesen geheimnisvollen kalten Kriegern?«

Mein Gott, dachte Leamas, endlich fängst du an, ein bißchen in die Pedale zu treten.

Leamas zögerte. Dann sagte er mit rotem Gesicht und voll Ärger: »Bürodiener für die verdammten Yankees, wie wir alle.«

»Weißt du«, sagte Ashe, als ob er den Gedanken einige Zeit in seinem Kopf gewälzt hätte, »du solltest mit Sam zusammenkommen. Du wirst ihn mögen.« Ganz beiläufig fragte er dann: »Sag, Alec – ich weiß nicht einmal, wo du zu erreichen bist?«

»Nirgends«, sagte Leamas teilnahmslos.

»Wieso, alter Junge? Wo wohnst du denn?«

»Einmal hier, einmal da, ich schlage mich so durch. Hab' keine Stellung. Die Hunde haben mir nicht einmal eine richtige Pension gegeben.«

Ashe sah ihn entsetzt an.

»Aber Alec, das ist schrecklich. Warum hast du mir das denn nicht gesagt? Schau, warum kommst du nicht und wohnst bei mir? Es ist ja recht eng, aber für dich ist noch Platz, wenn du nichts gegen Feldbetten hast. Du kannst doch nicht auf den Bäumen leben, mein Lieber!«

»Für eine Weile bin ich ja versorgt«, antwortete Leamas und klopfte auf die Tasche, die den Umschlag enthielt. Dann sagte er entschlossen: »Ich bin dabei, mir eine Stellung zu suchen. In einer Woche oder so werde ich eine haben. Dann wird alles in Ordnung sein.«

»Was für eine Stellung?«

»Ich weiß nicht.«

»Aber du darfst dich nicht selbst wegwerfen, Alec! Du sprichst deutsch wie ein Deutscher, ich erinnere mich genau, daß es so ist. Es muß doch eine Menge Möglichkeiten für dich geben.«

»Ich habe ja schon einiges gemacht. Zum Beispiel Enzyklopädien für irgendeine verdammte amerikanische Firma verkauft, in einer Bibliothek Bücher sortiert, in einer stinkenden Leimfabrik Arbeitskontrollkarten gelocht. Was, zum Teufel, soll ich denn machen?« Er schaute nicht zu Ashe, sondern auf den Tisch vor sich, während seine Lippen zitterten.

Ashe ging auf seine Erregung ein. Er lehnte sich über den Tisch, wobei er nachdrücklich, fast triumphierend zu sprechen begann: »Aber Alec, du brauchst Kontakte, siehst du das nicht? Ich weiß, was es heißt, habe ja selbst in der Suppenküche Schlange gestanden. Das ist der Moment, wo du Menschen kennen mußt. Ich weiß nicht, was du in Berlin gemacht hast, ich will es nicht wissen, aber es war keine Stellung, in der du mit den richtigen Leuten zusammenkamst, nicht wahr? Wenn ich nicht vor fünf Jahren in Posen Sam über den Weg gelaufen wäre, stünde mir das Wasser noch immer bis zum Hals. Schau, Alec, komm und bleibe eine Woche oder so bei mir. Wir werden Sam zu uns bitten und vielleicht einen oder zwei Zeitungsleute, die mit uns in Berlin waren, vorausgesetzt, es sind ein paar davon jetzt in London.«

»Aber ich kann nicht schreiben«, sagte Leamas. »Ich könnte nicht eine verdammte Zeile schreiben.«

Ashe legte seine Hand auf Leamas' Arm: »Nun, reg dich nicht auf«, sagte er beschwichtigend. »Wir wollen eines nach dem anderen machen. Wo sind deine Sachen?«

»Meine was?«

»Deine Sachen: Kleider, Gepäck, und was sonst noch alles?«

»Ich habe nichts. Ich habe alles verkauft, mit Ausnahme des Paketes.«

»Welches Paket?«

»Das braune Papierpaket, das du im Park aufgehoben hast. Das ich loswerden wollte.«

Ashe hatte eine Wohnung am Dolphin Square. Sie entsprach genau der Vorstellung, die sich Leamas von ihr gemacht hatte: sie war klein und unpersönlich und mit ein paar hastig zusammengeholten Andenken aus Deutschland garniert, wie etwa Bierkrügen, einer Bauernpfeife und etlichen Nymphenburger Porzellanfiguren von der billigen Sorte.

»Ich verbringe die Wochenenden bei meiner Mutter in Cheltenham«, sagte Ashe. »Ich benütze die Wohnung hier nur an ein paar Tagen der Woche.« Er fügte entschuldigend hinzu: »Sie ist sehr praktisch.« Sie stellten das Feldbett in dem winzigen Wohnzimmer auf. Es war erst halb fünf.

»Wie lange wohnst du schon hier?« fragte Leamas.

»Ein Jahr ungefähr, oder mehr.«

»War sie leicht zu bekommen?«

»Diese Wohnungen kommen und gehen, weißt du. Du läßt deinen Namen registrieren, und eines Tages rufen sie dich an und sagen dir, daß es soweit ist.«

Ashe machte Tee, den Leamas mit der verdrossenen Miene eines Mannes trank, der an Komfort nicht gewöhnt ist. Selbst Ashe schien ein wenig bedrückt. Nach dem Tee sagte er: »Ich muß gehen und ein paar Besorgungen erledigen, ehe die Geschäfte schließen. Nachher werden wir beraten, was man deinetwegen unternehmen kann. Vielleicht werde ich später anrufen. Je eher ihr zwei zusammenkommt, desto besser, glaube ich. Schlaf ein bißchen. Du siehst mitgenommen aus.«

Leamas nickte. »All dies –«, er machte eine verlegene Handbewegung, »es ist verdammt nett von dir.«

Ashe gab ihm einen Klaps auf die Schulter, nahm seinen Armeegummimantel und ging.

Als Leamas überzeugt war, daß Ashe nicht mehr im Hause sein konnte, sorgte er dafür, daß die Wohnungstür nicht zuschnappte, und ging in die Eingangshalle hinunter, wo zwei Telefonkabinen waren.

Er wählte die Nummer in Maida und fragte nach der Sekretärin von Mr. Thomas. Sofort sagte eine Mädchenstimme: »Hier Sekretariat von Mr. Thomas.«

»Ich rufe im Namen von Mr. Sam Kiever an«, sagte Leamas. »Er hat die Einladung angenommen und hofft, mit Mr. Thomas heute abend persönlich in Verbindung treten zu können.«

»Ich werde das an Mr. Thomas weitergeben. Weiß er, wo er Sie erreichen kann?«

»Dolphin Square«, erwiderte Leamas und gab die Adresse an. »Auf Wiedersehen.«

Nachdem er sich beim Empfangstisch nach verschiedenen Dingen erkundigt hatte, kehrte er in die Wohnung zurück, setzte sich auf das Feldbett und betrachtete seine gefalteten Hände. Nach einer Weile legte er sich hin. Er beschloß, den Rat Ashes zu befolgen und etwas zu ruhen. Als er seine Augen schloß, fiel ihm Liz ein und wie sie neben ihm in der Wohnung in Bayswater gelegen hatte. Verschwommen beschäftigte ihn die Frage, was wohl aus ihr geworden sei.

Er wurde von Ashe aufgeweckt, der bei seiner Rückkehr von einem kleinen, ziemlich dicken Mann mit zurückgekämmtem Haar und zweireihigem Anzug begleitet war. Er sprach mit leichtem, vielleicht deutschem Akzent. Er sagte, sein Name sei Kiever, Sam Kiever.

Sie tranken Gin mit Tonic, wobei Ashe den Hauptteil der Unterhaltung bestritt. Es sei genau wie in den alten Zeiten, sagte er: die Jungens beisammen und die Nacht ihre Domäne. Kiever sagte, er wolle es nicht zu spät werden lassen, denn er habe morgen zu arbeiten. Sie kamen überein, in einem chinesischen Restaurant zu essen, das Ashe kannte. Es lag der Polizeiwache von Limehouse gegenüber, und man mußte seinen eigenen Wein mitbringen.

Seltsamerweise hatte Ashe in der Küche ein paar Flaschen Burgunder, die sie nun im Taxi mitnahmen.

Das Essen war sehr gut, und sie tranken beide Flaschen Wein, so daß Kiever schließlich begann, etwas aus sich herauszugehen: Er komme gerade von einer Reise durch Westdeutschland und Frankreich zurück. Frankreich sei in einem unsagbaren Durcheinander und de Gaulle auf dem besten Weg zu seinem Sturz, und Gott allein wisse, was dann werden solle. Mit hunderttausend demoralisierten algerischen Siedlern im Anrücken sei wohl damit zu rechnen, daß in Frankreich der Faschismus vor der Tür stehe.

»Was ist mit Deutschland?« fragte Ashe, um das Stichwort zu geben.

»Das hängt einfach davon ab, ob es die Yankees halten können.«

Kiever sah Leamas auffordernd an.

»Wie meinen Sie das?« fragte Leamas.

»Wie ich es sage. Mit der einen Hand hat ihnen Dulles eine Außenpolitik gegeben, die ihnen mit der anderen jetzt von Kennedy wieder weggenommen wird. Sie sind gereizt.«

Leamas nickte und sagte: »Typisch Yankee.«

»Alec scheint unsere amerikanischen Vettern nicht zu mögen«, sagte Ashe, indem er sich gleich mit schwerem Geschütz einmischte, aber Kiever murmelte nur: »Wirklich?« Kiever spielte auf lange Sicht, dachte Leamas. Er ließ einen zu sich kommen, wie jemand, der an Pferde gewöhnt war. Er spielte vollendet den Mann, der den Verdacht nicht loswerden kann, daß man ihn gleich um einen Gefallen bitten werde, den er nicht gerne erwies. Nach dem Essen sagte Ashe: »Ich kenne ein Lokal in der Wardour Street – du bist schon dort gewesen, Sam. Es ist recht angenehm dort. Nehmen wir einen Wagen und fahren wir hin.«

»Moment«, sagte Leamas. Etwas in seiner Stimme veranlaßte Ashe, ihn schnell anzusehen. »Verrate mir eines, ja? Wer wird für diese Lustbarkeit zahlen?«

»Ich natürlich«, sagte Ashe schnell. »Sam und ich.«

»Habt ihr das ausgemacht?«

»Nein.«

»Weil ich kein Geld habe, verdammt! Du weißt das doch! Jedenfalls habe ich keines zum Rauswerfen.«

»Freilich, Alec. Ich habe mich doch auch bis jetzt um dich gekümmert, oder nicht?«

»Ja«, antwortete Leamas. »Ja, das hast du.«

Es sah so aus, als wolle er noch etwas sagen, überlege es sich dann aber anders. Ashe schien weniger beleidigt als vielmehr beunruhigt zu sein, und Kiever wirkte so undurchsichtig wie zuvor.

Leamas wollte während der Fahrt im Taxi nichts sagen. Ashe versuchte es mit einer versöhnlichen Bemerkung, aber Leamas zuckte nur gereizt mit den Achseln. Als sie in der Wardour Street angekommen waren, machten weder Leamas noch Kiever irgendeinen Versuch, das Taxi zu zahlen. Ashe führte sie an einem Schaufenster voller Aktmagazine vorbei, eine enge Gasse hinunter, an deren entfernterem Ende ein flimmerndes Neonschild leuchtete: ›Weidenkätzchenklub. Nur Mitglieder.‹ Zu beiden Seiten der Tür hingen Fotos von Mädchen, über die quer dünne Papierstreifen liefen, die mit der Hand geschrieben waren: ›Naturstudium. Nur Mitglieder.‹

Ashe drückte auf die Glocke. Sofort wurde von einem sehr großen Mann in weißem Hemd und schwarzen Hosen aufgemacht. »Ich bin Mitglied«, sagte Ashe. »Diese zwei Herren gehören zu mir.«

». . . Ihre Karte sehen?«

Ashe nahm eine gelbe Karte aus seiner Brieftasche und reichte sie ihm.

»Ihre Gäste zahlen für sofortige Mitgliedschaft ein Pfund pro Kopf. Auf Ihre Empfehlung, recht so?« Er hielt Ashe die Karte hin, Leamas schob sich an Ashe vorbei und nahm sie. Er betrachtete sie einen Augenblick und gab sie dann zurück.

Leamas zog zwei Pfund aus der Tasche und drückte sie dem wartenden Mann in die Hand.

»Zwei Pfund für die Gäste«, sagte Leamas. Er ignorierte den erstaunten Protest Ashes, schlug den Vorhang am Klubeingang zurück und ging ins Halbdunkel voraus.

Er sagte zu dem Portier: »Verschaffen Sie uns einen Tisch und eine Flasche Scotch. Und sorgen Sie dafür, daß wir in Ruhe gelassen werden.«

Der Portier zögerte einen Augenblick, entschied sich aber dafür, nicht zu widersprechen, und geleitete sie nach unten, von wo ihnen das gedämpfte Wehklagen undeutlicher Musik entgegenklang.

Sie bekamen im hinteren Teil des Raumes einen Tisch für sich. Eine Zweimannkapelle spielte, und mehrere Mädchen saßen zu zweit und zu dritt herum. Zwei waren aufgestanden, als sie hereinkamen, aber der Portier winkte ihnen ab. Ashe schaute unruhig auf Leamas, während sie auf den Whisky warteten. Kiever schien leicht gelangweilt zu sein. Der Kellner brachte eine Flasche und drei Gläser, und sie beobachteten schweigend, wie er Whisky in jedes Glas einschenkte. Leamas nahm dem Kellner die Flasche aus der Hand und goß die gleiche Menge nach. Als er damit fertig war, lehnte er sich über den Tisch und sagte zu Ashe: »Vielleicht wirst du mir jetzt erklären, was hier vor sich geht.«

»Wie meinst du das?« Ashe war unsicher. »Was meinst du damit, Alec?«

»An dem Tag, als ich entlassen wurde«, begann Leamas ruhig, »bist du mir schon vom Gefängnis nachgelaufen, und zwar mit einer albernen Geschichte über unsere angebliche Begegnung in Berlin. Dann hast du mir Geld gegeben, das du mir nicht schuldig warst. Du hast mich zu teuren Mahlzeiten eingeladen und du nimmst mich in deine Wohnung auf.«

Ashe wurde verlegen und sagte: »Wenn dir das . . .«

»Unterbrich mich nicht«, sagte Leamas wütend. »Warte gefälligst, bis ich fertig bin, verstanden? Deine Mitgliedskarte für dieses Lokal ist auf den Namen Murphy ausgestellt. Ist das dein Name?«

»Nein, das ist er nicht.«

»Ich nehme an, ein Bekannter namens Murphy hat dir seine Mitgliedskarte geliehen?«

»Nein, das hat er nicht. Wenn du es schon wissen mußt: ich komme manchmal her, um mir ein Mädchen aufzulesen. Ich wollte nicht mit dem richtigen Namen in den Klub eintreten.«

»Warum ist am Dolphin Square dann Murphy als der Mieter deiner Wohnung eingetragen?«

Jetzt schaltete sich Kiever ein: »Geh nach Hause«,

sagte er zu Ashe. »Ich werde mich um das Weitere kümmern.«

Auf der Bühne wurde ein Striptease vorgeführt. Das Mädchen war ein junges, langweiliges Ding. Sie war von jener armseligen, spindeldürren Nacktheit, die in Verlegenheit versetzt, weil keine Erotik von ihr ausgeht und weil sie kunstlos ist, ohne Verlangen zu wecken. Sie drehte sich langsam, wobei sie nur manchmal mit einem Arm oder einem Bein zuckte, so als höre sie die Musik nur in Bruchstücken. Dabei sah sie die ganze Zeit mit dem frühreifen Interesse eines Kindes, das in die Gesellschaft von Erwachsenen geraten ist, zu ihnen her. Plötzlich steigerte die Musik ihr Tempo, und das Mädchen reagierte darauf wie ein Hund auf die Pfeife, indem es vor und zurück hüpfte. Beim letzten Akkord nahm sie ihren Büstenhalter ab, hielt ihn über ihren Kopf und stellte ihren mageren Körper zur Schau, von dem an drei Stellen Flitter herunterhing wie alter Christbaumschmuck.

Leamas und Kiever sahen schweigend zu.

»Ich nehme an, Sie werden mir jetzt erzählen, daß wir in Berlin Besseres gesehen haben«, bemerkte Leamas schließlich. Kiever merkte, daß der andere noch immer sehr ärgerlich war.

»Ich vermute, daß *Sie* das haben!« entgegnete Kiever liebenswürdig. »Ich selbst bin zwar oft in Berlin gewesen, aber leider muß ich gestehen, daß ich Nachtklubs verabscheue.« Leamas schwieg. »Ich bin nicht prüde, verstehen Sie, aber ich bin vernünftig. Ich weiß billigere Methoden, um eine Frau zu finden, wenn ich eine brauche. Und wenn ich tanzen will, kenne ich bessere Lokale.« Leamas hatte ihm nicht zugehört.

»Vielleicht erzählen Sie mir, warum sich dieser warme Bruder aufgedrängt hat«, schlug er vor.

»Gern«, nickte Kiever. »Ich gab ihm den Auftrag.«

»Warum?«

»Ich bin interessiert an Ihnen. Ich möchte Ihnen einen Vorschlag machen, einen journalistischen Vorschlag.«

Eine Pause entstand.

»Aha. Einen journalistischen«, wiederholte Leamas. »Ich verstehe.«

»Ich habe eine Agentur, einen internationalen Feuilletondienst. Die Agentur zahlt gut – sehr gut – für interessantes Material.«

»Wer wird es veröffentlichen?«

»Ich zahle so gut, daß ein Mann mit Ihren Erfahrungen im ... im internationalen Geschehen, ein Mann mit Ihrem Hintergrund, verstehen Sie, der überzeugendes Tatsachenmaterial liefern kann, in verhältnismäßig kurzer Zeit aus allen finanziellen Schwierigkeiten heraus wäre.«

»Wer veröffentlicht das Material, Kiever?« In seiner Stimme war ein drohender Unterton, und für einen Augenblick schien sich Angst in Kievers glattes Gesicht zu schleichen.

»Internationale Kunden. Ich habe einen Mitarbeiter in Paris, der eine Menge meines Stoffes absetzt. Oft weiß ich gar nicht einmal, wo eigentlich etwas veröffentlicht wird.« Er setzte mit einem entwaffnenden Lächeln hinzu: »Ich muß gestehen, daß ich mich nicht sonderlich darum kümmere. Man zahlt und verlangt nach mehr. Sehen Sie, Leamas: meine Kunden gehören zu den Leuten, die wegen dummer Einzelheiten keine großen Geschichten machen. Sie zahlen prompt und sind noch dazu froh, wenn sie in ausländischen Banken einzahlen können, wo niemand nach Steuern fragt.«

Leamas sagte nichts. Er hielt sein Glas mit beiden Händen und starrte hinein.

Jetzt überschlägt er sich direkt, dachte Leamas, es ist schon fast unanständig. Ein alberner Varietéscherz fiel ihm ein: »Dies ist ein Angebot, das kein anständiges Mädchen annehmen kann – außerdem wüßte ich nicht, ob sich's bei ihr auszahlt.«

Taktisch handeln sie richtig, wenn sie es jetzt beschleunigen, dachte er. Ich bin über meine Vorgesetzten wütend, das Gefängniserlebnis ist frisch, der soziale Groll stark. Ich bin ein alter Gaul, der nicht erst zugeritten werden muß. Ich brauche nicht so zu tun, als hätten sie die Ehre eines englischen Gentleman verletzt. Auf der anderen Seite würden sie sachliche Einwände erwarten. Sie erwarteten sicherlich, daß er Angst bekam, denn seine Organisation war bei der Verfolgung eines Verräters so unnachsichtig wie das Auge Gottes, das Kain durch die Wüste folgte.

Aber schließlich mußten sie wissen, daß es ein Glücksspiel war. Sie waren sich sicher im klaren darüber, daß die Unberechenbarkeit jedes menschlichen Entschlusses das bestgeplante Spionagenetz zerreißen konnte, denn es gab schon Betrüger, Lügner und Verbrecher, die allen schmeichlerischen Künsten zu widerstehen vermochten, während selbst angesehene Gentlemen allein durch den wäßrigen Kohl in einer Regierungskantine zum größten Verrat gebracht worden waren.

»Sie werden eine Menge zahlen müssen«, murmelte Leamas schließlich. Kiever schenkte ihm noch einen Whisky ein.

»Man bietet Ihnen eine Sofortzahlung von fünfzehntausend Pfund. Das Geld liegt schon bei der Kantonalbank in Bern. Sie können es gegen Vorlage eines entsprechenden Ausweises abheben, den Sie von meinem Klienten bekommen werden. Meine Klienten behalten sich das Recht vor, während des Zeitraumes von einem Jahr bei Zahlungen von weiteren fünftausend Pfund Fragen an Sie zu richten. Sie werden Ihnen bei irgendwelchen ... na, sagen wir: Problemen der Neuordnung Ihres künftigen Lebens behilflich sein.«

»Bis wann wollen Sie eine Antwort haben?«

»Jetzt. Man erwartet nicht, daß Sie alle Ihre Erinnerungen zu Papier bringen. Sie werden meinen Klienten treffen, und er wird es arrangieren, daß Ihr Material von irgend jemandem niedergeschrieben wird.«

»Wo soll ich ihn treffen?«

»Wir waren der Ansicht, daß es für alle Beteiligten das Einfachste wäre, sich außerhalb Englands zu treffen. Mein Klient schlug Holland vor.«

»Ich habe keinen Paß«, sagte Leamas gleichgültig.

»Ich bin so frei gewesen, Ihnen einen zu besorgen«, entgegnete Kiever verbindlich. Nichts in seiner Stimme oder in seinem Benehmen ließ erkennen, daß er etwas anderes als ein angemessenes Geschäft getätigt hatte.

»Wir fliegen morgen früh um neun Uhr fünfundvierzig nach Den Haag. Wollen wir in meine Wohnung gehen und noch weitere Einzelheiten besprechen?«

Kiever zahlte, und sie fuhren per Taxi zu einer recht guten Adresse unweit des St.-James-Parks.

Kievers Wohnung war teuer und luxuriös, aber ihre Einrichtung schien in Eile zusammengestellt worden zu sein. In London soll es Geschäfte geben, die Bücher nach dem laufenden Meter verkaufen, und Innenarchitekten, die die Farbzusammenstellung der Tapeten mit der eines Gemäldes in Harmonie bringen können. Da er nicht sonderlich empfänglich für solche Feinheiten war, hätte Leamas beinahe vergessen, daß er sich in einer Privatwohnung und nicht in einem Hotel befand.

Als ihm Kiever sein Zimmer zeigte, das einem düsteren Innenhof zu lag, fragte ihn Leamas: »Wie lange wohnen Sie schon hier?«

»Nicht lange«, entgegnete Kiever leichthin. »Einige Monate, nicht mehr.«

»Muß eine Menge kosten. Trotzdem, ich glaube, Sie sind es wert.«

»Danke.«

Es war eine Flasche Scotch in seinem Zimmer und ein Siphon mit Soda auf einem Silbertablett. Hinter einem Vorhang am hinteren Ende des Raumes führte ein Durchgang zu Badezimmer und Toilette.

»Ein ganz nettes Liebesnest. Wird vom großen Arbeiterstaat bezahlt?«

»Seien Sie still«, sagte Kiever ärgerlich. Dann fügte er hinzu: »Falls Sie mich brauchen – es gibt ein Haustelefon zu meinem Zimmer. Ich werde wach sein.«

»Ich denke, ich werde mit meinen Knöpfen jetzt allein fertig«, gab Leamas zurück.

»Dann gute Nacht«, sagte Kiever kurz angebunden

und verließ das Zimmer. Er ist auch gereizt, dachte Leamas.

Leamas wurde durch das Telefon neben seinem Bett geweckt. Es war Kiever.
»Es ist sechs Uhr«, sagte er, »Frühstück um halb sieben.«
»Gut«, erwiderte Leamas und legte auf. Er hatte Kopfweh.

Kiever mußte nach einem Taxi telefoniert haben, denn um sieben Uhr ging die Türglocke, und Kiever fragte: »Haben Sie alles?«
»Ich habe kein Handgepäck«, antwortete Leamas, »außer einer Zahnbürste und einem Rasierapparat.«
»Dafür wird gesorgt. Sind Sie sonst fertig?«
Leamas zuckte mit den Schultern. »Ich glaube ja. Haben Sie Zigaretten?«
»Nein«, gab Kiever zurück, »aber Sie können welche im Flugzeug bekommen. Ich würde Ihnen raten, sich dies hier sorgfältig anzusehen.« Er gab Leamas einen britischen Paß, der auf seinen Namen ausgestellt und mit einem Foto versehen war. Quer über die Ecke lief das Tiefdrucksiegel des Außenministeriums. Er war weder alt noch neu, beschrieb Leamas als Büroangestellten und gab seinen Personalstand als ledig an. Leamas war ein wenig nervös, als er ihn zum erstenmal in der Hand hielt. Es war wie beim Heiraten: Was auch geschehen mochte, die Dinge würden nie wieder so sein wie zuvor.
»Wie steht's mit Geld?« fragte Leamas.
»Sie werden keines brauchen. Es geht alles auf Kosten der Firma.«

8

Le Mirage

Es war ein kalter Morgen. Der leichte Nebel war feucht und grau, er prickelte auf der Haut. Der Flughafen erinnerte Leamas an den Krieg: Maschinen warteten, halb im Nebel verborgen, geduldig auf ihre Herren, laut tönende Stimmen und ihr Echo, ein plötzlicher Ruf, das unpassende Klick-klack, das die Absätze eines Mädchens auf dem Steinboden machten, das Aufheulen einer Maschine, die unmittelbar neben einem zu stehen schien. Überall jene Verschwörerstimmung, die zwischen Menschen entsteht, die seit dem Morgengrauen auf sind – fast ein Gefühl gemeinsamer Überlegenheit, da man zusammen erlebt hat, daß die Nacht entschwand, und man den Tag hatte kommen sehen. Das Personal trug jene Mienen zur Schau, die vom Mysterium des Tagesanbruchs geformt und von der Kälte belebt werden, und sie behandelten die Passagiere und ihr Gepäck mit dem inneren Abstand, den Männer haben, die von der Front zurückgekehrt sind: Gewöhnliche Sterbliche gab es an diesem Morgen nicht für sie.

Kiever hatte Leamas mit Handgepäck versehen. Das war ein nettes Detail und erregte Leamas' Bewunderung: Passagiere ohne Gepäck erregten Aufmerksamkeit, und das gehörte sicher nicht zu Kievers Plan. Sie ließen sich am Schalter ihrer Fluggesellschaft abfertigen und folgten den Wegweisern zur Paßkontrolle. Es gab einen seltsamen Augenblick, als sie sich verliefen und Kiever zu einem Träger grob wurde. Leamas nahm an, daß Kiever wegen des Passes nervös war. – Er braucht das nicht zu sein, dachte Leamas, es ist alles in Ordnung.

Der Paßbeamte war ein jugendlicher kleiner Mann mit einem geheimnisvollen Abzeichen an seinem Rockaufschlag. Er hatte einen rötlichen Schnurrbart und einen nordenglischen Akzent, den er vergeblich zu unterdrücken versuchte.

»Werden Sie lange weg sein, Sir?« fragte er Leamas. »Sie müssen achtgeben, Sir. Der Paß läuft diesen Monat ab.«

»Ich weiß«, sagte Leamas.

Sie gingen Seite an Seite in den Wartesaal für Passagiere. Auf dem Weg dorthin sagte Leamas: »Sie sind ein argwöhnischer Gauner, was, Kiever?«, und der andere lachte erleichtert.

»Müssen Sie ein bißchen an der Leine halten, nicht wahr? Gehört zum Vertrag«, antwortete Kiever.

Sie hatten noch zwanzig Minuten zu warten. Sie setzten sich an einen Tisch und bestellten Kaffee. »Und nehmen Sie das hier mit«, sagte Kiever zum Kellner, indem er auf gebrauchte Tassen, Untertassen und Aschenbecher auf dem Tisch zeigte.

»Es kommt ein Abservierwagen vorbei«, erwiderte der Kellner.

»Nehmen Sie es weg«, wiederholte Kiever, der schon wieder gereizt war. »Es ist widerlich, schmutziges Geschirr herumstehen zu lassen.«

Der Kellner drehte sich um und ging weg. Er ging weder zur Theke noch bestellte er ihren Kaffee.

»Hören Sie um Gottes willen auf«, murmelte Leamas. »Das Leben ist zu kurz.«
»Ein frecher Lümmel ist das«, sagte Kiever.
»Gut, gut. Machen Sie ruhig eine Szene. Es wäre der richtige Moment dafür. Man wird uns hier nie vergessen.«

Die Formalitäten auf dem Flughafen in Den Haag verursachten keine Probleme. Kiever schien sich von seinen Ängsten erholt zu haben. Er wurde munter und gesprächig, als sie die kurze Entfernung vom Flugzeug zur Zollabfertigung zurücklegten. Der junge holländische Beamte widmete ihrem Gepäck und den Pässen nur einen oberflächlichen Blick und verkündete in ungeschicktem, gutturalem Englisch: »Ich wünsche einen angenehmen Aufenthalt in den Niederlanden.«
»Danke«, sagte Kiever fast zu leutselig, »danke vielmals.«
Vom Zoll gingen sie durch den Korridor zur Eingangshalle auf der anderen Seite der Flughafengebäude hinüber. Kiever steuerte auf den Hauptausgang zu, durch kleine Menschengruppen hindurch, die geistesabwesend auf die Auslagen von Parfümerie-, Foto- und Obstkiosken starrten. Als sie ihren Weg durch die Drehglastür nahmen, schaute Leamas zurück. Am Zeitungskiosk, vertieft in eine Ausgabe der *Continental Daily Mail*, stand eine kleine froschartige Gestalt mit einer großen Brille: ein ernster, mit Sorgen beladener kleiner Mann. Er sah aus wie ein Staatsbeamter. Oder so etwas Ähnliches.

Auf dem Parkplatz wurden sie von einem Volkswagen mit einer holländischen Nummer erwartet. Die Frau, die hinter dem Steuer saß, nahm keine Notiz von ihnen. Sie fuhr langsam und hielt an Verkehrsampeln immer schon bei gelbem Licht. Leamas zog daraus den Schluß, daß man ihr diese Fahrweise vorgeschrieben hatte, damit ein anderer Wagen folgen konnte. Er beobachtete den Außenrückspiegel rechts und versuchte, den Wagen zu erkennen, aber ohne Erfolg. Er sah einmal einen schwarzen Peugeot mit einer CD-Nummer, aber als sie dann um die Ecke bogen, war nur noch ein Möbeltransporter hinter ihnen. Er kannte Den Haag ziemlich gut vom Krieg her, und er versuchte herauszubekommen, wo es hinging. Er schätzte, daß sie auf eine Stelle nordwestlich von Scheveningen zufuhren. Sie hatten bald die Vororte passiert und näherten sich einer Villenkolonie, die zwischen Dünen und Meer lag. Hier hielten sie. Die Frau stieg aus und läutete an der Tür des ersten von einer Reihe kleiner, cremefarbener Bungalows. Sein Name, *Le Mirage*, stand in blaßblauen gotischen Schriftzeichen auf einer Eisentafel über der Tür. Im Fenster stand ein Schild, daß alle Zimmer besetzt seien.

Die Tür wurde von einer freundlichen, dicken Frau aufgemacht, die an der Fahrerin vorbei nach dem Wagen schaute. Sie kam freudestrahlend die Auffahrt herunter. Sie erinnerte Leamas an seine Kindheit, an eine alte Tante, die ihn geschlagen hatte, weil er Bindfaden vergeudete.

»Wie schön, daß Sie gekommen sind!« erklärte sie. »Wir freuen uns schrecklich.«

Kiever ging voran. Die Fahrerin stieg wieder in den Wagen. Leamas blickte die Straße zurück, die sie gerade gekommen waren. Hundert Meter entfernt hielt ein schwarzer Wagen, ein Fiat vielleicht, oder ein Peugeot. Ein Mann in einem Regenmantel stieg aus.

In der Diele schüttelte die Frau herzlich Leamas' Hand. »Willkommen in *Le Mirage*. Schöne Reise gehabt?«

»Sehr schön«, erwiderte Leamas.

»Sind Sie geflogen oder mit dem Schiff gekommen?«

»Wir sind geflogen«, sagte Kiever; »ein ausgezeichneter Flug.« Er hätte Inhaber der Fluggesellschaft sein können.

»Ich werde Ihr Mittagessen machen«, erklärte sie, »etwas Besonderes. Ich werde Ihnen etwas besonders Gutes machen. Was soll ich Ihnen bringen?«

»Guter Gott«, sagte Leamas leise, und die Türglocke läutete. Die Frau ging schnell in die Küche. Kiever öffnete die Eingangstür.

Er trug einen Regenmantel mit Lederknöpfen. Er hatte ungefähr Leamas' Größe, war aber älter. Leamas schätzte ihn auf ungefähr fünfundfünfzig. Sein Gesicht hatte eine ungesunde graue Farbe und scharfe Furchen. Er hätte Soldat sein können. Er streckte die Hand aus.

»Mein Name ist Peters«, sagte er. Seine Finger waren schlank und gepflegt.

»Hatten Sie eine gute Reise?«

»Ja«, sagte Kiever schnell, »ziemlich ereignislos.«

»Mr. Leamas und ich haben eine Menge zu besprechen. Ich glaube nicht, daß wir dich brauchen, Sam. Du könntest mit dem Volkswagen zur Stadt zurückfahren.«

Kiever lächelte. Leamas sah, wie erleichtert er war. »Auf Wiedersehen, Leamas«, sagte Kiever mit scherzender Stimme. »Viel Glück, alter Junge.«

Leamas nickte, ohne Kievers Hand zu beachten.

»Auf Wiedersehen«, wiederholte Kiever und ging still zur Eingangstür hinaus.

Leamas folgte Peters in einen rückwärtigen Raum. Vor den Fenstern hingen schwere, mit Fransen verzierte und kunstvoll in Falten geraffte Vorhänge. Das Fensterbrett war mit Topfpflanzen überladen, mit Kakteen, Tabakpflanzen und einem seltsamen Baumgewächs mit breiten weichen Blättern. Die Möbel waren schwer und pseudoantik. In der Mitte des Raumes standen ein Tisch und zwei geschnitzte Stühle. Auf dem Tisch lag eine schwere, rostrote Decke, die fast wie ein Teppich wirkte, und auf ihr waren vor jedem Stuhl Bleistifte und Papier bereitgelegt. Auf einer Anrichte standen Whisky und Soda. Peters ging hin und machte ihnen einen Drink.

»Hören Sie«, sagte Leamas plötzlich, »von jetzt an komme ich ohne Ihre Aufmerksamkeiten aus. Sie verstehen, was ich meine? Wir beide wissen, woran wir sind: wir sind Fachleute. Sie haben einen bezahlten Überläufer bekommen – viel Erfolg mit ihm. Aber tun Sie um Himmels willen nicht so, als wären Sie in mich verliebt.«

Es klang nervös, als ob er seiner selbst nicht ganz sicher sei.

Peters nickte. »Kiever sagte mir schon, Sie seien ein stolzer Mann«, bemerkte er unbefangen. Dann fügte er ohne Lächeln hinzu: »Warum sonst sollte sich ein Mann an Ladenbesitzern vergreifen?«

Leamas vermutete, Peters sei Russe, aber er war

nicht ganz sicher. Peters' Englisch war nahezu vollkommen, er hatte die Ungezwungenheit und das Benehmen eines Mannes, der schon lange an zivilisierten Komfort gewöhnt ist.

Sie setzten sich an den Tisch.

»Kiever hat Ihnen gesagt, was ich Ihnen zahlen will?« erkundigte sich Peters.

»Ja. Fünfzehntausend Pfund, abzuheben auf einer Berner Bank.«

»Ja.«

»Er sagte, Sie würden im Lauf des nächsten Jahres vielleicht weitere Fragen haben«, sagte Leamas. »Sie seien zur Zahlung weiterer fünftausend bereit, wenn ich mich zur Verfügung hielte.«

Peters nickte.

»Diese Bedingung nehme ich nicht an«, fuhr Leamas fort. »Sie wissen so gut wie ich, daß sich das nicht machen läßt. Ich möchte in der Lage sein, die Fünfzehntausend abheben und dann verschwinden zu können. Ihre Leute haben eine rauhe Art, mit abgesprungenen Agenten umzugehen, und genauso ist es bei uns. Ich werde mich nicht in St. Moritz auf meine vier Buchstaben setzen, während Sie jedes Netz aufrollen, das ich Ihnen gegeben habe. Meine Leute sind keine Idioten. Es wäre ihnen klar, nach wem sie zu suchen hätten. Soviel Sie und ich wissen, sind sie jetzt hinter uns her.«

Peters nickte. »Sie könnten doch aber ... wohin gehen, wo es sicher ist?«

»Hinter den Vorhang?«

»Ja.«

Leamas schüttelte nur den Kopf und sagte:

»Ich denke, Sie werden für die einleitende Befragung drei Tage brauchen. Dann wollen Sie sicherlich nach Hause berichten, um genaue Instruktionen zu erhalten.«

»Nicht unbedingt«, antwortete Peters.

Leamas sah ihn interessiert an.

»Ich verstehe«, sagte er. »Man hat den Experten geschickt. Oder ist die Moskauer Zentrale nicht mit im Spiel?«

Peters schwieg. Er sah Leamas nur abschätzend an. Schließlich nahm er den Bleistift in die Hand und sagte: »Wollen wir mit Ihrem Kriegseinsatz beginnen?«

Leamas zuckte mit den Schultern: »Das ist Ihre Sache.«

»Richtig. Wir fangen mit dem Kriegseinsatz an. Sprechen Sie.«

»Neununddreißig kam ich zu den Pionieren. Ich war gerade am Ende meiner Ausbildung, als man durch einen Aufruf nach Leuten mit Sprachkenntnissen suchte. Sie sollten sich für Spezialeinsätze im Ausland melden. Ich konnte Holländisch und Deutsch und ziemlich gut Französisch. Außerdem hatte ich vom Soldatendasein genug. Also meldete ich mich. Ich kannte Holland gut. Mein Vater hatte in Leyden eine Vertretung für Werkzeugmaschinen, und ich habe neun Jahre dort gelebt. Ich wurde auf die übliche Weise ausgefragt und kam dann auf eine Schule in der Nähe von Oxford, wo man mir die bekannten Tricks beibrachte.«

»Wer leitete die Schule?«

»Am Anfang wußte ich's nicht. Dann lernte ich Steed-Asprey kennen und einen Oxforddozenten namens Fielding. Sie leiteten sie. Einundvierzig wurde ich in Holland abgesetzt, dort blieb ich fast zwei Jahre. Wir verloren die Agenten damals schneller, als sie zu finden waren. Es war reiner Mord. Holland ist für diese Art Arbeit eine verflucht schlechte Gegend – es gibt keine einsamen Landstriche und keine abseits gelegenen Stellen, wo man eine Zentrale errichten oder ein Funkgerät aufbauen könnte. Immer in Bewegung, immer auf der Flucht. Es war eine scheußliche Sache. Dreiundvierzig kam ich raus und war einige Monate in England. Dann versuchte ich mich in Norwegen – verglichen mit Holland eine Landpartie. Fünfundvierzig wurde ich ausgezahlt und ging nach Holland zurück, um das alte Geschäft meines Vaters wieder aufzumachen. Es war nichts. Also tat ich mich mit einem alten Freund zusammen, der ein Reisebüro in Bristol hatte. Das dauerte achtzehn Monate, dann waren wir pleite. Plötzlich kam aus heiterem Himmel ein Brief vom Geheimdienst: Ob ich nicht zurückkommen wollte? Aber ich meinte, ich hätte inzwischen von diesem Kram genug gehabt. Deshalb antwortete ich, ich würde es mir überlegen. Ich mietete mir ein Landhaus auf Lundy Island. Dort blieb ich ein Jahr und dachte über meine Verdauung nach, bis mir auch das langweilig geworden war. Ich schrieb ihnen also. Ende neunundvierzig stand ich wieder auf der Gehaltsliste. Unterbrochener Dienst freilich – verminderter Pensionsanspruch und die üblichen Einschränkungen. Mache ich zu schnell?«

»Im Augenblick nicht«, antwortete Peters und schenkte ihm noch etwas Whisky ein. »Wir werden das alles freilich noch einmal genau, mit Namen und Datum, besprechen.«

Es wurde an die Tür geklopft, und die Frau brachte das Essen herein, eine enorme Mahlzeit aus kaltem Fleisch, Brot und Suppe. Peters schob seine Notizen beiseite. Sie aßen schweigend.

Das Geschirr wurde abgeräumt. »Sie sind also ins Rondell zurückgekehrt«, sagte Peters.

»Ja. Eine Weile beschäftigten sie mich mit Schreibtischarbeit, Bearbeitungen von Berichten, Schätzungen über das Militärpotential in Ostblockländern, Beobachtung von Truppenverschiebungen und derlei Dinge.«

»Welche Abteilung?«

»Ostblock vier. Ich war dort von Februar fünfzig bis Mai einundfünfzig.«

»Wer waren Ihre Kollegen?«

»Peter Guillam, Brian de Grey und George Smiley. Smiley verließ uns Anfang einundfünfzig und ging zur Abwehr. Im Mai einundfünfzig wurde ich als stellvertretender Gebietschef nach Berlin versetzt. Das heißt, daß ich für die ganze praktische Arbeit verantwortlich war.«

»Wen hatten Sie unter sich?«

Peters schrieb jetzt schnell. Leamas vermutete, daß er sich für den Hausgebrauch eine Art Kurzschrift zugelegt hatte.

»Hackett, Sarrow und de Jong. De Jong starb neunundfünfzig bei einem Verkehrsunfall. Wir waren der Meinung, daß er ermordet worden ist, konnten es aber nie beweisen. Sie hatten alle ihre Netze und standen unter meinem Befehl. Wünschen Sie Einzelheiten?« fragte er trocken.

»Natürlich, aber erst später. Fahren Sie fort.«

»Gegen Ende vierundfünfzig zogen wir in Berlin den ersten großen Fisch an Land: Fritz Feger, zweiter Mann im DDR-Verteidigungsministerium. Bis dahin war es nur sehr zäh gegangen. Aber im November kamen wir an Fritz heran. Er hielt sich fast zwei Jahre. Dann plötzlich hörten wir nichts mehr von ihm. Ich habe erfahren, er sei im Gefängnis gestorben. Es dauerte drei Jahre, ehe wir wieder jemanden fanden, der ihm gleichkam. Das war neunundfünfzig, als Karl Riemeck auftauchte. Er war im Präsidium der ostdeutschen KP. Er war der beste Agent, den ich jemals gekannt habe.«

»Er ist jetzt tot«, bemerkte Peters.

Leamas Gesicht schien für einen Augenblick den Ausdruck fast schlechten Gewissens anzunehmen: »Ich war dort, als er erschossen wurde«, murmelte er. »Er hatte eine Freundin, die, kurz ehe er starb, herüberkam. Er hatte ihr alles erzählt. Sie kannte das ganze verdammte Netz. Kein Wunder, daß er erwischt wurde.«

»Wir kommen später auf Berlin zurück. Sagen Sie: Nachdem Karl gestorben war, flogen Sie doch nach London zurück. Sind Sie für den Rest Ihrer Dienstzeit dort geblieben?«

»Was davon übrigblieb, ja.«

»Welche Aufgaben hatten Sie?«

»Bankabteilung: Überprüfung von Agentengehältern, geheime Auslandszahlungen. Ein Kind hätte es bewältigen können. Wir hatten unsere Befehle und danach unterschrieben wir die Überweisungsaufträge. Gelegentlich machte uns die Sicherheitsfrage Kopfzerbrechen.«

»Haben Sie mit Agenten direkt verhandelt?«

»Wie hätten wir können? Unser ständiger Mann in einem bestimmten Land forderte für irgend etwas eine Summe an, die Direktion gab ihre Genehmigung, und wir erhielten den Auftrag, die Überweisung vorzunehmen. In den meisten Fällen transferierten wir das Geld an eine geeignete ausländische Bank, wo es sich unser Mann abholen und dem Agenten geben konnte.«

»Wie wurden Agenten bezeichnet? Mit Decknamen?«

»Mit Kennziffern. Im Rondell heißt das ›Kombinationen‹. Jedem Netz ist eine Kombination zugewiesen: der Agent ist durch eine Zahl gekennzeichnet, die an die Kombination angehängt wird. Karls Kombination war 8a/1.«

Leamas schwitzte. Peters beobachtete ihn gelassen. Wie ein Berufsspieler schätzte er ihn über den Tisch hinweg. Was war Leamas wert? Womit konnte man ihn brechen, was zog ihn an, was stieß ihn ab? Was haßte er? Vor allem: was wußte er? Würde er seine beste Karte bis zuletzt behalten, um sie teuer zu verkaufen? Peters glaubte das nicht. Leamas war zu sehr aus dem Gleichgewicht, um herumspielen zu können. Er war uneins mit sich selbst, ein Mann, der bisher nur ein Leben und einen Glauben gekannt hatte. Daran war er nun zum Verräter geworden. Peters hatte so etwas schon öfter gesehen, sogar bei Männern, die eine völlige ideologische Wandlung durchgemacht hatten. Obwohl sie in einsamen Nachtstunden einen neuen Glauben gefunden hatten und allein von der inneren Kraft ihrer neuen Überzeugung zum Verrat an ihrem Beruf, ihrer Familie, ihrem Vaterland gebracht worden waren, hatten selbst sie, die doch gleichsam mit neuem Eifer und neuer Hoffnung erfüllt waren, gegen das Sigma des Verrates zu kämpfen gehabt. Selbst sie rangen mit der physischen Pein, die ihnen das Aussprechen jener Dinge bereitete, die niemals, niemals zu offenbaren, sie gelehrt worden waren. Wie abtrünnige Christen, die sich scheuten, das Kreuz zu verbrennen, zögerten sie zwischen ihrem Instinkt und der Vernunft. Und Peters, der in demselben Gegensatz gefangen war, mußte ihnen Beruhigung geben und ihren Stolz zerstören. Es war eine Situation, die ihnen beiden bewußt war. Deshalb wehrte sich Leamas leidenschaftlich gegen eine menschliche Beziehung zu Peters, die sein Stolz nicht zugelassen hätte. Und Peters wußte, daß Leamas aus diesen Gründen lügen würde, vielleicht nur durch Verschweigen, aber trotz allem lügen – aus Stolz, aus Trotz oder auch nur aus der Perversität, die zur Natur seines Berufes gehörte. Peters' Aufgabe war es, diese Lügen zu erkennen. Ihm war klar, daß schon allein die Berufserfahrung von Leamas gegen seine Interessen wirkte, da sie ihn automatisch zur Auslese von Informationen verführen würde, während Peters keine Auslese wünschte. Leamas hatte bestimmte Vorstellungen darüber, welche Art Auskünfte Peters brauchte, und diese Vorstellungen mochten ihn dazu verleiten, nicht in sie hineinpassende Dinge in seinem Bericht zu übergehen, obwohl sie womöglich von größtem Interesse für die Auswerter waren. Zu all dem mußte Peters noch die launischen Eitelkeiten eines alkoholischen Wracks hinzurechnen.

»Ich denke«, sagte er, »wir sollten jetzt Ihren Berlineinsatz im Detail besprechen. Das wäre also die

Zeit von Mai 1951 bis März 1961. Nehmen Sie noch einen Drink!«

Leamas beobachtete ihn, als er eine Zigarette aus der Schachtel auf dem Tisch nahm und sie anzündete. Er registrierte, daß Peters Linkshänder war und daß er die Zigaretten stets so in den Mund steckte, daß sich der Markenaufdruck am anderen Ende befand und also verbrannte. Es war eine Entdeckung, die Leamas gefiel: sie zeigte, daß Peters wie er selbst vom Fach war.

Peters hatte ein merkwürdiges Gesicht. Es war ausdruckslos und grau. Die Farbe mußte es längst verlassen haben – vielleicht in einem Gefängnis während der frühen Tage der Revolution –, und jetzt waren seine Züge geformt, Peters würde dieses Aussehen behalten, bis er starb. Nur das borstige graue Haar mochte vielleicht weiß werden, aber sein Gesicht würde so bleiben. Leamas fragte sich, wie der wirkliche Name von Peters wohl lauten mochte und ob er verheiratet sei. Es war etwas sehr Strenggläubiges an ihm, das Leamas schätzte. Es war der Glaube an die eigene Stärke, ein großes Selbstvertrauen. Wenn Peters log, dann nicht ohne guten Grund. Seine Lüge würde kalkuliert und notwendig sein und sehr weit entfernt von der linkischen Unehrlichkeit eines Ashe.

Ashe, Kiever, Peters: das war eine unübersehbare Steigerung der Qualität, der Autorität, was für Leamas das Wesentliche an der Rangordnung eines Spionagenetzes darstellte. Er nahm an, daß mit dieser Steigerung ein Fortschritt im Bereich des Moralischen verbunden war: Ashe, der Söldling; Kiever, der Mitläufer; und jetzt Peters, für den sich die Mittel allein aus dem Ziel rechtfertigten.

Leamas begann über Berlin zu sprechen. Peters unterbrach ihn kaum, stellte selten eine Frage oder machte eine Bemerkung. Aber wenn er es tat, so zeigte er eine technische Wißbegier und eine Gewandtheit, die vollkommen der Art von Leamas entsprach. Leamas schien sich von der leidenschaftslosen, berufsmäßigen Sachlichkeit seines Befragers sogar angenehm angesprochen zu fühlen – es war die Art, die ihnen beiden gemeinsam war.

Es habe viel Zeit in Anspruch genommen, ein brauchbares Netz von Berlin aus in der Ostzone aufzubauen, erklärte Leamas. In den ersten Jahren war die Stadt von zweitklassigen Agenten überschwemmt: Die Nachrichtenbeschaffung in Berlin war entwertet und zu einer so alltäglichen Sache gemacht worden, daß man einen neuen Mann bei einer Cocktailparty anwerben und beim Abendessen instruieren konnte, und bis zum Frühstück war er dann schon hochgegangen. Für einen Fachmann war es ein Alptraum: Dutzende verschiedener Organisationen, von denen die Hälfte mit Gegenagenten durchsetzt war, Tausende von losen Enden, zu viele Hinweise, zu wenig ernsthafte Quellen, zu wenig Raum, um operieren zu können. Wohl gab es mit Feger 1954 einen vielversprechenden Anfang, aber ausgerechnet 1956, als jede Geheimdienstabteilung nach erstklassigen Informationen schrie, steckten sie in einer ausgesprochenen Flaute. Feger hatte sie finanziell ausgeplündert, aber nur zweitklassiges Material dafür geliefert, das den allgemeinen Nachrichten nur um eine Nasenlänge voraus war. Sie hätten die eigentlichen, entscheidenden Informationen gebraucht – und sie mußten weitere drei Jahre warten, ehe sie diese Art Sachen bekamen.

Sie stießen auf die Quelle, als de Jong eines Tages einen Picknickausflug in die Wälder am Rande Ost-Berlins machte. Er fuhr einen Wagen mit britischer Militärnummer, den er auf einem Weg neben dem Kanal abgeschlossen parkte. Nach dem Picknick liefen die Kinder mit dem Korb voraus. Als sie den Wagen erreichten, blieben sie stehen, zögerten, ließen den Korb fallen und rannten zurück. Jemand hatte die Wagentür aufgebrochen. Der Griff war beschädigt und die Tür leicht geöffnet. De Jong fluchte, weil er sich erinnerte, daß er die Kamera im Handschuhfach gelassen hatte. Er ging hin und untersuchte den Wagen. Der Türgriff war abgebrochen. De Jong nahm an, daß man ein Stück Stahlrohr verwendet hatte, wie man es im Ärmel verstecken kann. Aber die Kamera war noch da, ebenso seine Jacke und einige Pakete, die seiner Frau gehörten. Auf dem Fahrersitz lag eine Tabakbüchse, und in der Büchse eine kleine Nickelpatrone. De Jong wußte genau, was sie enthielt; es war die Filmpatrone einer Kleinstbildkamera, wahrscheinlich einer Minox.

De Jong fuhr heim und entwickelte den Film. Er enthielt das Protokoll der letzten Präsidialsitzung der SED. Durch einen kuriosen Zufall hatten sie Vergleichsmaterial aus einer anderen Quelle – die Aufnahmen waren echt.

Leamas übernahm den Fall. Er hatte einen Erfolg dringend nötig. Seit seiner Ankunft in Berlin hatte er praktisch noch nichts erreicht und er stand schon nahe an der für hauptberufliche Organisationsarbeit üblichen Altersgrenze. Genau eine Woche später fuhr er mit de Jongs Wagen zum selben Platz und machte einen Spaziergang.

Es war ein trostloser Fleck, den sich de Jong für sein Picknick ausgesucht hatte: ein Stück Kanal, daneben die Trümmer von einigen gesprengten Bunkern, ringsum ausgedörrte, sandige Felder und auf der Ostseite – ungefähr siebzig Meter von dem am Kanal entlangführenden Schotterweg entfernt – ein spärlicher Kiefernwald. Aber der Fleck hatte den Vorteil, einsam zu liegen – etwas, das in Berlin selten zu finden war. Eine heimliche Überwachung war hier ausgeschlossen. Leamas ging in den Wald. Weil er nicht wußte, aus welcher Richtung die Annäherung erfolgen würde, machte er keinen Versuch, den Wagen zu beobachten. Er fürchtete, das Vertrauen seines Informanten zu erschüttern, wenn er ihn heimlich zu beobachten versuchte und dabei gesehen würde. Freilich war diese Sorge nicht nötig.

Als er zurückkam, war nichts im Wagen, und er fuhr nach West-Berlin zurück, wobei er sich für seine Dummheit hätte ohrfeigen mögen: für weitere zwei Wochen stand keine Präsidialsitzung auf dem Programm. Nach drei Wochen borgte er sich wieder de Jongs Wagen und nahm diesmal tausend Dollar in Zwanzigern in seinem Picknickkoffer mit. Er ließ den Wagen unabgeschlossen zwei Stunden stehen, und als er zurückkehrte, lag eine Tabakbüchse im Handschuhfach. Der Picknickkoffer war verschwunden.

Die Filme waren erstklassiges Dokumentarmaterial. In den nächsten sechs Wochen fuhr er noch zweimal. Jedesmal mit dem gleichen Ergebnis.

Leamas wußte, daß er auf eine Goldader gestoßen

war. Er gab der Quelle den Decknamen ›Mayfair‹ und schickte einen pessimistischen Brief nach London. Hätte er London Appetit auf die Sache gemacht, hätte man dort nicht gezögert, den Fall an sich zu ziehen und ihn direkt zu kontrollieren. Leamas wußte dies, und er war verzweifelt bemüht, es zu verhindern, denn die Operation ›Mayfair‹ war wohl die einzige Möglichkeit, mit der er sich vor der Pensionierung schützen konnte, aber es bestand die Gefahr, daß man ihn ausbooten würde, weil die Sache für London groß genug war, um sie selbst zu übernehmen. Auch wenn er das Rondell auf Armlänge davon weghielt, bestand noch immer die Gefahr, daß es Theorien aufstellen, Vorschläge machen, zur Vorsicht drängen, bestimmte Aktionen befehlen würde. Sie hätten zum Beispiel verlangen können, daß er nur mit neuen Dollarnoten zahlte, deren Spur man folgen konnte. Sie wären imstande gewesen, sich die Filmpatronen zur Untersuchung nach London schicken zu lassen. Sie hätten schwerfällige Beschattungsoperationen planen und die anderen Abteilungen davon unterrichten können. Vor allem hätten sie die anderen Abteilungen informieren wollen, und das, sagte sich Leamas, hätte alles für immer verdorben. Drei Wochen arbeitete er verbissen daran, die Personalakten des Parteipräsidiums durchzukämmen. Er hoffte, auf diesem Weg einen Hinweis auf die Person seines Informanten zu bekommen, ehe das Rondell Blut geleckt hatte. Er legte eine Liste aller Büroangestellten an, die möglicherweise Zugang zu den Protokollen haben könnten. Auf Grund der Verteilerliste, die zusammen mit der letzten Seite des Sitzungsprotokolls fotografiert war, belief sich die Gesamtzahl möglicher Informanten auf einunddreißig Personen, Sekretäre und Büroangestellte eingeschlossen.

Die Aufgabe, einen Informanten aus den unvollständigen Akten von einunddreißig Kandidaten herauszufinden, war so gut wie unmöglich. Also kehrte Leamas zur Analyse des ursprünglichen Materials zurück, was er – wie er sagte – schon früher hätte tun sollen.

Es gab ihm zu denken, daß in keinem der fotografierten Protokolle die Seiten numeriert waren, daß keines den Stempel ›Geheim‹ trug und daß in der zweiten und vierten Kopie Blei- oder Farbstiftkorrekturen angebracht waren. Das brachte ihn schließlich zu einer wichtigen Schlußfolgerung: daß Fotokopien nicht von den Protokollen selbst gemacht worden waren, sondern von den Entwürfen. Wenn das so war, so mußte die Informationsquelle im Sekretariat zu suchen sein, und das Sekretariat war sehr klein. Die Entwürfe waren sehr gut und sorgfältig fotografiert worden: der Fotograf hatte also Zeit und einen eigenen Raum gehabt. Leamas nahm sich wieder das Personenverzeichnis vor. Da gab es im Sekretariat einen Mann namens Karl Riemeck, einen früheren Sanitätsunteroffizier, der als Kriegsgefangener drei Jahre in England gewesen war. Seine Schwester hatte bei Kriegsende und dem Einmarsch der Russen in Pommern gelebt, und Karl hatte seitdem nichts mehr von ihr gehört. Er war verheiratet und hatte eine Tochter namens Carla.

Leamas beschloß, auf dieser Fährte sein Glück zu versuchen.

Er ließ in London die Kriegsgefangenennummer Riemecks feststellen. Sie lautete 29012. Das Datum seiner Entlassung war der 10. November 1945. Er kaufte ein ostdeutsches Kinderbuch und malte mit kindlicher Handschrift auf die Innenseite des Dekkels: ›Dieses Buch gehört Carla Riemeck, geboren am 10. Dezember 1945 in Bidefort, North Devon, gezeichnet: Mondraumfrau 29012.‹ Darunter schrieb er: ›Bewerber, die Raumflüge machen wollen, melden sich zur Instruktion bei C. Riemeck persönlich. Ein Bewerbungsformular ist beigefügt. Lang lebe die Volksrepublik des demokratischen Weltraumes!‹

Er versah ein Blatt liniierten Papiers mit Spalten für Name, Anschrift und Alter, und schrieb darunter: ›Jeder Kandidat wird persönlich befragt. Schreiben Sie an die übliche Adresse und geben Sie an, wann und wo Sie zu sprechen sind. Anträge werden in sieben Tagen erledigt. C. R.‹

Er legte das Blatt zusammen mit fünf gebrauchten Hundertdollarnoten in das Buch, das er bei der nächsten Fahrt mit de Jongs Wagen zum üblichen Platz auf dem Beifahrersitz liegenließ. Als Leamas von seinem Spaziergang zurückkam, war das Buch verschwunden. Statt dessen lag eine Tabakbüchse auf dem Sitz. Sie enthielt drei Filmrollen. Leamas entwickelte sie noch in derselben Nacht: Ein Film enthielt wie üblich die Protokolle der letzten Sitzung des Präsidiums; der zweite Entwurf zu einer neugefaßten Darstellung der Beziehungen Ostdeutschlands zur COMECON; der dritte eine schematische Darstellung der ostzonalen Spionageorganisation, wobei die Aufgaben der einzelnen Abteilungen und besondere Merkmale ihrer Leiter angegeben waren.

Peters unterbrach: »Augenblick«, sagte er, »wollen Sie mir weismachen, daß Riemeck all das geliefert haben soll?«

»Warum nicht? Sie wissen, wieviel er zu sehen bekam.«

»Es ist kaum möglich«, bemerkte Peters, als spräche er zu sich selbst. »Er muß Hilfe gehabt haben.«

»Das hatte er später. Ich komme noch darauf.«

»Ich weiß, was Sie mir erzählen werden. Aber hatten Sie nie das Gefühl, daß er auch Beihilfe von oben gehabt haben muß – nicht nur von den Leuten, die er dann später anwarb?«

»Nein! Nein, das Gefühl hatte ich nie. Mir kam nie der Gedanke.«

»Und wenn Sie jetzt darüber nachdenken: scheint es dann wahrscheinlich zu sein?«

»Nicht besonders.«

»Nachdem Sie all dies Material ins Rondell eingeschickt hatten – ist da nie darauf hingewiesen worden, daß selbst ein Mann in Riemecks Stellung kaum derart umfassende Informationen beschaffen konnte?«

»Nein.«

»Hat man sich jemals erkundigt, woher Riemeck seine Kamera hatte, und wer ihm die Technik der Dokumentarfotografie beigebracht hat?«

Leamas zögerte. »Nein . . . ich bin sicher, daß nie gefragt wurde.«

»Erstaunlich«, bemerkte Peters trocken. »Entschuldigen Sie, fahren Sie fort. Ich wollte Ihnen nicht vorgreifen.«

Genau eine Woche später fuhr Leamas wieder zum Kanal. Diesmal war er nervös. Als er in den Weg einbog, sah er drei Fahrräder im Gras liegen. Achtzig Meter weiter unten am Kanal saßen drei Männer und fischten. Er stieg wie üblich aus dem Wagen und begann, auf die Baumreihe jenseits des Feldes zuzugehen. Er hatte ungefähr zehn Meter zurückgelegt, als er einen Ruf hörte. Er drehte sich um und sah, daß ihm einer der Männer zuwinkte. Seine beiden Begleiter sahen ebenfalls zu ihm her. Leamas trug einen alten Regenmantel. Er hatte seine Hände in den Taschen, und es war zu spät, sie herauszunehmen. Ihm war klar, daß zwei der Männer den dritten in ihrer Mitte deckten und daß sie möglicherweise schießen würden, wenn er seine Hände aus den Taschen nahm, denn sie könnten der Meinung sein, daß er einen Revolver in der Tasche habe. Leamas blieb drei Meter vor dem Mann in der Mitte stehen.

»Wünschen Sie etwas?« fragte Leamas.

»Sind Sie Leamas?« Es war ein kleiner, dicker Mann, der sehr sicher auftrat. Er sprach englisch.

»Ja.«

»Welche Nummer hat Ihre britische Kennkarte?«

»PRT/L 58 003/1.«

»Wo verbrachten Sie die auf den Tag von Japans Kapitulation folgende Nacht?«

»In Leyden, Holland, in der Werkstatt meines Vaters, mit einigen holländischen Freunden.«

»Wollen wir einen kleinen Spaziergang machen, Mr. Leamas? Sie werden Ihren Regenmantel nicht brauchen. Ziehen Sie ihn aus und lassen Sie ihn hier liegen. Meine Freunde werden darauf achten.«

Leamas zögerte, zuckte mit den Achseln und zog seinen Mantel aus. Dann gingen sie miteinander dem Wald zu.

»Sie wissen so gut wie ich, wer er war«, sagte Leamas müde, »dritter Mann im Innenministerium, Sekretär des SED-Präsidiums, Leiter des Koordinierungsausschusses für Staatssicherheit. Ich nehme an, daß er zu seinem Wissen über de Jong und mich auf diesem Posten gekommen war: er muß die Akten über uns bei der ›Abteilung‹ gesehen haben. Er hatte drei Eisen im Feuer: das Präsidium, die internen Berichte über innenpolitische und wirtschaftliche Vorgänge – das war die einfachste Art, sich zu informieren –, und schließlich hatte er Zugang zu den Akten des Sicherheitsdienstes.«

»Aber nur einen begrenzten Zugang. Ein Außenstehender bekommt niemals alle Akten zu sehen.«

Leamas zuckte mit den Schultern.

»Ihn ließen sie aber«, sagte er.

»Was machte er mit seinem Geld?«

»Nach diesem Nachmittag gab ich ihm keines mehr. Das Rondell übernahm das sofort. Es wurde in eine westdeutsche Bank eingezahlt. Er gab mir sogar zurück, was ich ihm bereits gegeben hatte. Das Rondell zahlte es für ihn ein.«

»Wieviel erzählten Sie London über die ganze Sache?«

»Danach alles. Ich mußte. Das Rondell informierte sofort alle Abteilungen.« Leamas setzte giftig hinzu: »Jetzt war es nur noch eine Frage der Zeit, bis sich alles um die Quelle drängte. Mit den drängenden Abteilungen im Genick, wurde London immer habgieriger. Sie wollten immer mehr und mehr, boten ihm mehr Geld. Schließlich mußten wir Karl vorschlagen, weitere Quellen anzubohren, die wir dann übernahmen, um ein Netz zu bilden. Das alles war maßlos dumm, denn es legte Karl Belastungen auf, gefährdete ihn, untergrub sein Vertrauen zu uns. Es war der Anfang vom Ende.«

»Wieviel konnten Sie aus ihm herausholen?«

Leamas zögerte. »Wieviel? Ich weiß es nicht. Es lief eine unnatürlich lange Zeit. Ich glaube, er flog auf, lange bevor er gefaßt war. Schon Monate vor dem Ende wurde sein Material immer schlechter. Ich glaube, man verdächtigte ihn damals schon und ließ ihn deshalb nicht mehr an das gute Material heran.«

»Alles in allem: was gab er Ihnen?« beharrte Peters.

Stück für Stück zählte Leamas die von Karl Riemeck geleistete Arbeit auf. Peters registrierte voll Anerkennung, daß Leamas' Gedächtnis für einen Mann, der soviel trank, erstaunlich genau funktionierte. Er konnte Daten und Namen angeben, er konnte sich der Reaktion Londons erinnern und auf welche Weise Riemecks Material bestätigt worden war – soweit dies überhaupt geschah. Er konnte sich an geforderte und gezahlte Geldsummen erinnern und an die Termine, zu denen andere Agenten für das Netz angeworben wurden.

»Es tut mir leid«, sagte Peters schließlich, »aber ich halte es einfach für ausgeschlossen, daß ein einzelner Mann, wenn auch noch so hochgestellt, noch so vorsichtig und noch so fleißig, über eine derartige Fülle detaillierten Wissens verfügt haben soll. Und selbst wenn Riemeck zu all diesen Dingen selbst Zugang gehabt hätte, so wäre er doch nie in der Lage gewesen, das alles zu fotografieren.«

»Er war in der Lage«, beharrte Leamas. Er war plötzlich verärgert. »Riemeck hat es nur allzugut fertiggebracht. Mehr ist darüber nicht zu sagen.«

»Und das Rondell hat Sie nie angewiesen, ihn einmal zu fragen, wie und wann er dieses ganze Material eingesehen hat?«

»Nein«, fuhr ihn Leamas an. »Riemeck war in dieser Hinsicht empfindlich, und London war damit zufrieden, so wie es war.«

»Nun gut«, murmelte Peters. Dann sagte er: »Übrigens, Sie haben wohl von dieser Frau gehört?«

»Von welcher Frau?« fragte Leamas scharf.

»Karl Riemecks Freundin, die in der Nacht, als Riemeck erschossen wurde, herüberkam.«

»Und?«

»Sie wurde vor einer Woche tot aufgefunden. Ermordet. Man hat sie aus einem Wagen heraus erschossen, als sie ihre Wohnung verließ.«

»Einmal war es meine Wohnung«, sagte Leamas mechanisch.

»Vielleicht wußte sie mehr über Riemecks Netz als Sie«, meinte Peters.

»Was, zum Teufel, soll das heißen?« fragte Leamas.

Peters zuckte mit den Schultern. »Es ist alles sehr merkwürdig«, bemerkte er. »Ich möchte wissen, wer sie umgebracht hat.«

Nachdem sie den Fall Riemeck erschöpfend besprochen hatten, berichtete Leamas über andere, weniger wichtige Agenten, dann über die Arbeitsweise seines Berliner Büros, seine Verbindungen, sein Personal, seine geheimen Verästelungen – die Wohnungen, Transportmittel, sein Archiv und das Fotolabor. Sie arbeiteten bis tief in die Nacht hinein und den ganzen nächsten Tag, und als Leamas schließlich in der folgenden Nacht zu Bett ging, wußte er, daß er alles, was er von der alliierten Spionage in Berlin kannte, verraten und zwei Flaschen Whisky getrunken hatte.

Etwas gab ihm zu denken: Peters' Bestehen darauf,

daß Karl Riemeck Hilfe, daß er einen hochgestellten Mitarbeiter gehabt haben müsse. Der Chef hatte ihn das gleiche gefragt. Ja, jetzt erinnerte er sich plötzlich daran: der Chef hatte ihn nach Riemecks Informationsmöglichkeiten gefragt. Wie konnten beide so sicher sein, daß Karl nicht allein gearbeitet hatte? Gewiß, er hatte Helfer gehabt, zum Beispiel die beiden Leibwächter, als er sich beim Kanal mit Leamas traf. Aber das waren kleine Fische, von denen Karl ihm später erzählt hatte. Peters weigerte sich nun also, zu glauben, daß Karl allein gearbeitet hatte – und Peters mußte schließlich genau beurteilen können, welche Art Informationen Karl in die Hände bekommen konnte und welche nicht. In diesem Punkt waren sich Peters und der Chef völlig einig.

Vielleicht war es wahr. Vielleicht war da noch jemand. Vielleicht war dies die besondere Quelle, die der Chef so ängstlich gegen Mundt zu schützen versuchte. Das würde heißen, daß Karl Riemeck mit dieser Quelle zusammengearbeitet hatte, und daß seine Lieferungen auch Material enthielten, das der andere beschafft hatte. Vielleicht war dies der Grund, weshalb der Chef an jenem Abend in Leamas' Berliner Wohnung allein mit Karl zu sprechen wünschte. Wie dem auch sei, der morgige Tag würde ihn klüger machen. Morgen wollte er seine Karten ausspielen.

Er fragte sich, wer wohl Elvira umgebracht hatte, vor allem aber: aus welchem Grund war sie getötet worden?

Allerdings gab es dafür eine mögliche Erklärung: gesetzt den Fall, Elvira habe etwas über Riemecks heimlichen Mitarbeiter gewußt, vielleicht sogar seinen Namen, dann war es denkbar, daß sie von diesem

Mitarbeiter ermordet worden war. Nein, das war eine zu gewagte Spekulation. Sie übersah die Schwierigkeiten, die das Überwechseln von Ost nach West bereitete – und Elvira war ja in West-Berlin ermordet worden.

Leamas fragte sich, warum ihm der Chef nichts von Elviras Tod gesagt hatte. Er hätte seine Reaktion auf diese Mitteilung aus dem Mund von Peters besser vorbereiten können. Aber das waren nutzlose Erwägungen. Der Chef hatte seine Gründe, und die waren im allgemeinen so elend verzwickt, daß es einer Woche angestrengten Grübelns bedurfte, sie herauszufinden.

Als Leamas einschlief, murmelte er: »Karl war ein großer Idiot. Dieses Weib hat ihn hereingelegt. Da bin ich ganz sicher.«

Elvira war tot, und das geschah ihr recht. Er dachte an Liz.

9

Der zweite Tag

Am nächsten Morgen erschien Peters bereits um acht Uhr im Bungalow, und sie setzten sich sofort, ohne weitere Umstände zu machen, an den Tisch und fingen an.

»Dann kamen Sie also nach London zurück. Was taten Sie dort?«

»Man legte mich auf Eis. Daß ich erledigt war, wußte ich schon, als mich dieser Esel von der Personalabteilung vom Flughafen abholte. Ich mußte direkt zum Chef, um über Karl zu berichten. Der war tot – was war darüber noch zu sagen?«

»Was machte man mit Ihnen?«

»Zuerst sagte man, ich könnte meine Zeit in London so lange absitzen, bis ich die Berechtigung zu einer vollen Pension erreicht hätte. Man war so verdammt gütig, daß ich wütend wurde. Da sagte ich ihnen, wenn sie schon so scharf darauf wären, mir Geld nachzuwerfen, dann sollten sie doch das Nächstliegende tun und mir meine volle Dienstzeit anrechnen, anstatt dauernd von der Unterbrechung zu schwatzen. Daraufhin wurden sie sauer. Sie steckten mich zu den Frauen in die Bankabteilung. An diese Periode kann ich mich nicht recht erinnern – ich fing etwas zu trinken an. Verlor ziemlich an Kondition.« Er steckte sich eine Zigarette an.

Peters nickte.

»Das war der wirkliche Grund, warum sie mich entließen. Sie sahen es nicht gerne, daß ich trank.«

»Erzählen Sie wenigstens, woran Sie sich von der Bankabteilung noch erinnern können«, schlug Peters vor.

»Es war eine langweilige Angelegenheit. Ich bin nicht für Büroarbeit geschaffen. Deshalb hatte ich mich ja auch so an Berlin geklammert. Als sie mich dann zurückholten, wußte ich, daß ich auf Eis gelegt werden sollte. Aber, Himmel noch mal . . .«

»Was haben Sie dort gemacht?«

Leamas zuckte die Achseln.

»Ich habe in demselben Raum mit zwei Frauen gesessen, sie hießen Thursby und Larrett. Ich nannte sie ›Thursday and Friday‹.« Er grinste ziemlich blöde. Peters sah verständnislos drein.

»Wir taten nichts anderes, als Formulare weiterzuschicken. Wir bekamen beispielsweise einen Brief von der Finanzabteilung: ›Die Zahlung von siebenhundert Dollar an Soundso ist mit Wirkung vom Soundsovielten genehmigt, bitte veranlassen Sie das Nötige.‹ – Das war in der Hauptsache alles. Thursday und Friday schoben den Zettel dann ein bißchen herum, hefteten ihn ein, machten Stempel drauf, und ich unterschrieb einen Scheck oder einen Auftrag an die Bank, das Geld zu überweisen.«

»Welche Bank?«

»Blatt and Rodney, eine drollige kleine Bank in der City. Nach einer im Rondell kursierenden Theorie sind nämlich ehemalige Etonschüler verschwiegen.«

»Praktisch kannten Sie dann also Namen von Agenten in der ganzen Welt?«

»Nicht notwendigerweise. Das war das Raffinierte daran. Ich habe zwar die Schecks unterschrieben oder die Bankaufträge, aber der Name des Empfängers wurde erst später auf dem von uns freigelassenen Platz eingetragen. Der Begleitbrief – oder was es nun war – wurde von uns unterschrieben, und dann ging der Akt zurück zur Abteilung für Spezialabfertigung.«

»Wer ist das?«

»Das sind die Führer der Agentenhauptliste. Sie setzen die Namen ein und verschicken die Anweisungen. Sehr schlau, muß ich sagen.«

Peters sah enttäuscht aus.

»Wollen Sie damit sagen, daß Sie keine Möglichkeit hatten, die Namen der Empfänger zu kennen?«

»Im allgemeinen nicht, nein.«

»Aber gelegentlich?«

»Dann und wann durchschauten wir die Sache natürlich. Dieses ganze Hin und Her zwischen Bank-, Finanz- und Abfertigungsabteilung führte manchmal zwangsläufig zu bestimmten Schlüssen. Ein System kann auch allzu clever werden. Dann stießen wir auf Spezialmaterial, das uns das Leben etwas aufhellte.«

Leamas stand auf. »Ich habe eine Liste aller Zahlungen angelegt, an die ich mich erinnern kann. Sie ist in meinem Zimmer. Ich hole sie.«

Er verließ den Raum mit dem etwas schleppenden Gang, den er seit der Ankunft in Holland angenommen hatte. Er kam mit ein paar Blättern aus einem Notizbuch zurück.

»Ich habe das hier in der letzten Nacht aufgeschrieben«, sagte er. »Ich dachte, es würde Zeit sparen.«

Peters nahm die Blätter und sah sie langsam und sorgfältig durch. Er schien beeindruckt zu sein.

»Gut«, sagte er. »Sehr gut.«

»Am besten kann ich mich an eine Sache erinnern, die sich ›Rollstein‹ nannte. Ich habe im Zusammenhang mit ihr ein paar Reisen gemacht. Eine nach Kopenhagen und eine nach Helsinki. Hatte nichts anderes zu tun, als bei Banken Geld einzuzahlen.«

»Wieviel?«

»Zehntausend Dollar in Kopenhagen, vierzigtausend Deutsche Mark in Helsinki.«

Peters legte seinen Bleistift nieder.

»Für wen?« fragte er.

»Weiß der Himmel. Wir arbeiteten im Fall ›Rollstein‹ nach dem Depotsystem. Der Geheimdienst gab mir einen falschen britischen Paß. Damit ging ich zur Königlich-Skandinavischen Bank in Kopenhagen und der Nationalbank von Finnland in Helsinki. Ich deponierte das Geld und ließ das Kontobuch auf ein Gemeinschaftskonto ausstellen, für das nicht nur ich – mit meinem Decknamen –, sondern auch jemand anderer zeichnungsberechtigt war. Dieser andere war nach meiner Schätzung der Agent, natürlich auch nur unter irgendeinem Decknamen. Die Unterschrift meines unbekannten Kompagnons, die ich bei der Bank hinterlegen mußte, hatte mir die Direktion mitgegeben. Wie es dann weiterging, kann ich nur vermuten, aber wahrscheinlich wurde dem Agenten das Kontobuch gegeben und ein falscher Paß, den er auf der Bank vorzeigte, wenn er das Geld abholte. Alles, was ich wußte, war der Deckname.« Er hörte sich selbst reden, und alles klang auf eine lächerliche Art unglaubwürdig.

»War dies das übliche Verfahren?«

»Nein. Es war eine spezielle Zahlung. Diese Aktion umfaßte eine ganze Liste von Zahlungen.«

»Wieso?«

»Die Aktion hatte einen Codenamen, der nur sehr wenigen Menschen bekannt war.«

»Wie war der Codename?«

»Ich sagte es Ihnen schon – ›Rollstein‹. Die Operation umfaßte unregelmäßige Zahlungen in verschiedenen Währungen in verschiedenen Hauptstädten im Gesamtwert von zehntausend Dollar.«

»Immer in Hauptstädten?«

»Soviel ich weiß. Ich kann mich erinnern, in den Akten gelesen zu haben, daß es andere ›Rollstein‹-Zahlungen gegeben hatte, bevor ich zu der Abteilung kam, aber in diesen Fällen veranlaßte die Bankabteilung unseren ständigen Mann dort, die Sache abzuwickeln.«

»Diese anderen Zahlungen, die stattfanden, bevor Sie kamen: Wo wurden die gemacht?«

»Eine in Oslo. Ich kann mich nicht erinnern, wo die andere gemacht wurde.«

»Benützte der Agent immer denselben Decknamen?«

»Nein. Das war eine weitere Sicherheitsmaßnahme. Ich hörte später, daß wir die ganze Technik den Russen abgeschaut hätten. Es war das durchdachteste Zahlungssystem, das mir je untergekommen ist. Auch ich verwendete auf jeder Reise einen anderen Decknamen und selbstverständlich einen anderen Paß.« Diese Mitteilung würde Peters freuen und ihm helfen, die Lücken zu schließen.

»Diese falschen Pässe, die der Agent bekam, damit

er das Geld abheben konnte: Wußten Sie irgend etwas darüber? Wie sie ausgestellt und verschickt wurden?«

»Nein. Nur, daß sie für das Land, in dem das Geld deponiert war, Visa haben mußten. Und Einreisestempel.«

»Einreisestempel?«

»Ja. Ich nehme an, daß die Pässe nie an der Grenze gebraucht wurden – daß sie nur bei der Bank als Ausweis vorgezeigt wurden. Der Agent muß mit seinem Paß ganz legal in das Land, in dem die Bank war, eingereist sein. Den falschen Paß wies er nur bei der Bank vor. Das ist jedenfalls meine Vermutung.«

»Ist Ihnen der Grund bekannt, warum frühere Zahlungen von Ihren örtlichen Beauftragten gemacht wurden und spätere Zahlungen durch jemanden, der aus London kam?«

»Ich weiß den Grund. Ich fragte die Frauen der Bankabteilung, Thursday und Friday. Der Chef fürchtete, daß . . .«

»Der Chef? Wollen Sie damit sagen, daß der Chef selbst den Fall bearbeitete?«

»Ja, das hat er. Er fürchtete, daß unser ständiger Mann dort auf der Bank erkannt werden könnte. Deshalb gebrauchte er einen Briefträger: mich.«

»Wann machten Sie Ihre Reisen?«

»Kopenhagen am 15. Juni. Ich flog noch in derselben Nacht zurück. Helsinki Ende September. Ich blieb zwei Nächte dort und flog um den 28. herum zurück. Ich habe mich in Helsinki ganz gut amüsiert.« Er grinste, aber Peters nahm keine Notiz davon.

»Und die anderen Zahlungen – wann wurden die gemacht?«

»Ich kann mich nicht erinnern, tut mir leid.«

»Aber eine war ganz bestimmt in Oslo?«

»Ja, eine war in Oslo.«

»Welcher Zeitraum lag zwischen den beiden ersten Zahlungen, den Zahlungen, die durch den jeweiligen ständigen Mann gemacht wurden?«

»Ich weiß nicht. Kein langer, glaube ich. Ein Monat vielleicht. Vielleicht auch etwas mehr.«

»Hatten Sie den Eindruck, daß der Agent schon einige Zeit gearbeitet hatte, bevor die erste Zahlung gemacht wurde? Ging das aus dem Akt hervor?«

»Keine Ahnung. Im Akt war nur die Tatsache der Zahlungen vermerkt. Erste Zahlung Anfang neunundfünfzig. Kein anderes Datum. Das ist das Prinzip, nach dem vorgegangen wird, wenn es sich um eine begrenzte Zahl von Empfängern handelt. Verschiedene Akten befassen sich mit den verschiedensten Einzelheiten eines einzigen Falls. Nur jemand, der den Hauptakt hat, wäre imstande, alles zusammenzufügen.«

Peters schrieb jetzt die ganze Zeit. Leamas nahm an, daß irgendwo im Raume versteckt ein Tonbandgerät lief, dessen Übertragung ins Manuskript aber Zeit erforderte. Was Peters jetzt aufschrieb, war sicherlich das Rohmaterial für das abendliche Telegramm nach Moskau. Darüber hinaus werden die Mädchen in der russischen Botschaft in Den Haag die ganze Nacht damit beschäftigt sein, den vollen Wortlaut des Gespräches nach einem festgelegten Stundenplan zu telegrafieren.

»Sagen Sie mir«, sagte Peters, »dies sind große Geldbeträge. Die Vorkehrungen bei der Auszahlung waren ausgeklügelt und sehr kostspielig. Wie war Ihre eigene Meinung darüber?«

Leamas zuckte die Schultern.

»Welche Meinung konnte ich schon haben? Ich dachte, daß der Chef eine verdammt gute Quelle haben mußte, aber da ich nie das Material sah, kann ich nichts sagen. Mir gefiel die Art nicht, wie der Fall gehandhabt wurde – alles war zu hochtourig, zu kompliziert, zu schlau. Warum konnte man sich nicht mit ihm treffen und ihm das Geld in bar geben? Hatte man ihn wirklich veranlaßt, die Grenzen mit seinem eigenen Paß zu überschreiten, während er den falschen in der Tasche trug? Ich bezweifle es«, sagte Leamas. Es war an der Zeit, die Sache zu verschleiern, ihm eine Spur zu legen.

»Was wollen Sie damit sagen?«

»Ich will damit sagen, daß nach allem, was ich weiß, das Geld bei der Bank nie abgehoben worden ist. Angenommen, er war ein hochgestellter Agent hinter dem Eisernen Vorhang – das Geld wäre für ihn deponiert gewesen, damit es ihm zur Verfügung stand, sobald er an es herankonnte. So vermutete ich jedenfalls. Ich dachte nicht weiter darüber nach. Warum sollte ich? Es gehört zu unserer Arbeit, nur Stücke vom Ganzen zu kennen. Sie wissen das. Wenn man neugierig ist, dann gnade einem Gott.«

»Wenn das Geld nicht abgehoben wurde, wie Sie meinen, warum dann die ganze Mühe mit den Pässen?«

»Als ich in Berlin war, trafen wir die Vorkehrungen für Karl Riemeck, für den Fall, daß er einmal flüchten müßte und uns nicht erreichen könnte. Wir hielten für ihn einen falschen westdeutschen Paß unter einer bestimmten Adresse in Düsseldorf hinterlegt, wo er ihn durch ein vorher vereinbartes Verfahren jederzeit abholen konnte. Der Paß wurde nie ungültig – die Reiseabteilung verlängerte stets seine Laufzeit und auch die Visa, wenn sie verfielen. Der Chef hat vielleicht die gleiche Technik bei diesem Mann angewandt. Ich weiß es nicht – es ist nur eine Vermutung.«

»Wie können Sie mit Sicherheit behaupten, daß Pässe ausgegeben wurden?«

»Es waren entsprechende interne Mitteilungen der Bank an die Reiseabteilung im Akt angeheftet. Die Reiseabteilung ist die Stelle, die falsche Ausweispapiere und Visa beschafft.«

»Ich verstehe.«

Peters dachte einen Augenblick lang nach und fragte dann: »Welche Namen gebrauchten Sie in Kopenhagen und Helsinki?«

»Robert Lang, Elektroingenieur aus Derby. Das war in Kopenhagen.«

»Wann genau waren Sie in Kopenhagen?« fragte Peters.

»Ich sagte Ihnen schon, am 15. Juni. Ich kam am Morgen an, ungefähr um elf Uhr dreißig.«

»Welche Bank benutzten Sie?«

»Herrgott noch mal, Peters«, sagte Leamas plötzlich ärgerlich, »die Königlich-Skandinavische. Sie haben es schon aufgeschrieben.«

»Ich wollte nur sichergehen«, antwortete der andere gleichmütig und schrieb weiter. »Und in Helsinki, welchen Namen?«

»Stephen Benett, Marineingenieur aus Plymouth. Ich war Ende September dort«, fügte er sarkastisch hinzu.

»Sie suchten die Bank am Tag Ihrer Ankunft auf?«

»Ja. Es war der 24. oder 25. Ich weiß es nicht mehr genau, wie ich Ihnen bereits sagte.«

»Brachten Sie das Geld in bar aus England mit?«

»Selbstverständlich nicht. Wir hatten es jeweils auf das Konto unseres ständigen Mannes dort überwiesen. Unser Mann hob es ab, traf mich auf dem Flugplatz mit dem Geld in einem Koffer, und ich trug es zur Bank.«

»Wer ist Ihr ständiger Mann in Kopenhagen?«

»Peter Jenssen, ein Verkäufer in der Universitätsbuchhandlung.«

»Und wie waren die Namen, die der Agent benutzte?«

»Horst Karlsdorf in Kopenhagen. Ich glaube, so nannte er sich, ja, ich erinnere mich, das war der Name, Karlsdorf. Ich war immer drauf und dran, Karlshorst zu sagen.«

»Beschreibung?«

»Geschäftsführer, aus Klagenfurt in Österreich.«

»Und der andere, der Name in Helsinki?«

»Fechtmann, Adolf Fechtmann aus Sankt Gallen, Schweiz. Er hatte einen Titel – ja, richtig: Doktor Fechtmann, Archivar.«

»Aha. Beide sprachen also deutsch.«

»Ja, das fiel mir auch auf. Aber es kann kein Deutscher sein.«

»Warum nicht?«

»Ich war der Leiter der Berliner Organisation, nicht wahr? Ich wäre darüber orientiert gewesen. Ein wichtiger Agent in Ostdeutschland wäre von Berlin aus gesteuert worden. Ich hätte über die Angelegenheit informiert sein müssen.« Leamas stand auf, ging zur Anrichte und goß sich einen Whisky ein.

»Sie sagten selbst, daß man in diesem Fall besondere Vorsichtsmaßnahmen und eigene Verfahrensweisen entwickelt hatte. Vielleicht war man der Meinung, daß Sie nichts davon zu wissen brauchten.«

»Seien Sie nicht albern«, gab Leamas zurück. »Selbstverständlich hätte ich davon gewußt.« An dieser Auffassung würde er um jeden Preis festhalten. Das gab ihnen das Gefühl, besser Bescheid zu wissen als er, und ließ seine übrigen Informationen glaubwürdiger erscheinen. »Man wird drüben trotz Ihrer Aussagen eigene Schlüsse ziehen wollen«, hatte der Chef gesagt. »Wir müssen den Leuten das Material geben und gleichzeitig gegenüber den daraus gezogenen Schlußfolgerungen skeptisch bleiben. Auf die Intelligenz dieser Leute und ihre Eitelkeit, auf den Argwohn, den sie gegeneinander haben – das ist es, worauf wir uns verlassen müssen.«

Peters nickte, als wolle er eine betrübliche Wahrheit bestätigen. »Sie sind ein stolzer Mann, Leamas«, sagte er abermals.

Bald danach ging Peters. Er wünschte Leamas einen guten Tag und spazierte die Strandpromenade hinunter. Es war Mittagszeit.

10

Der dritte Tag

An diesem Nachmittag erschien Peters nicht mehr, auch nicht am nächsten Morgen. Leamas blieb im Haus und wartete mit wachsender Unruhe auf eine Nachricht. Aber es kam keine. Er fragte die dicke Haushälterin, aber sie lächelte nur und zuckte mit den Achseln. Ungefähr um elf Uhr am nächsten Morgen entschloß er sich, einen Spaziergang am Strand zu machen. Er kaufte Zigaretten und starrte verdrossen auf die See hinaus.

Ein Mädchen am Strand warf den Möwen Brot hin. Sie drehte ihm den Rücken zu. Der vom Meer herwehende Wind spielte mit ihrem langen schwarzen Haar, blähte ihren Mantel und ließ ihren Körper als einen Bogen erscheinen, der sich der See entgegenneigte. Da wurde ihm bewußt, was ihm Liz gegeben hatte: etwas, um dessentwillen er zurückkommen mußte, sollte er je wieder nach England heimkehren. Es war die Liebe zu den kleinen Dingen – der Glaube an das alltägliche Leben. Einfach etwas Brot in kleine Stücke brechen, es in einer Papiertüte an den Strand hinunternehmen, um es an die Möwen zu verfüttern. Es war seine Sehnsucht, einmal jene Nebensächlichkeiten tun zu dürfen, die ihm bisher verwehrt gewesen waren, was auch immer es betraf: Brot für die Möwen oder Liebe. Er würde heimkehren und es finden; er würde Liz es für ihn finden lassen: in ein, zwei Wochen vielleicht konnte er schon wieder daheim sein. Der Chef hatte gesagt, daß er alles behalten könne, was man ihm hier zahlen würde – und das würde genügen. Mit fünfzehntausend Pfund, einer Abfindung und der Pension vom Rondell konnte es sich ein Mann leisten, aus der Kälte hereinzukommen, wie der Chef das zu nennen pflegte.

Er machte einen Umweg und kam Viertel vor zwölf zum Bungalow zurück. Die Frau ließ ihn wortlos ein, aber er hörte, daß sie den Telefonhörer abnahm und eine Nummer wählte, sobald er in das Zimmer gegangen war. Sie sprach nur einige Sekunden. Um halb eins brachte sie ihm das Mittagessen und, zu seiner Freude, einige englische Zeitungen, in die er sich zufrieden bis drei Uhr vertiefte. Bücher las Leamas normalerweise nie, aber Zeitungen studierte er immer langsam und sorgfältig. Er behielt viele Einzelheiten im Gedächtnis, wie Namen und Adressen von Menschen, die in irgendeiner Meldung einmal erwähnt worden waren. Er prägte sich solche Dinge fast unbewußt ein, als sei es eine Art privates Gedächtnistraining, und es nahm ihn vollkommen in Anspruch.

Um drei Uhr kam Peters. Sobald Leamas ihn sah, wußte er, daß irgend etwas los war. Sie setzten sich nicht an den Tisch; Peters zog nicht einmal seinen Regenmantel aus.

»Ich habe schlechte Nachrichten für Sie«, sagte er. »Sie werden in England gesucht. Ich hörte es heute morgen. Die Häfen werden beobachtet.«

Leamas fragte unbeteiligt: »Mit welcher Begründung?«

»Sie hätten sich nach der Gefängnishaft nicht innerhalb der vorgeschriebenen Zeit bei der Polizei gemeldet.«

»Und in Wirklichkeit?«

»Es wird gemunkelt, daß Sie gegen das Gesetz über den Schutz von Staatsgeheimnissen verstoßen hätten. Ihr Foto ist in allen Londoner Abendblättern. Die Bildunterschriften sagen nicht viel aus.«

Leamas stand ganz still. Das hatte der Chef veranlaßt. Der Chef hatte diese Hetzjagd angekurbelt. Es gab keine andere Erklärung. Selbst wenn Ashe und Kiever hineingezogen worden waren und wenn sie etwas gesagt haben sollten – auch dann lag die Verantwortung für die Treibjagd noch immer beim Chef. »Ein paar Wochen...«, hatte er gesagt. »Ich nehme an, man wird Sie irgendwo anders befragen – es könnte sogar sein, daß man Sie ins Ausland bringt. Nach einigen Wochen müßte die Sache für Sie aber erledigt sein. Danach sollte alles von selbst weiterlaufen. Sie werden sich hier verborgen halten müssen, bis sich unsere Chemie ausgewirkt hat; aber ich bin sicher, daß Sie nichts dagegen haben werden. Ich habe zugestimmt, daß man Ihnen die aktiven Dienstbezüge so lange weiterzahlt, bis Mundt beseitigt ist: das schien die gerechteste Lösung zu sein.«

Und jetzt dies.

Das war nicht Teil der Abmachung; das war etwas anderes. Wie, zum Teufel, sollte er sich jetzt verhalten? Wenn er jetzt ausstieg und sich weigerte, mit Peters zu gehen, würde er damit die Operation zerstören. Es bestand die Möglichkeit, daß Peters log, daß dies eine Probe war – um so mehr ein Grund, jetzt mit ihm zu gehen. Aber wenn er mit in den Osten ging, nach Polen, in die Tschechoslowakei oder Gott weiß wohin, so gab es keinen vernünftigen Grund, weshalb sie ihn je wieder herauslassen sollten, ja es gab nicht einmal eine vernünftige Begründung für seinen Wunsch, herausgelassen zu werden – es lief ja im ganzen Westen eine Fahndung nach ihm.

Der Chef hatte es getan – dessen war er sicher. Die Bedingungen waren ihm schon die ganze Zeit verdächtig großzügig vorgekommen. Das Rondell warf nicht grundlos derartig mit dem Geld herum – es sei denn, sie hätten von Anfang an heimlich mit der Möglichkeit gerechnet, daß sie ihn verlieren könnten. Geld in dieser Menge war ein Pflaster für Härten und Gefahren, deren Existenz der Chef nicht offen zugeben wollte. Die Großzügigkeit des Angebotes hätte eine Warnung sein sollen; aber Leamas hatte diese Warnung nicht beachtet.

»Wie, zum Teufel«, fragte er ruhig, »sind sie darauf gekommen?« Ein Gedanke schien ihm durch den Kopf zu gehen, und er sagte: »Ihr Freund Ashe hätte sie natürlich informieren können, oder Kiever ...«

»Die Möglichkeit besteht«, erwiderte Peters. »Sie wissen genausogut wie ich, daß solche Dinge immer vorkommen können. Es gibt in unserem Beruf keine Sicherheit. Tatsache ist«, fügte er etwas ungeduldig hinzu, »daß inzwischen jedes Land in Westeuropa nach Ihnen Ausschau hält.«

Leamas hatte Peters kaum gehört.

»Sie haben mich jetzt fest am Haken, nicht wahr, Peters?« sagte er. »Ihre Leute müssen sich krank lachen. Oder stammt der Tip vielleicht von Ihnen?«

»Sie überschätzen Ihre Bedeutung«, sagte Peters säuerlich.

»Dann verraten Sie mir, weshalb Sie mich beschatten lassen. Als ich heute morgen einen Spaziergang machte, blieben mir dauernd zwei kleine Männer in braunen Anzügen auf den Fersen. Einer zehn Meter hinter dem anderen, den ganzen Strand entlang. Als ich zurückkam, rief die Haushälterin Sie an.«

»Bleiben wir doch bei dem, was wir wissen«, schlug Peters vor.

»Es kann uns doch im Augenblick ziemlich gleichgültig sein, auf welche Weise Ihre Dienststelle Ihnen auf die Spur gekommen ist. Tatsache ist, sie sind Ihnen draufgekommen.«

»Haben Sie die Londoner Abendzeitung mitgebracht?«

»Natürlich nicht. Man kann sie hier nicht bekommen. Wir erhielten ein Telegramm aus London.«

»Das ist eine Lüge. Sie wissen sehr gut, daß Ihre Stellen nur mit der Zentrale Verbindung aufnehmen dürfen.«

»In diesem Fall wurde ein direkter Kontakt zwischen zwei Außenstellen gestattet«, erwiderte Peters ärgerlich.

»Nun gut«, sagte Leamas mit einem gezwungenen Lächeln. »Sie müssen eine große Nummer sein. Oder« – ein Gedanke schien ihm plötzlich durch den Kopf zu schießen – »ist die Zentrale an dieser Angelegenheit nicht beteiligt?«

Peters überging diese Frage.

»Sie kennen die Alternative: Entweder Sie überlassen es uns, für Sie zu sorgen und Ihren sicheren Übergang zu arrangieren, oder Sie sind auf sich selbst angewiesen – mit der Gewißheit, schließlich doch gefaßt zu werden. Sie haben keine falschen Papiere, kein Geld, nichts. Ihr britischer Paß wird in zehn Tagen ungültig.«

»Es gibt eine dritte Möglichkeit. Geben Sie mir einen Schweizer Paß und etwas Geld und lassen Sie mich laufen. Ich kann selbst für mich sorgen.«

»Ich fürchte, das wird man nicht für wünschenswert halten.«

»Sie meinen, Sie haben die Befragung nicht beendet? Vorher kann ich nicht freikommen?«

»Das ist, grob ausgedrückt, die Lage.«

»Was werden Sie mit mir machen, wenn das Verhör beendet ist?«

Peters zuckte die Achseln. »Was schlagen Sie vor?«

»Einen neuen Ausweis. Skandinavischen Paß vielleicht. Geld.«

»Es ist reine Theorie, aber ich will es meinen Vorgesetzten empfehlen. Kommen Sie mit?«

Leamas zögerte, dann lächelte er ein wenig unsicher und fragte: »Wenn ich nicht mitkäme, was würden Sie tun? Schließlich habe ich eine ganz nette Geschichte zu erzählen, wie?«

»Geschichten dieser Art sind schwer nachzuweisen. Ich werde diese Nacht nicht mehr hier sein. Ashe und Kiever . . .«, er zuckte mit den Achseln, »was ergibt sich schon daraus?«

Leamas ging zum Fenster.

Ein Sturm kam über der grauen Nordsee auf. Er sah den Möwen zu, wie sie unter den dunklen Wolken kreisten. Das Mädchen war verschwunden.

»Gut«, sagte er schließlich, »organisieren Sie es.«

»Es gibt vor morgen kein Flugzeug in den Osten. Aber in einer Stunde fliegt eines nach Berlin. Das werden wir nehmen. Es wird sehr knapp werden.«

Die passive Rolle, die Leamas an diesem Abend spielen mußte, ermöglichte es ihm, wieder einmal die trotz größter Einfachheit ungemein wirksamen Vorbereitungen zu bewundern, die Peters getroffen hatte. Der Paß war schon lange vorher ausgestellt worden. Die Zentrale mußte das arrangiert haben. Er war auf den Namen Alexander Thwaite, Reisender, ausgestellt und mit Visa und Grenzstempeln vollgepflastert – der alte, vielbenützte Paß eines Berufsreisenden. Der holländische Grenzbeamte auf dem Flugplatz nickte bloß und stempelte ihn achtlos, einfach weil es die Vorschrift verlangte. Peters war in der Reihe drei oder vier Plätze hinter ihm und nahm kein Interesse an den Formalitäten.

Als er in die ›Nur für Passagiere‹ reservierte Absperrung kam, erblickte Leamas einen Zeitungsstand. Dort war eine Anzahl internationaler Zeitungen ausgehängt: *Figaro, Le Monde, Neue Zürcher Zeitung, Die Welt* und ein halbes Dutzend britischer Tages- und Wochenblätter. Gerade als er hinsah, kam die Verkäuferin um den Kiosk herum nach vorn und steckte einen *Evening Standard* in den Zeitungsständer. Leamas ging schnell hinüber und nahm die Zeitung heraus.

»Wieviel?« fragte er. Als er in seine Hosentasche griff, fiel ihm plötzlich ein, daß er kein holländisches Geld hatte.

»Dreißig Cents«, erwiderte das Mädchen. Sie war ziemlich hübsch, mit dunklem Haar und einem lustigen Gesicht.

»Ich habe nur zwei englische Shilling. Nehmen Sie das an?«

»Ja, bitte«, antwortete sie, und Leamas gab ihr das

Zweishillingstück. Er schaute sich um. Peters war noch an der Paßabfertigung und hatte Leamas den Rücken zugewandt. Ohne Zögern ging Leamas weiter zur Herrentoilette. Dort blätterte er schnell, aber sorgfältig die Zeitung durch, schob sie dann in den Abfallkorb und ging weiter nach draußen. Es stimmte: Sein Bild war zusammen mit einer kleinen, recht allgemein gehaltenen Unterschrift in der Zeitung. Er fragte sich, ob Liz das gesehen hatte. In Gedanken versunken ging er in den Warteraum hinüber. Zehn Minuten später bestiegen sie das Flugzeug nach Hamburg und Berlin. Zum erstenmal seit Beginn des Unternehmens hatte Leamas Angst.

11

Freunde von Alec

Am selben Abend erhielt Liz den Besuch der Männer.
Liz Golds Zimmer war am Nordende von Bayswater. Darin standen eine Schlafcouch und ein Gasofen, ein recht hübscher, anthrazitgrauer, der auf eine moderne Art zischte, statt altmodisch zu rauschen. Sie hatte manchmal in seine Flammen gestarrt, wenn Leamas bei ihr war und das Gasfeuer als einzige Lichtquelle den Raum erhellte. Er lag dann auf der Couch, und sie saß neben ihm und küßte ihn oder hatte ihren Kopf an seinen gelehnt und beobachtete das Feuer. Sie vermied es, zuviel an ihn zu denken, weil sein Bild in ihrer Erinnerung dann immer zu verschwimmen begann. Deshalb ließ sie ihre Gedanken immer nur für kurze Augenblicke bei ihm verweilen, so wie man seine Augen über einen fernen Horizont schweifen läßt, und dann fielen ihr kleine Dinge ein, die er gesagt oder getan hatte, die Art, in der er sie bisweilen angesehen oder – was öfter vorgekommen war – nicht beachtet hatte. Das war das Schreckliche, wenn sie dachte: sie besaß nichts, wodurch sie sich an ihn hätte erinnern können – keine Fotografie, kein Souvenir, nichts. Nicht einmal einen gemeinsamen Freund – nur Miß Crail in der Bücherei, deren Haß auf ihn nachträglich durch sein auffallendes Fortbleiben gerechtfertigt worden war. Einmal war Liz in seinem

Zimmer gewesen und hatte den Vermieter gesprochen. Sie konnte nicht genau sagen, warum sie das tat, aber sie nahm ihren ganzen Mut zusammen und ging hin. Der Vermieter sprach sehr nett von Alec; Mr. Leamas hatte seine Miete wie ein Gentleman bezahlt. Und ein Restbetrag, für die beiden letzten Wochen, war von einem Freund von Mr. Leamas großzügig und ohne weitere Fragen beglichen worden.

Er hatte es immer schon gesagt und würde es auch in Zukunft stets sagen: Mr. Leamas war ein Gentleman. Keine Public-School, wohlgemerkt, nicht dies affige Gehabe, aber ein echter Gentleman. Er sah ja manchmal ziemlich gereizt aus, und er trank auch mehr, als er vertragen konnte – freilich benahm er sich nie daneben, wenn er besoffen nach Hause kam. Aber dieser kleine Kerl, der herkam – übrigens ein komischer, schüchterner Mensch mit Brille –, hatte extra betont, daß Mr. Leamas es war, der ihn gebeten habe, die Mietschuld zu begleichen. Wenn das nicht vornehm war, dann wollte der Vermieter verdammt sein. Der Himmel mochte wissen, woher Leamas das Geld hatte: ein undurchsichtiger Mann, ohne Zweifel. Aber mit Ford, dem Lebensmittelhändler, hatte er nur das gemacht, was seit dem Krieg schon eine ganze Menge Leute gern mit ihm gemacht hätte. Die Wohnung? Ja, die Wohnung war schon wieder vermietet – an einen Herrn aus Korea, zwei Tage, nachdem sie Mr. Leamas geholt hatten.

Wahrscheinlich ging Liz nur deshalb weiterhin in die Bibliothek zur Arbeit – weil er wenigstens dort noch existierte: er hatte die Leitern, die Regale, die Bücher, den Kartenindex gekannt und berührt, und zu ihnen mochte er eines Tages vielleicht zurückkehren. Er hatte gesagt, er werde nie mehr zurückkommen, aber das wollte sie nicht glauben. Es hätte bedeutet, jede Hoffnung aufzugeben, daß es eines Tages doch noch eine Wende zum Besseren geben könnte. Miß Crail glaubte sicher, daß er zurückkommen werde: sie hatte entdeckt, daß sie ihm etwas zuwenig Gehalt ausbezahlt hatte, und es machte sie wütend, daß dieses Ungeheuer darauf verzichtete, sich den Rest des Geldes abzuholen. Nachdem Leamas verschwunden war, stellte sich Liz immer wieder die Frage, weshalb er Mr. Ford geschlagen hatte? Sie wußte, daß er schrecklich jähzornig war, aber das hatte mit dieser Geschichte nichts zu tun. Er hatte von Anfang an geplant gehabt, Ford niederzuschlagen, sobald er sein Fieber los war. Warum hätte er sonst in der vorausgehenden Nacht von Abschied geredet? Da mußte er schon gewußt haben, daß er am folgenden Tag Mr. Ford schlagen würde. Die einzige andere mögliche Erklärung wollte sie vor sich selbst nicht gelten lassen: daß er nämlich ihrer überdrüssig geworden war, ihr deshalb die Trennung vorgeschlagen, und dann am nächsten Tag, als er noch unter der Gefühlsbelastung dieses Abschieds stand, seine Beherrschung verloren und Mr. Ford geschlagen hatte. Sie war niemals in der Zeit ihrer Bekanntschaft das Gefühl losgeworden, daß Alec eine bestimmte Aufgabe ausführen mußte. Er selbst hatte es ihr ja einmal gesagt. Sie konnte freilich nur Vermutungen darüber anstellen, was das sein mochte.

Zuerst dachte sie, er könne einen Streit mit Mr. Ford gehabt haben oder einen Jahre zurückreichenden, tief verwurzelten Haß. Vielleicht hing es mit einem Mädchen zusammen oder mit Alecs Familie. Aber es genügte, Mister Ford einmal nur anzusehen, um diese Erklärung lächerlich zu finden. Er war das Urbild eines Spießers: vorsichtig, selbstgefällig. Aber selbst wenn eine Art Blutrache zwischen Alec und Mr. Ford bestanden hätte, wäre es von Alec doch töricht gewesen, ihn im Gedränge des Samstagvormittags in seinem Laden anzugreifen, wo jedermann zusehen konnte.

Man hatte sich über den Fall bei einer Sitzung ihrer Parteiorganisation unterhalten. George Hanby, der Kassier, war gerade an dem Laden vorbeigekommen, als es geschah. Er hatte der vielen Menschen wegen nicht viel sehen können, aber ein Augenzeuge des Vorfalls hatte ihm alles erzählt, und Hanby war davon so beeindruckt gewesen, daß er den *Worker* anrief, der daraufhin einen Reporter zur Gerichtsverhandlung geschickt hatte. So kam es, daß der *Worker* die Angelegenheit in seinem Lokalteil breittrat.

Der *Worker* erläuterte den Fall als eindeutigen Protest, als Äußerung eines plötzlich erwachten Klassenbewußtseins und als Ausbruch von Haß gegen die Ausbeuterklasse. Hanbys Gewährsmann, ein brillentragender Durchschnittsbürger, wahrscheinlich ein kleiner Angestellter, hatte ihm erzählt, daß es ›so plötzlich gewesen‹ sei – er meinte natürlich ›spontan‹ –, und für Hanby war dies nur ein weiterer Beweis dafür, wie leicht entflammbar die Masse unter dem System des Kapitalismus ist. Liz war ruhig geblieben, während Hanby sprach. Natürlich war hier niemandem ihre Beziehung zu Leamas bekannt. Dann wurde ihr bewußt, daß sie George Hanby haßte. Er war ein aufgeblasener kleiner Schmutzfink, der ständig zu ihr herüberschielte und dabei versuchte, sie zu berühren.

Dann erschienen die Männer bei ihr.

Liz fand, daß sie für Polizisten etwas zu elegant wären: sie kamen mit einem kleinen schwarzen Wagen, der eine Antenne auf dem Dach hatte. Der eine war klein und ziemlich dick. Er trug eine Brille und war sonderbar, aber sicherlich teuer gekleidet – ein freundlicher, sorgenvoll dreinschauender kleiner Mann, dem Liz irgendwie vertraute, ohne zu wissen, weshalb. Das Auftreten des anderen war glatter, doch ohne schmierig zu sein, er hatte etwas Jungenhaftes an sich, obwohl Liz ihn auf mindestens vierzig schätzte. Beide sagten, sie kämen von einer Behörde, und sie zeigten gedruckte, in Cellophanhüllen steckende Lichtbildausweise vor.

Der Dicke führte die Unterhaltung.

»Ich glaube, Sie waren mit Alec Leamas befreundet?« begann er. Liz wollte schon ärgerlich werden, aber der dicke Mann wirkte so ernst, daß es ihr töricht schien.

»Ja«, antwortete sie. »Woher wissen Sie das?«

»Wir sind neulich durch Zufall draufgekommen. Häftlinge müssen im Gefängnis ihre nächsten Verwandten angeben, Leamas sagte, er habe niemanden. Was, nebenbei bemerkt, eine Lüge war. Daraufhin fragte man ihn, wen man benachrichtigen solle, falls ihm etwas zustoßen sollte. Er nannte Sie.«

»Ich verstehe.«

»Weiß sonst noch jemand, daß sie in engen Beziehungen zu ihm standen?«

»Nein.«

»Sind Sie zur Verhandlung gegangen?«

»Nein.«

»War kein Journalist bei Ihnen, kein Gläubiger, überhaupt niemand?«

»Nein. Ich sagte es doch schon. Niemand hat etwas davon gewußt. Nicht einmal meine Eltern, niemand. Wir haben zusammen in der Bibliothek gearbeitet, aber das weiß nur Miß Crail, die Bibliothekarin. Daß darüber hinaus etwas zwischen uns war, wird auch Miß Crail kaum gemerkt haben. Sie ist ziemlich verschroben«, fügte Liz schlicht hinzu.

Der kleine Mann betrachtete sie für einen Augenblick sehr eindringlich. Dann fragte er:

»Waren Sie überrascht, als Leamas Mr. Ford zusammenschlug?«

»Ja. Natürlich.«

»Weshalb, glauben Sie, tat er es?«

»Ich weiß nicht. Weil Ford ihm keinen Kredit geben wollte, nehme ich an. Aber ich glaube, daß er es schon länger vorhatte.« Sie fragte sich, ob sie wohl zuviel sagte, aber es drängte sie, mit jemandem darüber zu sprechen, und welchen Schaden sollte sie schon damit anrichten können?

»Denn in der Nacht vorher unterhielten wir uns. Es war bei einem Abendessen – einem besonderen Abendessen, Alec wollte es so. Ich wußte gleich, daß es unsere letzte Nacht sein sollte. Er hatte irgendwoher eine Flasche Rotwein. Er schmeckte mir nicht besonders. Alec trank das meiste davon. Ich fragte ihn: ›Bedeutet das unsere Trennung?‹«

»Was sagte er?«

»Er sprach von einer Arbeit, die er noch zu machen habe. Ich hab's nicht ganz verstanden. Nicht wirklich.«

Es entstand ein sehr langes Schweigen, und der kleine Mann sah bekümmerter denn je aus. Schließlich fragte er: »Glauben Sie das?«

»Ich weiß nicht.« Sie hatte plötzlich große Angst um Alec, und sie wußte nicht, weshalb.

Der Mann fragte: »Leamas hat zwei Kinder aus seiner Ehe. Hat er davon etwas erzählt?«

Liz sagte nichts.

»Dennoch hat er Ihren Namen als den der nächsten Anverwandten angegeben. Warum, glauben Sie, hat er das getan?« Der kleine Mann schien durch seine eigene Frage in Verlegenheit zu geraten. Er schaute seine dicken Hände an, die über seinem Bauch gefaltet waren. Liz errötete.

»Ich liebte ihn«, erwiderte sie.

»Liebte er sie?«

»Vielleicht. Ich weiß nicht.«

»Lieben Sie ihn noch immer?«

»Ja.«

»Sagte er je, daß er zurückkommen würde?« fragte der jüngere Mann.

»Nein.«

»Aber er sagte Ihnen Lebewohl?« fragte der kleine Mann schnell. Er wiederholte seine Frage langsam und freundlich: »Sagte er Ihnen Lebewohl? Es kann ihm nichts mehr geschehen, das verspreche ich Ihnen. Aber wir wollen ihm helfen, und wenn Sie irgendeine Idee haben, warum er Ford schlug, wenn Sie sich durch irgend etwas, das er gesagt oder getan hat, die leiseste Vorstellung davon machen können, dann sagen Sie es uns. Um Alecs willen.«

Liz schüttelte den Kopf. »Gehen Sie, bitte«, sagte sie. »Bitte, stellen Sie keine Fragen mehr. Bitte, gehen Sie jetzt.«

Als er zur Tür kam, zögerte der ältere Mann, nahm eine Karte aus seiner Brieftasche und legte sie vorsichtig auf den Tisch, als ob er Lärm machen könnte. Liz dachte, daß er ein sehr vorsichtiger Mann sei.

»Wenn Sie jemals Hilfe brauchen – wenn irgendwas mit Leamas sein sollte – oder ... Rufen Sie mich einfach an«, sagte er. »Verstehen Sie?«

»Wer sind Sie?«

»Ich bin ein Freund von Alec.« Er zögerte. »Noch etwas anderes«, fügte er hinzu, »eine letzte Frage. Wußte Alec, daß Sie ... wußte Alec von der Partei?«

»Ja«, antwortete sie bekümmert, »ich erzählte es ihm.«

»Weiß die Partei von Ihnen und Alec?«

»Ich sagte ja schon: Niemand hat etwas gewußt.« Dann schrie sie ihn mit plötzlich weiß gewordenem Gesicht an: »Wo ist er? Sagen Sie mir, wo er ist. Warum wollen Sie es mir nicht sagen? Ich könnte ihm helfen, sehen Sie das nicht? Ich könnte mich doch um ihn kümmern ... Wenn er verrückt geworden ist – mir macht das doch nichts. Ich schwöre, ich ... Ich habe ihm ins Gefängnis geschrieben. Ich weiß, daß ich das nicht hätte tun sollen. Aber ich schrieb ihm nur, er könne jederzeit zurückkommen. Ich würde immer auf ihn warten ....« Sie konnte nicht mehr sprechen, sondern stand schluchzend mitten im Zimmer und verbarg ihr Gesicht in den Händen. Der kleine Mann betrachtete sie.

»Er ist ins Ausland gegangen«, sagte er gütig. »Wir wissen nicht genau, wo er ist. Er ist nicht wahnsinnig, aber er hätte Ihnen das alles nicht erzählen sollen. Es ist schade.«

Der jüngere Mann sagte: »Wir werden dafür sorgen, daß man sich um Sie kümmert, wegen Geld und so weiter.«

»Wer sind Sie?« fragte Liz noch einmal.

»Freunde von Alec«, wiederholte der jüngere Mann. »Gute Freunde.«

Sie hörte sie ruhig die Treppe hinunter und auf die Straße hinaus gehen. Von ihrem Fenster aus sah sie, wie sie in einen kleinen schwarzen Wagen stiegen und in Richtung des Parks davonfuhren.

Dann erinnerte sie sich der Karte. Sie ging zum Tisch, nahm sie auf und hielt sie ans Licht. Es war eine Karte von der teuren Sorte. Solche Karten kosteten mehr, als ein Polizist sich leisten konnte, dachte sie. Prägedruck. Kein Dienstrang vor dem Namen, keine Polizeistation oder sonst etwas. Nur der Name. Wer hatte schon von einem Polizisten gehört, der in Chelsea wohnte? »Mister George Smiley. 9 Byswater Street, Chelsea.« Darunter die Telefonnummer.

Das alles war sehr merkwürdig.

12

Ostwärts

Leamas öffnete seinen Sicherheitsgurt.

Angeblich erleben Todeskandidaten plötzliche Zustände eines übersteigerten Glücksgefühls, vielleicht wie Motten es in der Kerzenflamme erleben: als erreichten sie durch ihre Vernichtung ein langersehntes Ziel. Nachdem Leamas sich entschieden hatte, erfüllte ihn eine Empfindung, die fast dem Gefühl der Erleichterung glich. Es währte nicht lange, gab ihm aber Trost und hielt ihn für eine Zeitlang aufrecht. Furcht und Hunger folgten darauf.

Der Chef hatte recht: Er ließ nach.

Das war ihm während des Falls Riemeck zum erstenmal am Anfang des letzten Jahres bewußt geworden. Karl hatte ihm die Nachricht zukommen lassen, daß er etwas Besonderes für ihn habe und einen seiner seltenen Besuche in Westdeutschland mache; er fahre zu einer juristischen Konferenz in Karlsruhe. Leamas war es gelungen, eine Flugkarte nach Köln zu bekommen, und er mietete dort auf dem Flugplatz einen Wagen. Es war noch ziemlich früh am Morgen, und er hatte gehofft, dem größten Teil des Autobahnverkehrs nach Karlsruhe entgehen zu können, aber die schweren Lastwagen waren schon unterwegs. In der ersten halben Stunde gelang es ihm, siebzig Kilometer hinter sich zu bringen, indem er sich waghalsig durch den Verkehr wand. Er wollte rechtzeitig in Karlsruhe sein. Plötzlich begann, nur fünfzehn Meter vor ihm, ein kleiner Wagen, wahrscheinlich ein Fiat, aus der Kolonne in die Überholspur herüberzuziehen. Leamas trat auf die Bremse, blendete voll auf und hupte. Mit Gottes Hilfe kam er noch um Bruchteile einer Sekunde an ihm vorbei. Während er den Wagen überholte, sah er gerade noch vier Kinder, die winkend und lachend auf dem Rücksitz saßen, und das dumme Gesicht ihres erschrockenen Vaters. Fluchend fuhr er weiter, und plötzlich geschah es: plötzlich zitterten seine Hände wie im Fieber, sein Gesicht glühte, sein Herz klopfte wild. Er bog auf einen Rastplatz ein. Er kletterte aus dem Wagen und starrte schwer atmend auf den vorbeidonnernden Strom riesiger Überlandtransporter. Im Geist sah er das kleine Auto zwischen den Kolossen gefangen, die es zusammenpreßten und zerquetschten, bis nichts übrigblieb als das wilde Wimmern der Autohupen und die blauen Blitze der Polizeilichter, und die Körper der Kinder, ebenso zerfetzt wie die Leichen der ermordeten Flüchtlinge auf der Straße durch die Dünen.

Den Rest des Weges fuhr er sehr langsam. Er verpaßte die Verabredung mit Karl. Er fuhr nie wieder Auto, ohne daß ihm die zerzausten, winkenden Kinder auf dem Rücksitz jenes Wagens einfielen, und ihr Vater, der das Lenkrad umklammerte wie ein Bauer den Griff seines Pfluges.

Der Chef hätte es Fieber genannt.

Verdrossen saß er in seinem Sitz an der Tragfläche.

Neben ihm war eine Amerikanerin, deren hochhackige Schuhe in Nylonhüllen steckten. Er hatte die flüchtige Idee, er könne ihr irgendeine Nachricht für die Leute in Berlin mitgeben, verwarf diesen Gedanken aber sofort wieder. Sie würde meinen, er mache einen Annäherungsversuch, und Peters würde es bemerken. Außerdem war es sinnlos. Der Chef wußte, was geschehen war; der Chef hatte es veranlaßt; es gab nichts mitzuteilen. Er fragte sich, was nun mit ihm geschehen werde.

Der Chef hatte nicht davon gesprochen, nur von der anzuwendenden Technik: »Erzählen Sie ihnen nicht alles auf einmal. Man soll es mühsam aus Ihnen herausziehen. Verwirren Sie sie mit Einzelheiten, lassen sie manche Dinge aus, während Sie auf anderen immer wieder herumreiten. Seien Sie empfindlich, boshaft, schwierig. Saufen Sie wie ein Loch; bleiben Sie in ideologischen Fragen stur, denn in der Beziehung sind sie mißtrauisch. Sie wollen es mit einem Mann zu tun haben, den sie gekauft haben. Sie wünschen den Zusammenstoß oppositioneller Ideen, Alec, keinen abgetakelten Bekehrten. Vor allem sollen sie selbst ihre Schlußfolgerungen ziehen. Der Boden dazu ist vorbereitet; wir haben schon seit langem daran gearbeitet, Kleinigkeiten als Köder ausgelegt, komplizierte Zusammenhänge konstruiert. Ihre Unternehmung ist nur noch die letzte Station auf der Jagd nach dem Schatz.«

Er konnte sich nicht weigern, diese Aufgabe zu übernehmen: er durfte sich nun vor dem Kampf nicht mehr drücken, nachdem alle vorbereitenden Gefechte für ihn schon geschlagen worden waren.

»Eines kann ich Ihnen versprechen: Die Sache ist es wert. Um unseres besonderen Interesses willen lohnt es sich, Alec. Stehen Sie es durch, und wir haben einen großen Sieg errungen.«

Er zweifelte daran, daß er Folterungen würde ertragen können. Ein Buch Koestlers fiel ihm ein, dessen Hauptfigur – ein alter Revolutionär – sich brennende Streichhölzer an die Fingerspitzen hält, um sich auf das Ertragen von Schmerzen vorzubereiten. Er hatte nicht viel gelesen, aber das hatte er gelesen, und daran erinnerte er sich.

Es war fast dunkel, als sie in Tempelhof landeten. Leamas sah die Lichter von Berlin auftauchen, um sie zu empfangen, fühlte den Stoß, als das Flugzeug aufsetzte, sah, wie die Zoll- und Paßbeamten aus dem Zwielicht heraustraten.

Für einen Augenblick fürchtete Leamas, er könnte auf dem Flugplatz alten Bekannten begegnen. Aber während Peters und er Seite an Seite durch die endlosen Korridore gingen, die oberflächlichen Zoll- und Paßkontrollen passierten und sich noch immer kein bekanntes Gesicht umwandte, um ihn zu begrüßen, da wurde ihm klar, daß seine scheinbare Besorgnis in Wirklichkeit Hoffnung gewesen war; Hoffnung, daß sein stillschweigend gefaßter Entschluß, weiterzumachen, durch einen äußeren Zufall umgestoßen werden könnte.

Er vermerkte mit Interesse, daß Peters es nicht mehr für notwendig hielt, ihre Zusammengehörigkeit zu verleugnen. Fast schien Peters West-Berlin als sicheren Boden zu betrachten, auf dem man Vorsicht und Sicherheitsvorkehrungen lockern konnte, da er nichts anderes war als das Sprungbrett in den Osten.

Sie gingen durch die große Empfangshalle dem Hauptausgang zu, als Peters plötzlich seinen Plan zu ändern schien, unerwartet eine andere Richtung einschlug und Leamas zu einem kleinen Nebenausgang führte, der auf einen Parkplatz und einen Taxistand hinausführte. Dort zögerte Peters eine Sekunde und blieb in der beleuchteten Tür stehen; dann stellte er seinen Handkoffer neben sich auf den Boden, zog bedächtig die Zeitung unter seinem Arm hervor, faltete sie, schob sie in die linke Tasche seines Regenmantels und griff wieder nach seinem Koffer. Fast im selben Augenblick flammten auf dem Parkplatz die Scheinwerfer eines Autos auf, wurden abgeblendet und dann ausgeschaltet.

»Kommen Sie«, sagte Peters und begann schnell den Asphaltplatz zu überqueren. Leamas folgte ihm langsamer. Als sie die erste Reihe der parkenden Wagen erreichten, wurde die hintere Tür eines schwarzen Mercedes von innen geöffnet, wobei die Innenbeleuchtung anging. Peters war Leamas etwa drei Meter voraus, er trat schnell zu dem Wagen, sprach leise mit dem Fahrer und rief dann Leamas zu:

»Hier ist der Wagen. Beeilen Sie sich.«

Es war ein alter Mercedes 180. Leamas stieg wortlos ein. Peters setzte sich neben ihn auf den Rücksitz. Als sie den Parkplatz verließen, überholten sie einen kleinen DKW, in dem zwei Männer saßen. In einer zehn Meter entfernten Telefonzelle sprach ein Mann in die Muschel, und sein Blick verfolgte sie, während sie vorbeifuhren. Leamas schaute durch das Heckfenster und sah, daß der DKW hinter ihnen blieb. Ein ganz schöner Empfang, dachte er.

Sie fuhren sehr langsam. Leamas hatte die Hände auf den Knien und blickte geradeaus. Er wollte in dieser Nacht nichts von Berlin sehen. Er wußte, daß er jetzt seine letzte Chance hätte. So wie er jetzt saß, könnte er mit der Kante seiner rechten Hand auf

Peters' Kehle schlagen und dessen Adamsapfel zertrümmern. Er könnte dann herausspringen und im Zickzack davonlaufen, um den Schüssen aus dem folgenden Wagen zu entgehen. Er würde frei sein – es gab Menschen in Berlin, die sich seiner annehmen würden –, er wäre dem allen entronnen.

Er tat nichts.

Es war so leicht, die Sektorengrenze zu überschreiten. Leamas hatte nicht erwartet, daß es derart mühelos sein würde. Etwa zehn Minuten bummelten sie dahin, so daß Leamas zu dem Schluß kam, der Übergang sei für einen bestimmten Zeitpunkt verabredet worden. Als sie sich dem westdeutschen Kontrollpunkt näherten, fuhr der DKW vor und überholte sie mit dem aufdringlichen Lärm eines überdrehten Motors. Er hielt an der Polizeibaracke. Der Mercedes wartete zehn Meter dahinter. Zwei Minuten später hob sich der rot-weiße Schlagbaum, um den DKW durchzulassen, und als die Schranke offen war, fuhren beide Wagen zusammen hinüber: der Mercedesmotor heulte im zweiten Gang auf, und der Fahrer drückte sich tief in seinen Sitz, so daß er das Steuer nur mit ausgestreckten Armen halten konnte.

Als sie die zwanzig Meter zurückgelegt hatten, die die zwei Kontrollpunkte voneinander trennten, konnte Leamas undeutlich die neuen Befestigungen auf der Ostseite der Mauer erkennen – spanische Reiter, Beobachtungstürme und einen doppelten Stacheldrahtzaun. Die Lage hatte sich verschärft.

Der Mercedes mußte am ostzonalen Kontrollpunkt nicht halten, die Schlagbäume waren schon hochgezogen, und sie fuhren geradewegs durch. Die Vopos beobachteten sie nur durch Feldstecher. Der DKW war verschwunden, und als er zehn Minuten später wieder auftauchte, war er hinter ihnen. Sie fuhren jetzt schnell – Leamas hatte gedacht, sie würden in Ost-Berlin halten, vielleicht den Wagen wechseln und sich gegenseitig zu einer gelungenen Operation gratulieren, aber sie durchquerten die Stadt in östlicher Richtung.

»Wohin fahren wir?« fragte er Peters.

»Wir sind schon da. Die Deutsche Demokratische Republik. Für Ihre Unterkunft ist gesorgt worden.«

»Ich dachte, wir würden weiter nach Osten fahren.«

»Das werden wir auch. Zuerst bleiben wir aber ein oder zwei Tage hier. Wir waren der Ansicht, die Deutschen sollten Gelegenheit zu einer Unterredung mit Ihnen haben.«

»Ich verstehe.«

»Schließlich hat sich der Großteil Ihrer Arbeit mit Deutschland beschäftigt. Ich habe deshalb Einzelheiten Ihrer Aussage hierhergeschickt.«

»Und man wollte mich sprechen?«

»Man hat hier noch nie jemanden wie Sie gehabt, niemanden so ... nahe an der Quelle. Meine Leute waren einverstanden, daß man hier die Gelegenheit haben sollte, mit Ihnen zusammenzutreffen.«

»Und dann? Wohin fahren wir von Deutschland aus?«

»Weiter nach Osten.«

»Wen von den Deutschen werde ich treffen?«

»Spielt das eine Rolle?«

»Kaum. Ich kenne dem Namen nach die meisten aus der Abteilung, und es hätte mich nur so interessiert.«

»Wen würden Sie erwarten?«

»Fiedler«, antwortete Leamas prompt, »stellvertretender Leiter des Sicherheitsdienstes. Mundts Mann. Er macht alle großen Verhöre. Er ist ein Saukerl.«

»Warum?«

»Ein brutaler kleiner Saukerl. Ich habe von ihm gehört. Als er einen Agenten Peter Guillams fing, brachte er ihn fast um.«

»Spionage ist kein Kricketmatch«, bemerkte Peters mürrisch.

Danach verfielen sie wieder in Schweigen. Es ist also Fiedler, dachte Leamas.

Leamas wußte über Fiedler recht gut Bescheid. Er kannte ihn von den Fotografien im Akt und von den Berichten seiner früheren Untergebenen. Ein schlanker, adretter Mann, ziemlich jung, glattgesichtig. Dunkles Haar, große braune Augen: intelligent und brutal, wie Leamas gesagt hatte. Der geschmeidige, schnelle Körper wurde von einem geduldigen, zurückhaltenden Charakter beherrscht. Ein Mann, der scheinbar für sich selbst keinen Ehrgeiz kannte, der aber rücksichtslos in der Vernichtung anderer war. Fiedler stellte in der ›Abteilung‹ eine Ausnahme dar, denn er beteiligte sich nicht an den dort üblichen Intrigen und schien es zufrieden zu sein, ohne Aussicht auf Beförderung im Schatten Mundts zu leben. Er konnte nicht als Mitglied dieser oder jener Clique bezeichnet werden; selbst einstige Mitarbeiter von ihm konnten nicht sagen, wo er seinen Standort innerhalb des Machtgefüges der ›Abteilung‹ hatte. Fiedler war ein Einzelgänger – gefürchtet, unbeliebt und beargwöhnt. Welche Motive er auch haben mochte, er verbarg sie unter einem Mantel von zersetzendem Sarkasmus.

»Fiedler ist unser bestes Pferd«, hatte der Chef erklärt, als er mit Leamas und Peter Guillam in dem düsteren kleinen ›Siebenzwergehaus‹ in Surrey beim Abendessen saß. Dort lebte der Chef mit seiner zierlichen Frau inmitten geschnitzter indischer Tischchen mit Messingplatten.

»Fiedler ist der Ministrant, der seinem Priester eines Tages das Messer in den Rücken stoßen wird. Er ist der einzige Mann, der Mundt gewachsen ist« – hier hatte Guillam genickt –, »und er haßt ihn aus tiefster Seele. Fiedler ist natürlich Jude, und Mundt ziemlich das Gegenteil. Ein denkbar schlechtes Gespann. Unsere Aufgabe war es«, erklärte er mit einem Hinweis auf Guillam und sich selbst, »daß wir Fiedler die Waffe gaben, mit der er Mundt vernichten kann. Ihre Arbeit, mein lieber Leamas, ist es nun, ihn zum Gebrauch dieser Waffe zu ermutigen. Selbstverständlich nur indirekt, weil Sie ihm nie begegnen werden. Wenigstens hoffe ich das.«

Darüber hatten sie alle gelacht, auch Guillam. Es schien damals ein guter Witz zu sein; jedenfalls gut in den Augen des Chefs.

Es mußte schon nach Mitternacht sein. Sie waren längere Zeit auf einer Schotterstraße gefahren, die zum Teil durch einen Wald und zum Teil durch offenes Gelände führte. Nun hielten sie, und einen Augenblick später war der DKW neben ihnen. Als er und Peters ausstiegen, bemerkte Leamas, daß jetzt drei Leute im zweiten Wagen saßen. Zwei von ihnen waren gerade im Begriff auszusteigen. Der dritte saß auf dem Rücksitz und sah beim Licht der Deckenlampe einige Papiere durch – eine kleine Figur, die vom Schatten halb verdeckt war.

Sie hatten in der Nähe einiger unbenützter Ställe geparkt; das Gebäude lag zehn Meter weiter hinten. Im Scheinwerferlicht des Wagens konnte Leamas ungenau ein niedriges Bauernhaus mit Fachwerk und weißgekalkten Wänden ausmachen. Sie stiegen aus. Der Mond war herausgekommen und schien so hell, daß sich die bewaldeten Hügel scharf gegen den blassen Nachthimmel abzeichneten. Sie gingen zum Haus, voran Peters und Leamas, während ihnen die beiden Männer folgten. Der Mann im zweiten Wagen hatte noch immer keine Anstalten gemacht auszusteigen; er blieb im Wagen und las.

An der Haustür mußten Peters und Leamas auf die herankommenden Männer warten, von denen einer einen Schlüsselbund in seiner linken Hand hielt. Während er mit den Schlüsseln hantierte, stand der andere mit den Händen in den Taschen im Hintergrund und gab ihm Deckung.

»Sie gehen kein Risiko ein«, bemerkte Leamas zu Peters. »Was denken sie, wer ich bin?«

»Sie werden nicht bezahlt, um zu denken«, erwiderte Peters. Er wandte sich an einen von ihnen und fragte auf deutsch: »Kommt er?«

Der Deutsche zuckte mit den Schultern und schaute zu dem Wagen hinunter. »Er wird schon kommen«, sagte er. »Er kommt gern allein.«

Sie gingen ins Haus, der Mann führte sie. Es war wie ein Jagdhaus eingerichtet, teils alt, teils neu. Die matte Deckenbeleuchtung gab nur wenig Licht. Die Luft im Haus war muffig, so als sei es unbewohnt und nur für ihren Besuch geöffnet worden. Da und dort gab es Spuren behördlicher Verwaltung: eine Tafel mit Anweisungen für das Verhalten bei Brandgefahr, die amtliche grüne Farbe auf den Türen und schwere automatische Türschließer. In dem ganz bequem eingerichteten Wohnzimmer standen dunkle, schwere, sehr zerkratzte Möbel und die unvermeidlichen Fotografien sowjetischer Führer. Diese aus der Anonymität kommenden Eingriffe in die Atmosphäre des Hauses zeigten Leamas, wie sehr die Arbeit der ›Abteilung‹ auch dort, wo es nicht gewollt war, vom Geist der Bürokratie durchdrungen wurde. Diese Erscheinung war Leamas schon vom Rondell her vertraut.

Peters setzte sich, und Leamas folgte seinem Beispiel. Sie warteten zehn Minuten, dann wandte sich Peters an einen der zwei Männer, die gelangweilt am anderen Ende des Raumes standen.

»Gehen Sie und sagen Sie ihm, daß wir warten. Und beschaffen Sie uns etwas zu essen, wir sind hungrig.« Als der Mann zur Tür ging, rief Peters: »Und Whisky – sagen Sie ihnen, daß sie Whisky und einige Gläser bringen sollen.« Der Mann zuckte wenig entgegenkommend mit den Achseln und ging hinaus, indem er die Tür hinter sich offenließ.

»Sind Sie schon einmal hier gewesen?« fragte Leamas.

»Ja«, sagte Peters.

»Wozu?«

»Ähnliche Unternehmungen, nicht dasselbe, aber unsere Art Arbeit eben.«

»Mit Fiedler?«

»Ja.«

»Ist er gut?«

»Für einen Juden ist er nicht schlecht«, antwortete Peters, während sich Leamas, der am anderen Ende des Raumes ein Geräusch gehört hatte, umwandte und Fiedler dort in der Tür stehen sah. In der einen Hand hielt er eine Flasche Whisky, in der anderen Gläser und eine Flasche Mineralwasser. Er konnte nicht größer als ein Meter siebzig sein. Er trug einen dunkelblauen Einreiher; die Jacke war zu lang geschnitten. Seine Bewegungen waren geschmeidig wie die eines Raubtieres, er hatte leuchtende braune Augen. Er schaute nicht sie an, sondern den Wachtposten neben der Tür.

»Gehen Sie«, sagte er. Er hatte einen leicht sächsischen Tonfall. »Gehen Sie und sagen Sie dem anderen, er soll uns etwas zu essen bringen.«

»Ich habe es ihm schon gesagt«, rief Peters. »Sie wissen es bereits. Aber sie haben nichts gebracht.«

»Sie sind große Snobs«, bemerkte Fiedler trocken auf englisch, »sie meinen, wir sollten uns das Essen von Dienern servieren lassen.«

Fiedler hatte den Krieg in Kanada verlebt. Leamas erinnerte sich jetzt daran, als er den Akzent erkannte. Fiedlers Eltern waren als deutsch-jüdische Marxisten geflohen und 1946 zurückgekommen, da sie es kaum erwarten konnten, ohne Rücksicht auf persönliche Opfer am Aufbau des stalinistischen Deutschland mitzuarbeiten.

»Hallo«, setzte er, zu Leamas gewandt, fast beiläufig hinzu, »erfreut, Sie zu sehen.«

»Hallo, Fiedler.«

»Sie haben das Ende des Weges erreicht.«

»Was, zum Teufel, meinen Sie?« fragte Leamas schnell.

»Ich meine, daß Sie im Gegensatz zu allen Versicherungen von Peters nicht weiter nach Osten fahren werden. Bedaure.« Es klang amüsiert.

Leamas wandte sich zu Peters. »Ist das wahr?« Seine Stimme zitterte vor Zorn. »Ist das wahr? Sprechen Sie!«

Peters nickte. »Ja. Ich bin nur der Mittelsmann. Wir mußten es so aufziehen. Es tut mir leid«, fügte er hinzu.

»Warum?«

»*Force majeure*«, warf Fiedler ein. »Ihr erstes Verhör fand im Westen statt, und dort konnte nur eine Botschaft jene Art von Verbindung herstellen, wie wir sie brauchten. Die Deutsche Demokratische Republik hat keine diplomatischen Vertretungen im Westen. Noch nicht. Unsere Verbindungsleute richteten es deshalb so ein, daß wir in den Genuß von Einrichtungen, Nachrichtenmitteln und diplomatischer Immunität kamen, die man uns gegenwärtig noch versagt.«

»Sie Saukerl«, zischte Leamas. »Sie lausiger Saukerl! Sie haben genau gewußt, daß ich mich Ihrem kläglichen Verein niemals anvertraut hätte. Das ist der wahre Grund, oder? Deshalb haben Sie einen Russen vorgeschickt.«

»Wir nahmen die Hilfe der Sowjetbotschaft in Den Haag in Anspruch. Was hätten wir sonst machen können? Bis dahin war es unsere Operation. Das war völlig richtig gehandelt. Weder wir noch irgend jemand sonst konnte voraussehen, daß Ihre Leute in England so schnell auf Ihre Spur kommen würden.«

»Nein? Auch dann nicht, als ihr selbst sie auf mich gehetzt habt? In Wirklichkeit ist doch genau das geschehen, Fiedler!« – »Vergessen Sie nie«, hatte der Chef gesagt, »ihnen Ihre Abneigung zu zeigen. Dann werden sie schätzen, was sie aus Ihnen herausbekommen.«

»Das ist Unfug«, erwiderte Fiedler kurz. Dann sagte er irgend etwas auf russisch zu Peters, der daraufhin nickte und aufstand.

»Auf Wiedersehen«, sagte er zu Leamas. »Viel Glück.«

Er lächelte müde, nickte Fiedler zu und ging zur Tür. Als er schon seine Hand auf der Türklinke hatte, drehte er sich noch einmal um und sagte zu Leamas: »Viel Glück.« Er schien auf irgendeine Antwort von Leamas zu warten, aber Leamas tat so, als habe er nichts gehört. Er war sehr blaß geworden und hielt seine Hände mit den Daumen nach oben locker über seinen Leib, als erwarte er jederzeit den Beginn einer Schlägerei. Peters blieb an der Tür stehen.

»Ich hätte es wissen müssen«, sagte Leamas, und seine Stimme verriet durch ihren Klang, wie empört er war. »Ich hätte erraten müssen, daß Sie nie den Mut dazu aufbringen würden, Ihre schmutzige Arbeit selbst zu tun, Fiedler. Es ist typisch für Ihre verkommene kleine Staatshälfte und Ihren armseligen Geheimdienst, daß der große Bruder für Sie die Kupplerdienste verrichten muß. Ihr seid hier ja gar kein Staat, das ist überhaupt keine echte Regierung: ihr habt eine fünftklassige Diktatur von politischen Irren.«

Er stieß den Finger in Fiedlers Richtung und brüllte: »Ich kenne Sie, Sie sadistischer Saukerl: all das ist typisch für Sie. Während des Krieges waren Sie ja auch in Kanada, nicht wahr? Es war damals ein sehr viel angenehmerer Platz als hier, was? Ich wette, daß Sie bei jedem Flugzeug Ihren dicken Kopf in Mamis Schürze gesteckt haben. Und jetzt? Sie sind ein kriechender kleiner Diener von Mundt, während zweiundzwanzig russische Divisionen auf Mutters Türschwelle sitzen. An dem Tag, an dem Sie aufwachen und herausfinden werden, daß sie fort sind, möchte ich nicht in Ihrer Haut stecken, Fiedler. Da wird es Mord und Totschlag geben, und weder Mami noch großer Bruder werden verhindern können, daß Sie bekommen, was Sie verdienen.«

Fiedler zuckte mit den Achseln. »Fassen Sie's als Besuch beim Zahnarzt auf, Leamas. Je eher wir fertig sind, desto eher können Sie nach Hause gehen. Essen Sie etwas und gehen Sie dann zu Bett.«

»Sie wissen ganz genau, daß ich nicht mehr nach Hause kann«, gab Leamas zurück. »Dafür haben Sie schon gesorgt. Sie haben mich in England gründlich auffliegen lassen. Es blieb euch beiden ja gar nichts anderes übrig, denn ihr habt verdammt genau gewußt, daß ich niemals gekommen wäre, hätte man mir eine andere Wahl gelassen.«

Fiedler sah seine schlanken, kräftigen Finger an. »Es dürfte kaum der rechte Moment zum Philosophieren sein«, sagte er. »Aber ich muß Ihnen schon sagen, daß Sie eigentlich keinen Grund zu Beschwerden haben. Unsere Arbeit – Ihre und meine – geht schließlich von der Annahme aus, daß das Ganze wichtiger als der einzelne ist. Deshalb betrachtet ein Kommunist seinen Geheimdienst als die ganz natürliche und gerechtfertigte Verlängerung seines Armes, während die Arbeit des Nachrichtendienstes in Ihrem Land in eine Art *pudeur anglaise* gehüllt ist. Die Ausbeutung von Individuen ist nur durch die kollektive Notwendigkeit zu rechtfertigen, nicht wahr? Ich finde es etwas lächerlich, daß Sie sich so empört geben. Wir sind hier nicht zusammengekommen, um die ethischen Gesetze des englischen Landlebens einzuhalten.« Dann fügte er sanft hinzu: »Schließlich ist auch Ihr eigenes Verhalten von einem puristischen Standpunkt aus nicht untadelig gewesen.«

Leamas beobachtete Fiedler mit dem Ausdruck der Verachtung.

»Ich kenne Ihr Problem genau. Sie sind doch Mundts Pudel? Man sagt, Sie wollen seinen Posten haben. Ich nehme an, Sie werden ihn jetzt bekommen. Es ist an der Zeit, daß die Ära Mundt zu Ende geht. Vielleicht tut sie es gerade.«

»Ich verstehe nicht«, antwortete Fiedler.

»Ich bin Ihr großer Erfolg, nicht wahr?« höhnte Leamas. Fiedler schien einen Moment nachzudenken, dann zuckte er mit den Achseln und sagte: »Die Operation war erfolgreich. Ob sie es wert war, ist noch fraglich. Wir werden sehen. Aber es war eine gute Operation. Sie erfüllte die einzige Forderung, die unser Beruf kennt: sie funktionierte.«

»Ich vermute, Sie betrachten das als Ihren persönlichen Erfolg?« fragte Leamas mit einem Blick zu Peters.

»Es geht hier nicht um die Frage eines persönlichen Verdienstes«, entgegnete Fiedler. Er setzte sich auf die Sofalehne, blickte Leamas einen Augenblick gedankenvoll an und sagte dann: »Trotz allem haben Sie das Recht, über einen Umstand entrüstet zu sein: Wer sagte Ihren Leuten, daß wir Sie aufgegabelt haben? Wir waren es nicht. Sie werden mir vielleicht nicht glauben, aber es ist tatsächlich wahr. Wir haben Ihren Leuten nichts gesagt. Wir wollten es ja gerade vermeiden, daß sie davon erfuhren. Wir hatten sogar Überlegungen angestellt, ob Sie nicht später für uns arbeiten könnten – ein Gedanke, dessen Lächerlichkeit ich jetzt erkenne. Wer sonst aber könnte es Ihren Leuten gesagt haben? Sie waren doch völlig allein, trieben sich herum, hatten keine Adresse, keine Bindung, keine Freunde. Wie, zum Teufel, hat man erfahren, daß Sie verschwunden sind? Irgend jemand muß es ihnen gesteckt haben. Aber es kann weder Ashe noch Kiever gewesen sein, denn beide sind jetzt in Haft.«

»Verhaftet?«

»So scheint es. Nicht gerade wegen der Beteiligung an Ihrem Fall. Es gab da noch andere Sachen . . .«

»So, so.«

»Es ist wahr, was ich Ihnen jetzt gerade gesagt habe. Wir hätten uns mit Peters' Bericht aus Holland zufriedengegeben, und Sie hätten Ihr Geld nehmen und verschwinden können. Aber Sie haben noch nicht alles erzählt, und ich will alles wissen. Schließlich stellt uns Ihre Gegenwart hier auch vor Probleme, wissen Sie!«

»Nun, ihr habt keine Dummheit gemacht, ich kenne die ganze verdammte Geschichte und wünsche euch viel Glück dazu.«

Es entstand eine Pause, während welcher Peters mit einem abrupten und keineswegs freundlichen Nicken in Fiedlers Richtung ruhig den Raum verließ.

Fiedler ergriff die Whiskyflasche und goß ein wenig in jedes Glas.

»Wir haben leider kein Soda«, sagte er. »Wollen Sie Wasser haben? Ich habe Soda bestellt, aber sie brachten nur irgendeine schlechte Limonade.«

»Ach, zum Henker mit Ihnen«, sagte Leamas. Plötzlich fühlte er sich sehr müde.

Fiedler schüttelte den Kopf. »Sie sind ein sehr stolzer Mann«, bemerkte er, »aber das macht nichts. Essen Sie Ihr Abendbrot und gehen Sie zu Bett.«

Einer der Wachtposten kam mit einem Tablett herein – Schwarzbrot, Wurst und grüner Salat.

»Es ist etwas einfach«, sagte Fiedler, »aber ganz zufriedenstellend. Leider gibt es keine Kartoffeln. Es herrscht eine vorübergehende Knappheit.«

Sie fingen schweigend zu essen an, Fiedler sehr sorgsam, wie ein Mann, der seine Kalorien zählt.

Die Wachen führten Leamas zu seinem Schlafzimmer. Sie ließen ihn sein Gepäck selbst tragen. Es war dasselbe Gepäck, das ihm Kiever vor der Abreise aus England gegeben hatte. Er ging zwischen ihnen den breiten Mittelkorridor hinunter, der von der Eingangstür durch das Haus führte. Sie kamen zu einer großen Doppeltür, die dunkelgrün gestrichen war, und einer der Wachtposten schloß auf. Sie bedeuteten Leamas, zuerst hineinzugehen. Er stieß die Tür auf und befand sich in einem kleinen, kasernenartig eingerichteten Raum mit zwei Stockbetten, einem Stuhl und einem primitiven Schreibtisch. Es war wie in einem Gefangenenlager. An den Wänden hingen Mädchenbilder und vor den Fenstern waren Läden. An der gegenüberliegenden Seite des Raumes befand sich eine weitere Tür, auf die die Wächter wiesen. Er stellte sein Gepäck ab, ging hin und öffnete sie. Der zweite Raum war ebenso wie der erste, aber es stand nur ein Bett darin, und die Wände waren kahl.

»Sie holen die Koffer«, sagte er. »Ich bin müde.«

Er zog sich aus, warf sich aufs Bett und war in wenigen Minuten fest eingeschlafen.

Ein Posten weckte ihn mit dem Frühstück: Schwarzbrot und Ersatzkaffee. Er stand auf und ging zum Fenster.

Das Haus stand auf einer Anhöhe. Dicht vor seinem Fenster begann ein steil abfallender Hang, so daß der Blick über Kiefernwipfel hinweg auf dichtbewaldete Höhenzüge fiel, die sich regelmäßig hintereinander gestaffelt in der Ferne verloren. Hier und da leuchtete ein Kahlschlag oder eine Brandschneise als dünne bräunliche Trennlinie aus dem grünen Meer der Kiefern hervor, als habe dort Arons Stab auf wunderbare Weise die massiven Wogen der vordringenden Wälder geteilt. Menschen schien es hier nirgends zu geben: kein Haus, keine Kirche, nicht einmal die Ruine einer früheren Behausung – nur der Weg, der gelbe Schotterweg, der wie eine mit dem Pastellstift gezogene Linie durch die Mulde des Tales führte. Es war kein Laut zu hören. Es schien unglaubhaft, daß derartige Weite so still sein konnte. Es war ein klarer, kalter Tag. Es mußte in der Nacht geregnet haben. Der Boden war feucht, und die ganze Landschaft hob sich so scharf gegen den weißen Himmel ab, daß Leamas noch auf den fernsten Hügeln einzelne Bäume unterscheiden konnte.

Er zog sich langsam an, während er den bittern Kaffee trank. Er war mit dem Ankleiden fast fertig und wollte gerade das Brot zu essen beginnen, als Fiedler hereinkam.

»Guten Morgen«, sagte er gutgelaunt. »Lassen Sie sich durch mich nicht beim Frühstück stören.« Er setzte sich aufs Bett. Leamas mußte zugeben: Fiedler hatte Mut. Zwar gehörte sicher nicht viel Tapferkeit dazu, ihn in seinem Zimmer zu besuchen, da die Wachen noch im anschließenden Raum waren, wie Leamas annahm, aber in Fiedlers Auftreten waren Ausdauer und eine bestimmte Zielstrebigkeit spürbar, die Leamas bewunderte.

»Sie haben uns vor ein schwieriges Problem gestellt«, bemerkte Fiedler.

»Ich habe Ihnen alles gesagt, was ich weiß.«

»O nein.« Er lächelte. »O nein, das stimmt nicht. Sie haben uns nur das gesagt, was sie noch *bewußt* im Gedächtnis haben.«

»Sehr klug«, murmelte Leamas, schob sein Essen beiseite und zündete sich eine Zigarette an. Es war seine letzte.

»Lassen Sie jetzt mich eine Frage stellen«, schlug Fiedler mit der übertriebenen Gutmütigkeit eines Mannes vor, der ein Gesellschaftsspiel anregt. »Was würden Sie als erfahrener Nachrichtenoffizier mit der Information machen, die Sie uns gegeben haben?«

»Welche Information?«

»Mein lieber Leamas, Sie haben uns doch nur Teilinformationen geliefert. Sie haben uns von Riemeck erzählt: Wir waren über Riemeck längst im Bilde. Sie haben uns von den Einrichtungen Ihrer Berliner Dienststelle berichtet, von Ihren Mitarbeitern und Agenten. Das ist, wenn ich so sagen darf, ein alter Hut. Genau geschildert – sicher. Gutes Hintergrundmaterial, faszinierend zu lesen, hie und da gute Ergänzungen, hie und da ein kleiner Fisch, den wir jetzt aus dem Teich herausholen werden. Aber kein Material, das – wenn ich es grob ausdrücken darf – fünfzehntausend Pfund wert ist.« Er lächelte wieder. »Wenigstens nicht nach dem gerade gültigen Tarif.«

»Hören Sie«, sagte Leamas. »Ich habe diesen Handel nicht vorgeschlagen – das haben Sie getan. Sie, Kiever und Peters. Nicht ich bin an Ihre weibischen Freunde herangekrochen, um mit altem Material hausieren zu gehen, sondern Ihr seid *mir* nachgelaufen, Fiedler. *Ihr* habt den Preis festgesetzt und damit das Risiko übernommen. Abgesehen davon: bis jetzt habe ich noch keinen lausigen Penny bekommen. Machen Sie mir also keine Vorwürfe, wenn die Operation ein Mißerfolg ist.« Zwinge sie, zu dir zu kommen, dachte Leamas.

»Es ist kein Mißerfolg«, antwortete Fiedler. »Es ist noch nicht zu Ende. Kann es nicht sein. Sie haben uns noch nicht alles gesagt, was Sie wissen. Ich sagte, Sie hätten uns nur Teilinformationen geliefert. Ich spreche von der Aktion ›Rollstein‹. Ich möchte Sie nochmals fragen: Was würden Sie tun, wenn ich, wenn Peters oder jemand wie wir Ihnen eine derartige Geschichte erzählt hätten?«

Leamas zuckte mit den Achseln.

»Ich wäre unruhig«, sagte er. »Das ist schon vorgekommen: Man erhält einen oder vielleicht mehrere Hinweise, daß es in einer Abteilung oder auf einer bestimmten Ebene einen Spion gibt. Was nun? Man kann nicht den ganzen Regierungsapparat verhaften. Man kann nicht einer ganzen Abteilung Fallen stellen. Also bleibt man ruhig und hofft auf mehr. Man behält die Sache im Auge. Im Fall ›Rollstein‹ kann man ja nicht einmal sagen, in welchem Land er arbeitet.«

»Sie zeigen deutlich, daß Sie ein Mann des Außendienstes sind«, sagte Fiedler mit einem kleinen Lachen. »Sie sind kein Auswerter. – Ich möchte Ihnen ein paar grundsätzliche Fragen stellen.«

Leamas sagte nichts.

»Der Ordner – der eigentliche Akt ›Rollstein‹, welche Farbe hatte er?«

»Grau, mit einem roten Kreuz darauf. Das bedeutet, daß nur ein begrenzter Personenkreis Zugang dazu hatte.«

»War außen irgend etwas drangeheftet?«

»Ja, der Warnzettel. Das ist eine Verteilerliste mit der vorgedruckten Erläuterung, daß jede nicht namentlich auf der Liste erwähnte Person verpflichtet sei, den Akt – sofern er irgendwie in ihre Hände gelangt war – sofort und ungeöffnet an die Bankabteilung zurückzuschicken.«

»Wer war auf der Verteilerliste?«

»Für ›Rollstein‹?«

»Ja.«

»Der Chef, sein persönlicher Referent, seine Sekretärin, die Bankabteilung, Miß Bream von der Spezialregistratur und Abteilung Ost vier. Das sind alle, meine ich. Und die Sonderreiseabteilung, glaube ich – da bin ich nicht ganz sicher.«

»Ost vier? Was wird dort gemacht?«

»Länder hinter dem Eisernen Vorhang, ausgenommen Sowjetunion und China. Die Zone.«

»Sie meinen die DDR?«

»Ich meine die Zone.«

»Ist es nicht ungewöhnlich, daß eine ganze Abteilung auf einem derartigen Verteiler steht?«

»Ja, wahrscheinlich ist es das. Aber ich kenne mich da nicht aus. Ich hatte vorher noch nie mit derart beschränktem Verteilermaterial zu tun gehabt. Ausgenommen in Berlin natürlich; aber dort war alles ganz anders.«

»Wer war zu jener Zeit in Ost vier?«

»Guillam, Haverlake, de Jong, glaube ich. De Jong war gerade von Berlin zurückgekommen.«

»Und alle diese Leute durften den Akt sehen?«

»Ich weiß nicht, Fiedler«, Leamas war gereizt. »Und wenn ich Sie wäre . . .«

»Ist es nicht seltsam, daß eine ganze Abteilung auf dem Verteiler stand, während sonst nur Einzelpersonen angeführt waren?«

»Ich sagte Ihnen doch, daß ich es nicht weiß – wie sollte ich es auch wissen? Ich war doch nur ein kleiner Angestellter in dem Laden.«

»Wer trug den Akt von einem zum anderen?«

»Sekretäre, nehme ich an – ich kann mich nicht erinnern. Es ist doch schon Monate her.«

»Warum waren die Sekretäre dann nicht auf der Liste? Die Sekretärin vom Chef war darauf.« Es war einen Augenblick still.

»Nein, Sie haben recht«, sagte Leamas. »Ich erinnere mich jetzt.« In seiner Stimme war Verwunderung. »Wir gaben sie persönlich weiter.«

»Wer sonst hatte in der Bankabteilung mit diesem Akt zu tun?«

»Niemand. Es war meine Sache, als ich zu dieser Abteilung kam. Vorher hatte es eine der Frauen gemacht, aber als ich kam, übernahm ich es, und sie wurde von der Liste gestrichen.«

»Dann waren Sie also derjenige, der den Akt persönlich dem nächsten Leser überbrachte?«

»Ja . . . ja, ich glaube, so war es.«

»Wem übergaben Sie ihn?«

»Ich . . . ich kann mich nicht erinnern.«

»Denken Sie nach!« Ohne daß Fiedler seine Stimme

erhoben hätte, war plötzlich eine für Leamas überraschende Eindringlichkeit in seinen Worten.

»Dem persönlichen Referenten des Chefs, glaube ich. Ich mußte ihm zeigen, welche Aktionen wir unternommen oder empfohlen hatten.«

»Wer brachte den Akt?«

»Was meinen Sie?« Leamas klang unsicher.

»Wer hat vorher den Akt zu Ihnen gebracht? Es muß doch jemand gewesen sein, der auf der Liste stand.«

Leamas fuhr sich mit den Fingern über die Backe. Es war eine unbewußte, nervöse Geste.

»Ja, jemand von der Liste muß es gewesen sein. Es ist schwer, sehen Sie, Fiedler. Damals habe ich eine ganze Menge hinter die Binde gegossen.« Er sprach seltsam vertraulich. »Sie können sich nicht denken, wie schwer es ist...«

»Ich frage Sie, Leamas: Wer brachte Ihnen den Akt? Denken Sie nach.«

Leamas setzte sich an den Tisch und schüttelte den Kopf. »Ich kann mich nicht erinnern. Vielleicht fällt's mir wieder ein. Aber im Augenblick kann ich mich gerade nicht daran erinnern, wirklich nicht. Es wäre nicht gut, jetzt weiter zu bohren.«

»Es könnte nicht das Mädchen vom Chef gewesen sein, oder doch? Sie gaben den Akt immer an den Referenten *zurück*. So sagten Sie jedenfalls. Dann müßten alle Leute, die auf der Liste standen, den Akt vor dem Chef gesehen haben.«

»Ja, so ist es, glaube ich.«

»Was hat es mit der Spezialregistratur auf sich, mit Miß Bream?«

»Das war die Frau, die den Tresorraum für derartige Geheimakten unter sich hatte. Dort wurde der Akt aufbewahrt, wenn er nicht gebraucht wurde.«

»Dann«, sagte Fiedler sanft, »muß es die Abteilung Ost vier gewesen sein, die den Akt zu Ihnen brachte, nicht wahr?«

»Ja, so wird es wohl gewesen sein«, sagte Leamas hilflos, als sei er Fiedlers Scharfsinn nicht ganz gewachsen.

»In welchem Stock war Ost vier?«

»Im zweiten.«

»Und die Bankabteilung?«

»Im vierten. Neben der Spezialregistratur.«

»Erinnern Sie sich daran, wer den Akt heraufbrachte? Oder erinnern Sie sich zum Beispiel daran, daß Sie je hintergingen, um ihn zu holen?«

Leamas schüttelte verzweifelt den Kopf. Dann wandte er sich aber plötzlich zu Fiedler und rief: »Ja, ja, ich erinnere mich! Natürlich! Ich bekam ihn von Peter!«

Leamas schien aufgewacht zu sein, sein Gesicht war von Erregung gerötet. »So war's: Ich holte den Akt einmal in Peters Zimmer ab. Wir unterhielten uns über Norwegen. Wir hatten dort gemeinsam gedient, wissen Sie.«

»Peter Guillam?«

»Ja. Peter – ich hatte nicht mehr an ihn gedacht. Er war einige Monate vorher aus Ankara zurückgekommen. Er stand auf der Liste! Natürlich! Das ist es. Es hieß *Ost vier* und in Klammern stand *PG* dahinter, das sind Peters Initialen. Vorher hatte es jemand anderer bearbeitet, und über den alten Namen hatte die Spezialregistratur deshalb ein Stück weißes Papier geklebt und Peters Initialen draufgeschrieben.«

»Welches Gebiet bearbeitete Guillam?«

»Die Zone. Ostdeutschland. Wirtschaftliche Sachen. Er hatte einen kleinen Abschnitt. Es war eine Art Nebengebiet. – Richtig, er war es. Er brachte den Akt auch einmal zu mir herauf, ich erinnere mich jetzt daran. Übrigens führte er keine Agenten: Ich weiß gar nicht, wie er eigentlich dazu kam. Peter und ein paar andere machten eine Art Untersuchung über die Lebensmittelknappheit. Es war eigentlich nur Auswertung von Material.«

»Haben Sie nicht mit ihm darüber gesprochen?«

»Nein. So etwas ist tabu. Über diese Geheimakten wird nicht gesprochen. Die Frau in der Spezialregistratur, Miß Bream, hielt mir deshalb eine Predigt: keine Diskussion, keine Fragen.«

»Aber wenn man einmal in Betracht zieht, wie ausgeklügelt die Sicherheitsmaßnahmen waren, die ›Rollstein‹ umgaben, wäre es doch denkbar, daß Guillams sogenannte Untersuchung teilweise die Führung dieses Agenten ›Rollstein‹ einschloß.«

»Ich habe Peters gesagt«, brüllte Leamas, indem er seine Faust auf den Tisch schlug, »daß es verdammt albern ist, wenn man glaubt, irgendeine Operation gegen Ostdeutschland hätte ohne mein Wissen, ohne das Berliner Büro geführt werden können. Ich hätte es gewußt, verstehen Sie! Wie oft soll ich das sagen? Ich hätte davon gewußt!«

»Ganz recht«, sagte Fiedler sanft. »Natürlich hätten Sie davon gewußt!« Er stand auf und ging zum Fenster.

»Sie sollten die Gegend hier einmal im Herbst sehen«, sagte er, während er hinaussah. »Es ist wundervoll, wenn die Buchen sich färben.«

13

Nadeln oder Klammern

Fiedler liebte es, Fragen zu stellen. Manche stellte er nur zu seinem eigenen Vergnügen, da es ihm als Juristen Spaß machte, den Widerspruch zwischen Augenschein und tieferer Wahrheit aufzudecken. Er besaß eben jene beharrliche Wißbegierde, die bei Journalisten und Rechtsanwälten oft Selbstzweck ist.

An diesem Nachmittag machten sie einen Spaziergang. Sie folgten der sandigen Straße ins Tal hinunter und gingen dann auf einem ausgefahrenen Weg, neben dem geschlagenes Holz gestapelt war, in den Wald hinein. Während der ganzen Zeit bohrte Fiedler mit seinen Fragen weiter, ohne selbst etwas beizusteuern. Er wollte mehr Einzelheiten über das Gebäude am Cambridge-Rondell wissen und über die Menschen, die dort arbeiten. Aus welcher sozialen Schicht kamen sie, in welchem Teil Londons wohnten sie, durften Ehepaare in der gleichen Abteilung arbeiten? Er fragte nach Einkommen, Urlaub, Moral, Kantine, nach Liebesleuten, Klatsch und Weltanschauung. Am meisten fragte er nach ihrer Weltanschauung.

Für Leamas war das die schwerste Frage von allen.

»Was meinen Sie mit Weltanschauung?« fragte er. »Wir sind keine Marxisten, wir sind nichts. Bloß Menschen.«

»Sind sie dann Christen?«

»Nicht viele, würde ich sagen. Ich jedenfalls kenne nicht viele.«

»Weshalb tut man dann diese Arbeit?« beharrte Fiedler. »Sie müssen doch eine Weltanschauung haben.«

»Warum müssen sie? Vielleicht wissen sie es nicht, wahrscheinlich kümmerte sie es nicht einmal. Es hat nicht jeder Mensch eine Weltanschauung«, antwortete Leamas ein wenig hilflos.

»Dann verraten Sie mir wenigstens Ihre eigene Philosophie!«

»Großer Gott«, seufzte Leamas. Sie gingen eine Weile schweigend weiter. Aber Fiedler ließ sich damit nicht abweisen.

»Wenn sie nicht genau wissen, was sie wollen – wie können sie behaupten, im Recht zu sein?«

»Wer, zum Teufel, hat gesagt, daß sie das behaupten?« erwiderte Leamas gereizt.

»Aber womit rechtfertigen sie dann ihre Arbeit? Womit? Für uns ist das leicht. Das habe ich Ihnen schon letzte Nacht erklärt. Die ›Abteilung‹ und ähnliche Organisationen sind der verlängerte Arm der Partei, sozusagen die Vorhut im Kampf für Frieden und Fortschritt. Sie haben für die Partei die gleiche Bedeutung, die die Partei für den Sozialismus hat: sie sind die Vorhut.« Fiedler lächelte trocken: »Stalin hat einmal gesagt – es ist nicht modern, Stalin zu zitieren –, aber Stalin hat einmal gesagt, eine halbe Million Liquidierte seien Statistik, während ein einzelner Mensch, der bei einem Verkehrsunfall getötet wird, eine nationale Tragödie darstellt. Er lachte über die bürgerliche Gefühlsduselei der Masse, verstehen

Sie? Er war ein großer Zyniker. Aber das, was er damit ausdrücken wollte, gilt noch immer: eine Bewegung, die sich vor der Gegenrevolution zu schützen hat, kann es sich kaum leisten, auf die Ausnutzung oder sogar auf die Vernichtung einiger Einzelwesen zu verzichten. All dies ist ein großer Zusammenhang. Wir haben nie behauptet, daß es bei dem Prozeß der vernünftigen Umgestaltung der Gesellschaft völlig gerecht zugeht. Aber hat nicht irgendein Römer in der Bibel gesagt, es sei der Tod eines einzelnen angebracht, wenn er dem Wohl vieler dient?«

»Ich nehme es an«, sagte Leamas müde.

»Also, wie denken Sie, was ist Ihre Philosophie?«

»Ich glaube, daß ihr alle miteinander Saukerle seid«, sagte Leamas wütend.

Fiedler nickte. »Das ist ein Standpunkt, den ich verstehe. Er ist primitiv, negativ und sehr dumm – aber es ist ein Standpunkt. Er existiert. Aber wie steht's mit dem Rest des Rondells?«

»Ich weiß nicht. Wie sollte ich auch?«

»Haben Sie mit Ihren Kollegen nie über Weltanschauung diskutiert?«

»Nein. Wir sind keine Deutschen.« Er zögerte und fügte dann unbestimmt hinzu: »Den Kommunismus lehnen sie, glaube ich, ab.«

»Und damit rechtfertigt man beispielsweise die Opferung menschlichen Lebens? Das rechtfertigt die Bombe im überfüllten Lokal, die Verlustrate eurer Agenten – all das wird dadurch gerechtfertigt?«

Leamas zuckte die Achseln. »Ich nehme es an.«

»Für uns sind diese Dinge gerechtfertigt«, fuhr Fiedler fort. »Ich selbst hätte in einem Lokal eine Bombe gelegt, wenn uns das auf unserem Weg vorangebracht hätte. Ich würde nachher die Bilanz ziehen: so viele Frauen, so viele Kinder – aber auch soundso viel auf unserem Weg weiter. Aber Christen dürfen diese Bilanz nicht ziehen – und Ihre Gesellschaftsordnung ist eine christliche.«

»Warum nicht? Sie müssen sich verteidigen, oder?«

»Aber Christen glauben an die Unverletzlichkeit des menschlichen Lebens. Sie glauben, daß jeder Mensch eine Seele hat, die gerettet werden kann. Sie glauben an Opfer.«

»Ich weiß nicht«, sagte Leamas. »Ich scher' mich nicht viel drum.« Und dann: »Stalin tat es auch nicht, oder?«

Fiedler lächelte. »Ich mag die Engländer«, sagte er, als spräche er zu sich selbst. »Mein Vater schätzte sie auch. Er mochte die Engländer sehr gern.«

»Davon wird mir ganz warm ums Herz«, erwiderte Leamas. Er versank in Schweigen.

Sie blieben stehen, während Fiedler Leamas eine Zigarette und Feuer gab.

Es ging jetzt steil bergan. Leamas tat die körperliche Bewegung wohl, und er ging mit langen Schritten und vorgebeugten Schultern voran. Fiedler folgte ihm. Er war hager und behende und wirkte wie ein Terrier, der hinter seinem Herrn herläuft. Sie waren vielleicht eine Stunde oder etwas mehr gegangen, als sich plötzlich die Bäume über ihnen lichteten und der Himmel zum Vorschein kam. Sie hatten die Spitze eines kleinen Hügels erreicht und konnten auf die dichte Masse der Kiefern hinuntersehen, zwischen denen nur vereinzelte Buchenwipfel als graue Flecken hervorleuchteten. Jenseits des Tales entdeckte Leamas plötzlich dicht unter dem Kamm des gegenüberliegenden Hügels das Jagdhaus, flach und dunkel lag es vor den Bäumen. In der Mitte der Lichtung stand eine rohgezimmerte Bank neben einem Stapel von Baumstämmen und den feuchten Überresten eines Holzfeuers.

»Wir werden uns einen Moment hinsetzen«, sagte Fiedler. »Dann müssen wir zurückgehen.« Er machte eine Pause. »Sagen sie: Was haben Sie eigentlich gedacht, für welchen Zweck dieses Geld, die großen Summen in ausländischen Banken, gezahlt worden ist?«

»Na, was glauben Sie? Ich habe Ihnen doch gesagt, daß diese Zahlungen für einen Agenten waren.«

»Für einen Agenten hinter dem Eisernen Vorhang?«

»Ja, das dachte ich«, antwortete Leamas gereizt.

»Wie kamen Sie darauf?«

»Erstens war es sehr viel Geld. Dann die verwickelte Art, in der man ihn bezahlte, die besondere Vorsicht dabei. Und natürlich, weil der Chef in allem mit drin war.«

»Was hat der Agent Ihrer Ansicht nach mit dem Geld gemacht?«

»Schauen Sie, ich habe Ihnen doch gesagt, daß ich es nicht weiß. Ich weiß ja nicht einmal, ob er es abgeholt hat. Ich hatte überhaupt keinen Einblick – ich war doch nur ein lausiger Botenjunge.«

»Was machten Sie mit den Kontoheften für die Depositenkonten?«

»Die habe ich nach meiner Rückkehr in London abgeliefert, zusammen mit meinem falschen Paß.«

»Haben die Banken in Kopenhagen und Helsinki jemals nach London an Sie geschrieben – unter Ihrem Decknamen, meine ich?«

»Ich weiß nicht. Ich nehme an, daß auf jeden Fall alle Briefe direkt beim Chef gelandet wären.«

»Die von Ihnen bei der Eröffnung der Konten geleisteten falschen Unterschriften – hatte der Chef ein Muster davon?«

»Ja. Zur Übung hatte ich eine ganze Menge Unterschriften angefertigt, und sie hatten sich Muster davon aufgehoben.«

»Mehr als eins?«

»Ja. Ganze Seiten voll.«

»Ich verstehe. Nachdem Sie die Konten eröffnet hatten, konnte man jederzeit Briefe an die Banken schicken, ohne daß Sie davon hätten wissen müssen. Man konnte die Unterschriften nachmachen und die Briefe ohne Ihr Wissen verschicken.«

»Ja, das ist richtig. Ich nehme an, daß man es so machte. Ich unterschrieb auch viele leere Briefbögen. Ich war immer der Meinung, daß ein anderer die Korrespondenz erledigte.«

»Aber tatsächlich *gewußt* haben Sie nie etwas von solcher Korrespondenz?«

Leamas schüttelte den Kopf. »Sie haben das alles noch nicht richtig begriffen«, sagte er. »Sie sehen diese Sachen nicht im richtigen Größenverhältnis zueinander. Wir hatten doch mit ungeheuer viel Papierkram zu tun, und diese Angelegenheit war nicht mehr als ein kleiner Teil der täglichen Arbeit. Ich habe nicht viel darüber nachgedacht. Warum sollte ich auch? Es war zwar Geheimsache, aber mein ganzes Leben hatte ich mit Dingen zu tun, von denen ich nur einen kleinen Teil wußte, während irgendein anderer den Rest kannte. Außerdem langweilt mich Papierkram. Deshalb habe ich bestimmt keinen Schlaf verloren. Natürlich ging ich gern auf diese Reisen – bekam Extraspesen, was angenehm war. Aber deshalb dachte ich doch nicht den ganzen Tag über ›Rollstein‹ nach, wenn ich an meinem Schreibtisch saß. Und außerdem«, fügte er etwas verlegen hinzu, »fing ich damals etwas zu trinken an.«

»So sagten Sie«, bemerkte Fiedler, »und natürlich glaube ich Ihnen.«

»Das ist mir ganz egal, ob Sie mir glauben oder nicht«, gab Leamas aufgebracht zurück.

Fiedler lächelte. »Gott sei Dank«, sagte er. »Das ist ja gerade das Gute an Ihnen. Das Gute ist Ihre Gleichgültigkeit. Sie sind einmal ein bißchen wütend, einmal ein bißchen hochmütig, aber das macht nichts. Das verändert das Bild nicht mehr, als eine Stimme durchs Tonband verzerrt wird. Sie sind objektiv.« Fiedler fuhr nach einer kleinen Pause fort: »Es kam mir der Gedanke, daß wir mit Ihrer Hilfe immer noch feststellen könnten, ob jemals von diesem Geld abgehoben worden ist. Es kann Sie nichts daran hindern, den Banken zu schreiben und sie um eine laufende Abrechnung zu bitten. Wir könnten schreiben, daß Sie in der Schweiz seien, und eine dortige Adresse angeben. Sehen Sie irgendeine Schwierigkeit dabei?«

»Es könnte funktionieren. Es hängt davon ab, ob der Chef unter meinem Decknamen schon mit der Bank korrespondiert hat. Mein Brief könnte in diese Korrespondenz nicht hineinpassen.«

»Ich sehe nicht, was wir dabei zu verlieren hätten.«

»Was haben Sie zu gewinnen?«

»Wenn das Geld abgehoben worden ist – was natürlich nicht feststeht –, könnten wir dadurch erfahren, wo sich der Agent an einem bestimmten Tag aufgehalten hat. Mir erscheint es nicht unwichtig, das zu wissen.«

»Sie träumen ja! Mit solchen Hinweisen werden Sie ihn niemals finden. Wenn er einmal irgendwo im Westen ist, kann er auf jedes Konsulat gehen und sich ein Visum für ein anderes Land holen. Was haben Sie also davon, wenn Sie wissen, wann das Geld abgehoben wurde? Sie wissen doch nicht einmal, ob der Mann Ostdeutscher ist. Was soll das also?«

Fiedler antwortete nicht sofort. Er starrte zerstreut über das Tal hinweg.

»Sie sagten, Sie seien es gewohnt, immer nur einen Teil zu wissen. Ich kann Ihre Frage jetzt nicht beantworten, ohne daß ich Ihnen dabei etwas sage, was Sie nicht wissen sollen.« Er zögerte. »Aber ›Rollstein‹ war eine Operation gegen uns, das kann ich Ihnen versichern.«

»Uns?«

»Die Deutsche Demokratische Republik.« Er lächelte: »Die Zone, wenn Ihnen das lieber ist. So empfindlich bin ich da nicht.«

Jetzt beobachtete er Leamas und ließ seine braunen Augen nachdenklich auf ihm ruhen.

»Aber was ist mit mir?« fragte Leamas. »Angenommen, ich schreibe die Briefe nicht?« Seine Stimme hob sich. »Ist es nicht Zeit, über mich zu sprechen?«

Fiedler nickte.

»Warum nicht?« erwiderte er verbindlich.

Einen Augenblick herrschte Schweigen, dann sagte Leamas: »Ich habe mein Teil getan, Fiedler, Sie und Peters haben alles bekommen, was ich weiß. Ich habe nie zugesagt, Briefe an Banken zu schreiben. So etwas könnte sehr gefährlich werden. Ich weiß, das ist Ihnen egal. Wenn's nach Ihnen geht, kann man mich schon abschreiben.«

»Lassen Sie mich offen sein«, entgegnete Fiedler. »Es gibt, wie Sie wissen, in der Befragung jedes Überläufers zwei Etappen. In Ihrem Fall ist die erste beinahe abgeschlossen. Sie haben uns alles gesagt, was wir nach den Maßstäben der Vernunft gebrauchen können. Sie haben uns aber nicht gesagt, ob Ihr Geheimdienst beispielsweise Nadeln oder Papierklammern verwendet – Sie haben es nicht erzählt, weil ich Sie nicht danach gefragt habe, und weil Sie es für zu unwichtig hielten, um es von sich aus zu sagen. Beide Seiten treffen eben eine unbewußte Auswahl. Es ist nun immer möglich – und das beunruhigt mich, Leamas –, daß wir in ein oder zwei Monaten plötzlich aus irgendeinem unvorhergesehenen und sehr wichtigen Grund über Nadeln und Klammern Bescheid wissen müssen. Diesem Umstand wird normalerweise in der zweiten Etappe Rechnung getragen – in jenem Teil des Abkommens, den Sie in Holland nicht akzeptieren wollten.«

»Sie meinen – Sie werden mich auf Eis legen?«

»Der Beruf eines Verräters«, bemerkte Fiedler mit einem Lächeln, »erfordert große Geduld. Sehr wenige sind dafür geeignet.«

»Wie lange?« fragte Leamas hartnäckig.

Fiedler schwieg.

»Nun?«

Als Fiedler zu sprechen begann, nahm seine Stimme plötzlich einen dringlichen Unterton an: »Ich gebe Ihnen mein Wort, daß ich Ihnen die Antwort auf Ihre Frage geben werde, sobald es mir möglich ist. Sehen Sie, ich könnte Sie leicht belügen, oder nicht? Ich könnte sagen, es werde einen Monat oder noch weniger dauern, nur um Sie in Stimmung zu halten. Aber ich sage Ihnen: ich weiß es nicht, denn das ist die Wahrheit. Sie haben uns einige Hinweise gegeben, und ehe wir denen nicht nachgegangen sind, kann ich nicht daran denken, Sie laufenzulassen. Aber wenn die Dinge wirklich so liegen, wie ich es glaube, dann werden Sie später einen Freund brauchen. Und dieser Freund werde ich sein. Ich gebe Ihnen mein Wort als Deutscher.«

Leamas war so verblüfft, daß er einen Augenblick schwieg.

»Gut«, sagte er schließlich, »ich spiele mit, Fiedler. Aber wenn Sie mich hinhalten, dann werde ich Ihnen irgendwie das Genick brechen.«

»Das wird wohl nicht nötig sein«, sagte Fiedler ruhig.

Ein Mann, der nicht nur anderen, sondern auch sich selbst eine Rolle vorlebt, ist offensichtlich psychologischen Gefahren ausgesetzt. An sich stellt die Tätigkeit des Täuschens keine übermäßigen Anforderungen an den Menschen. Es ist eine Frage der Erfahrung, des beruflichen Könnens, es ist eine Fähigkeit, die sich die meisten von uns aneignen können. Aber während ein Betrüger, ein Schauspieler oder ein Hasardeur nach seiner Vorstellung in die Reihen seiner Bewunderer zurücktreten kann, hat der Geheimagent keine Möglichkeit, sich diese Erleichterung zu verschaffen. Für ihn ist die Täuschung anderer in erster Linie eine Frage der Selbsterhaltung. Für ihn genügt es nicht, sich nur nach außen abzuschirmen, er muß sich auch vor seinem eigenen Inneren schützen, und zwar gegen die natürlichsten Impulse.

Obwohl er vielleicht ein Vermögen verdient, kann es durchaus sein, daß ihm seine Rolle den Kauf eines Rasiermessers verbietet. Obwohl er gebildet sein mag, darf er möglicherweise nichts als Banalitäten murmeln. Sei er ein liebevoller Gatte und Vater: er muß sich unter allen Umständen gerade von jenen abkapseln, denen natürlicherweise sein Vertrauen gehört.

Da sich Leamas durchaus der fast unwiderstehlichen Versuchung bewußt war, denen ein Mann angesichts der Tatsache ausgesetzt ist, daß er unter der Maske ständig allein mit seiner Lüge leben muß, nahm er zu einem Verhalten Zuflucht, das ihm den besten Schutz bot; er zwang sich, die Rolle der vorgetäuschten Persönlichkeit auch dann beizubehalten, wenn er allein war. Angeblich hat sich Balzac auf seinem Totenbett besorgt nach Gesundheit und Wohlergehen der von ihm selbst geschaffenen Figuren erkundigt. In ähnlicher Weise identifizierte sich Leamas, ohne auf Erfindungskraft zu verzichten, mit dem, was er erfunden hatte. Die Eigenarten, die er vor Fiedler entfaltete, seine rastlose Unberechenbarkeit, seine Arroganz, hinter der er das schlechte Gewissen zu verbergen trachtete, waren seinen eigenen, ursprünglichen Eigenschaften nicht etwa nur angenähert, sondern aus ihnen heraus durch eine gewisse Übertreibung entwickelt, also auch das leichte Schlurfen der Füße, die Vernachlässigung seiner äußeren Erscheinung, die Gleichgültigkeit, die er dem Essen gegenüber zeigte und sein steigendes Bedürfnis nach Alkohol und Tabak. Auch wenn er allein war, blieb er diesen Gewohnheiten treu. Er pflegte sie dann sogar etwas zu übertreiben, und er hielt Selbstgespräche über die Ungerechtigkeit, mit der ihn sein Geheimdienst behandelt habe.

Nur sehr selten, wie jetzt an diesem Abend, gestattete er sich während des Zubettgehens den gefährlichen Luxus, die große Lüge, die er lebte, vor sich selbst einzugestehen.

Der Chef hatte in erstaunlicher Weise recht gehabt. Fiedler stolperte mit schlafwandlerischer Sicherheit in das Netz, das ihm der Chef gelegt hatte. Es war unheimlich, die wachsende Gleichartigkeit der Interessen zwischen Fiedler und dem Chef zu beobachten: fast schien es, als hätten sie sich auf ein gemeinsames Vorhaben geeinigt und als sei Leamas zu seiner Durchführung ausgeschickt worden.

Vielleicht war das die Antwort. Vielleicht war Fiedler die geheime Informationsquelle, um deren Erhaltung der Chef so verzweifelt bemüht war. Aber Leamas vermied es, über diese Möglichkeit weiter nachzudenken. Er wollte es nicht wissen. In dieser Beziehung war er alles andere als neugierig. Er wußte, daß keinerlei Vorteil aus seinen möglichen Schlußfolgerungen erwachsen konnte. Trotzdem hoffte er zu Gott, daß es wahr sei. Es war möglich, gerade in diesem Fall war es möglich, daß er noch einmal nach Hause kommen könnte.

14

Brief an einen Kunden

Am nächsten Morgen war Leamas noch im Bett, als ihm Fiedler die Briefe zur Unterschrift brachte. Der eine war auf dem dünnen blauen Schreibpapier des Seiler-Hotels Alpenblick, Spiezersee, Schweiz, geschrieben, der andere auf Papier mit dem Briefkopf des Palace-Hotels in Gstaad.

Leamas las den ersten Brief:

An die
Königlich-Skandinavische Bank GmbH
Kopenhagen

Sehr geehrte Herren,
ich bin seit einigen Wochen auf Reisen und habe keine Post aus England erhalten. Infolgedessen habe ich Ihre Antwort auf meinen Brief vom 3. März nicht bekommen, in dem ich um die laufende Abrechnung für das Depositenkonto bat, das ich gemeinsam mit Herrn Karlsdorf habe.
Um weitere Verzögerungen zu vermeiden, möchte ich Sie bitten, mir eine doppelt ausgestellte Abrechnung an die folgende Adresse zu schicken. Dort werde ich mich ab 21. April zwei Wochen aufhalten:

Per Adresse   Madame Y. de Sanglot
              13, Avenue des Colombes
              Paris 12ᵉ / France
Entschuldigen Sie bitte die Mühe, die ich Ihnen damit verursache.

Ihr sehr ergebener
Robert Lang

»Was soll diese Bemerkung von einem Brief vom 3. März?« fragte er. »Ich habe doch keinen Brief geschrieben.«

»Nein, das haben Sie nicht. Und soviel wir wissen, hat das niemand. Das wird die Bank stutzig machen. Wenn zwischen unserem Brief hier und Briefen, die sie vielleicht vom Chef bekommen haben, innere Widersprüche vorhanden sind, werden sie aber annehmen, daß die Lösung dafür in dem fehlenden Brief vom 3. März zu finden ist. Die Reaktion darauf wird sein, daß man Ihnen, wie gewünscht, die geforderte Abrechnung zusammen mit einem Begleitschreiben schicken wird, in dem man bedauernd mitteilt, daß Ihr Brief vom 3. März nicht angekommen sei.«

Der zweite Brief lautete wie der erste, nur die Namen waren geändert. Die Adresse in Paris war die gleiche. Leamas nahm ein leeres Blatt Papier und seinen Füllfederhalter und schrieb ein halbes dutzendmal mit flüssiger Schrift ›Robert Lang‹. Dann unterschrieb er den ersten Brief. Dann übte er mit schräggehaltener Feder die zweite Unterschrift, bis er damit zufrieden war, und schrieb ›Stephen Bennett‹ unter den zweiten Brief.

»Ausgezeichnet«, bemerkte Fiedler, »ganz ausgezeichnet.«

»Was machen wir jetzt?«

»Die Briefe werden morgen in der Schweiz aufgegeben, in Interlaken und Gstaad. Unsere Leute in Paris werden mir den Text der Antwortschreiben sofort nach ihrem Eintreffen telegrafieren. In einer Woche haben wir sie.«

»Und bis dahin?«

»Wir werden uns gegenseitig Gesellschaft leisten. Ich weiß, daß Ihnen das zuwider ist, und ich entschuldige mich dafür. Ich dachte, wir könnten vielleicht Spaziergänge machen, etwas in der Gegend herumfahren, eben irgendwie die Zeit totschlagen. Ich möchte, daß Sie sich entspannen und erzählen, über London, über das Rondell, die Arbeit in Ihrer Abteilung. Erzählen Sie mir den Klatsch, sprechen Sie über die Bezahlung, den Urlaub, die Büroräume und die Menschen. Über die Nadeln und Klammern, sozusagen. Ich möchte all die kleinen Dinge erfahren, die keine Rolle spielen. Übrigens ...« – Fiedler hatte den Tonfall geändert.

»Ja?«

»Wir haben hier Möglichkeiten für Leute, die ... für Leute, die einige Zeit bei uns zubringen. Möglichkeiten der Zerstreuung und so weiter.«

»Bieten Sie mir eine Frau an?« fragte er.

»Ja.«

»Nein, danke. Im Gegensatz zu Ihnen habe ich nicht das Stadium erreicht, wo ich einen Kuppler bräuchte.«

Die Antwort schien Fiedler nicht zu berühren. Er fuhr schnell fort: »Aber Sie hatten eine Freundin in England, nicht wahr? Das Mädchen aus der Bibliothek?«

Leamas fuhr herum. Er hielt die Hände geöffnet in Höhe der Hüften, so als wolle er sich auf Fiedler stürzen.

»Eines sage ich Ihnen!« brüllte er. »Nur dies eine: Über diese Sache will ich nichts mehr hören, nicht im Scherz, nicht als Drohung. Nicht einmal als Druckmittel, Fiedler, weil das keinen Erfolg hätte. Niemals. Ich würde kein Wort mehr sagen, verstehen Sie? Sie würden von mir nie mehr auch nur ein Wort bekommen, solange ich lebe. Sagen Sie das den Leuten, Fiedler, sagen Sie es Mundt und Stammberger, oder welche Ratte sonst Ihnen befohlen hat, davon zu reden – bestellen Sie ihnen, was ich gesagt habe.«

»Ich werde es ausrichten«, antwortete Fiedler. »Ich werde es ausrichten. Es ist vielleicht schon zu spät.«

Nachmittags gingen sie noch einmal spazieren. Der Himmel war dunkel und schwer, es war warm.

»Ich bin nur einmal in England gewesen«, bemerkte Fiedler beiläufig. »Das war mit meinen Eltern, auf dem Weg nach Kanada, vor dem Krieg. Ich war noch ein Kind. Wir waren zwei Tage dort.«

Leamas nickte.

»Ich kann Ihnen jetzt verraten«, fuhr Fiedler fort, »daß ich vor einigen Jahren beinahe wieder hingekommen wäre. Ich sollte Mundt in der Stahlmission ablösen – wußten Sie, daß er einmal in London war?«

»Ich wußte es«, erwiderte Leamas vielsagend.

»Ich habe mich immer gefragt, wie diese Tätigkeit gewesen wäre.«

»Das übliche, meistens Umgang mit den anderen Ostblockmissionen, nehme ich an. Dazu gewisse Kontakte zur britischen Geschäftswelt, allerdings nicht sehr viel davon.« Leamas schien gelangweilt zu sein.

»Aber Mundt kam ganz schön herum: er fand es nicht schwer.«

»Das habe ich gehört«, sagte Leamas. »Er schaffte es sogar, ein paar Leute umzulegen.«

»Auch davon haben Sie also gehört?«

»Durch Peter Guillam. Er arbeitete mit George Smiley an dem Fall. Mundt hätte George fast auch noch umgebracht.«

»Der Fennan-Fall«, sagte Fiedler nachdenklich. »Eigentlich erstaunlich, daß Mundt überhaupt davonkam, nicht wahr?«

»Das finde ich auch.«

»Man sollte nicht glauben, daß ein Mann, der als Mitglied einer ausländischen Mission mit Fotografie und Personenbeschreibung in den Akten des Auswärtigen Amtes geführt wird, gegen den gesamten britischen Sicherheitsdienst eine Chance haben würde.«

»Soviel ich gehört habe«, sagte Leamas, »war man gar nicht scharf darauf, ihn zu fassen.«

Fiedler blieb plötzlich stehen.

»Was sagen Sie da?«

»Ich sage nichts weiter, als daß Peter Guillam mir gegenüber bezweifelt hat, daß man Mundt wirklich fassen wollte. Wir waren damals anders organisiert: anstelle des Chefs der Operationen saß dort eine Art Berater – der Mann hieß Maston. Guillam erzählte mir, Maston habe aus dem Fall Fennan von Anfang an ein fürchterliches Durcheinander gemacht. Peter meinte, wenn Mundt gefaßt worden wäre, hätte das eine unglaubliche Schweinerei gegeben. Er wäre wohl verurteilt und wahrscheinlich gehenkt worden. Der ganze Schmutz, den dieser Prozeß ans Licht gebracht hätte, wäre das sichere Ende von Mastons Karriere gewesen. Peter konnte nicht genau sagen, was geschehen war, aber er war ganz sicher, daß es keine ernstgemeinte Fahndung nach Mundt gegeben hatte.«

»Sind Sie sich dessen sicher? Sind Sie sicher, daß Guillam Ihnen das mit diesen Worten gesagt hat? Keine ernstgemeinte Fahndung?«

»Da bin ich absolut sicher.«

»Guillam hat nie auf eine andere Möglichkeit angespielt, weshalb man Mundt wohl hätte laufenlassen?«

»Was meinen Sie?«

Fiedler schüttelte den Kopf, und sie gingen weiter.

»Die Stahlmission wurde nach dem Fennan-Fall aufgelöst«, bemerkte Fiedler nach einiger Zeit. »Deshalb kam ich dann doch nicht nach London.«

»Mundt muß verrückt gewesen sein. Man kann vielleicht auf dem Balkan – oder hier – trotz Mord ungeschoren davonkommen, aber nicht in London!«

»Er ist aber davongekommen, oder?« warf Fiedler schnell ein. »Und er hat gute Arbeit geleistet.«

»Wie zum Beispiel die Anwerbung von Kiever und Ashe? Daß ich nicht lache.«

»Die beiden haben Mrs. Fennan lange genug für sich arbeiten lassen.«

Leamas zuckte die Achseln.

»Sagen Sie mir noch etwas anderes, über Karl Riemeck«, begann Fiedler von neuem. »Ist er nicht einmal mit dem Chef direkt zusammengekommen?«

»Ja, in Berlin. Ungefähr vor einem Jahr, vielleicht auch etwas früher.«

»Wo kamen sie zusammen?«

»Wir trafen uns alle in meiner Wohnung.«

»Warum?«

»Der Chef hat es gern, bei Erfolgen in Erscheinung zu treten. Wir hatten von Karl eine große Menge gutes Material bekommen. Ich nehme an, daß man in London davon beeindruckt war. Der Chef kam zu einem kurzen Besuch nach Berlin und bat mich, ein Treffen mit Karl zu arrangieren.«

»War Ihnen das recht?«

»Warum nicht?«

»Karl war Ihr Agent. Sie haben es vielleicht nicht gern gesehen, wenn er sich mit anderen Agentenführern traf.«

»Der Chef ist kein Agentenführer. Er ist der Leiter der Dienststelle. Karl wußte das und fühlte sich sehr geschmeichelt.«

»Waren Sie während der Begegnung die ganze Zeit dabei?«

»Ja. Nein, nicht ganz. Ich ließ sie eine Viertelstunde oder so allein – nicht länger. Der Chef hatte mich darum gebeten. Er wollte einige Minuten mit Karl allein sein, Gott weiß, warum. Ich verließ deshalb unter irgendeinem Vorwand die Wohnung, ich kann nicht mehr sagen, weshalb. O doch, ich weiß: Ich behauptete, wir hätten keinen Scotch mehr. Ich bin wirklich zu de Jong gegangen und habe eine Flasche geholt.«

»Wissen Sie, was sich zwischen den beiden abspielte, während Sie weg waren?«

»Woher sollte ich? Außerdem war ich gar nicht sehr interessiert daran.«

»Und Karl hat es Ihnen auch später nicht erzählt?«

»Ich habe ihn nie danach gefragt. Karl war in mancher Hinsicht ein unverschämter Kerl. Er benahm sich immer so, als ob er einem durch irgend etwas überlegen wäre. Ich mochte auch die Art nicht, wie er sich über den Chef lustig machte. Allerdings war er völlig im Recht, wenn er über ihn lachte – das Ganze war eine höchst lächerliche Veranstaltung. Wir haben ja auch tatsächlich zusammen einige Zeit darüber gelacht. Außerdem hätte es keinen Sinn gehabt, Karls Eitelkeit zu verletzen. Sinn des ganzen Treffens war es ja, Karl ein bißchen aufzumöbeln.«

»War er denn niedergeschlagen?«

»Nein, weit davon entfernt. Er war schon verdorben. Er wurde zu gut bezahlt, zu sehr geliebt, zuviel ins Vertrauen gezogen. Es war zum Teil mein, zum Teil Londons Fehler. Hätten wir ihn nicht verdorben, so würde er dieser Frau nichts über sein Netz erzählt haben.«

»Elvira?«

»Ja.« Sie gingen eine Weile schweigend weiter, bis Fiedler seine Träumerei mit der Bemerkung unterbrach:

»Ich beginne, Sie gern zu haben, Leamas. Aber eine Sache macht mir zu schaffen. Es ist merkwürdig – ehe ich mit Ihnen zusammenkam, hat es mir überhaupt keine Sorgen gemacht.«

»Was ist es?«

»Weshalb Sie eigentlich hierhergekommen sind. Warum haben Sie Verrat begangen?«

Leamas wollte gerade etwas sagen, als Fiedler lachte.

»Ich fürchte, das war eben nicht sehr taktvoll, wie?« sagte er.

Sie verbrachten die Woche mit Spaziergängen in den Hügeln. Gegen Abend kehrten sie immer zum Jagdhaus zurück, spülten das lieblos zubereitete Abendessen mit einer Flasche billigen Weißweins hinunter und saßen dann endlos bei einem Steinhäger vor dem Feuer. Das Feuer schien Fiedlers Idee zu sein – am Anfang hatte es das nicht gegeben. Eines Tages hörte Leamas, wie Fiedler zu einem der Posten sagte, er solle Holzscheite bringen. Von da an hatte Leamas gegen die Abende nichts mehr einzuwenden. Nach einem ganzen Tag an der frischen Luft bei scharfem Alkohol am Kaminfeuer sitzend, brauchte Leamas keine Aufforderung, um zu reden und von seiner Arbeit zu erzählen. Es wurde auf Tonband aufgenommen, wie Leamas annahm, aber das war ihm gleichgültig.

Als auf diese Weise ein Tag nach dem anderen verging, bemerkte Leamas an seinem Begleiter eine steigende Gespanntheit. An einem Spätnachmittag nahmen sie den DKW und fuhren ziemlich weit, bis sie zu einer Telefonzelle kamen. Fiedler ließ den Zündschlüssel stecken, obwohl Leamas im Wagen blieb, und führte ein langes Gespräch.

Als er zurückkam, fragte Leamas: »Weshalb haben Sie nicht das Telefon im Haus benützt?« Aber Fiedler schüttelte nur den Kopf.

»Wir müssen vorsichtig sein«, antwortete er. »Auch Sie!«

»Warum? Was geht vor?«

»Das Geld, das von Ihnen bei der Kopenhagener Bank eingezahlt worden war – wir schrieben deswegen, erinnern Sie sich?«

»Natürlich erinnere ich mich.«

Fiedler sagte nichts weiter, sondern fuhr schweigend zu den Hügeln zurück. Dort hielt er. Sie konnten durch das geisterhafte Astgewirr großer Kiefernbäume auf eine Stelle hinuntersehen, wo zwei große Täler ineinandermündeten. Die steilen bewaldeten Hügel zu beiden Seiten verloren in der aufkommenden Dunkelheit allmählich ihre Farbe, bis sie grau und still in der Dämmerung lagen.

»Was auch geschehen mag«, sagte Fiedler, »machen Sie sich keine Gedanken, es wird alles gut werden, verstehen Sie?«

Seine Stimme war schwer und nachdrücklich, seine schlanke Hand ruhte auf Leamas' Arm. »Es kann sein, daß Sie sich etwas um sich selbst kümmern müssen, aber es wird nicht lange dauern. Verstehen Sie?« fragte er wieder.

»Nein. Und da Sie es nicht erklären wollen, werde ich es abwarten müssen. Um meine Haut brauchen Sie sich nicht allzuviel Sorgen zu machen, Fiedler.« Er bewegte seinen Arm, aber Fiedlers Hand hielt ihn fest. Leamas haßte es, wenn er angefaßt wurde.

»Kennen Sie Mundt?« fragte Fiedler. »Wissen Sie über ihn Bescheid?«

»Wir haben über Mundt gesprochen.«

»Ja«, wiederholte Fiedler, »wir haben über ihn gesprochen. Er schießt erst und stellt die Fragen hinterher. Das Prinzip der Abschreckung. Für einen Beruf, in dem die Fragen stets wichtiger als das Schießen sind, ist dies Verhalten seltsam.«

Leamas wußte, was ihm Fiedler erzählen wollte.

»Es ist ein seltsames System – außer, man fürchtet die Antwort«, fuhr Fiedler leise sprechend fort.

Leamas wartete.

Einen Augenblick später sagte Fiedler: »Früher hat er nie Verhöre durchgeführt. Das überließ er stets mir. Er sagte immer: ›Du verhörst sie, Jens, denn das kann keiner so gut wie du. Ich fange sie, und du läßt sie singen.‹ Er verglich Menschen, die sich mit der Abwehr befassen, immer mit Malern: beide müssen hinter sich stets einen Mann mit einem Hammer haben, der zuschlägt, sobald die Arbeit beendet ist. Andernfalls würden sie das Ziel ihrer Arbeit vergessen. Er sagte immer zu mir: ›Ich werde dein Hammer sein.‹ Zuerst war es ein Scherz zwischen uns. Aber dann, als er zu töten begann, und zwar zu töten, noch ehe die Leute gesungen hatten, wurde es ernst. Hier wurde einer erschossen, dort ein anderer ermordet. Ich habe ihn so oft gefragt: ›Warum läßt du sie nicht einfangen? Warum überläßt du sie nicht mir für ein oder zwei Monate? Was nützen sie dir, wenn sie tot sind?‹ – Aber er schüttelte nur den Kopf und sagte, man müsse Disteln ausrotten, ehe sie blühen. Ich hatte das Gefühl, daß er sich die Antwort schon zurechtgelegt hatte, noch ehe ich die Frage stellen konnte. Er ist großartig in der praktischen Arbeit. Er hat mit der ›Abteilung‹ Wunder bewirkt, Sie wissen das. Er hat sich darüber viele Gedanken gemacht, oft habe ich bis spät in die Nacht hinein mit ihm gesprochen. Er trinkt Kaffee – nichts anderes als immer nur Kaffee. Nach seiner Meinung denken die Deutschen zuviel über sich selbst nach, als daß sie gute Agenten sein könnten. Das zeigte sich deutlich an den Arbeitsergebnissen der Abwehr. Er sagte, Abwehrleute in Deutschland seien wie Wölfe, die dauernd an trockenen Knochen herumnagen. Man müßte sie ihnen wegnehmen, damit sie sich auf die Suche nach neuen

Quellen machen. Ich sehe das alles ein, ich weiß, was er meint. Aber er ist zu weit gegangen. Warum brachte er Viereck um? Warum nahm er ihn mir weg? Viereck war frisches Futter, wir hatten noch nicht einmal das Fleisch vom Knochen genagt, verstehen Sie?« Seine Hand hielt den Arm von Leamas fest gepackt.

In der völligen Dunkelheit des Wagens spürte Leamas die erschreckende Intensität der Erregung Fiedlers besonders deutlich.

»Ich habe Tag und Nacht darüber nachgedacht. Seit Viereck erschossen wurde, habe ich dauernd nach dem Grund gesucht. Ich sah nur ein vernünftiges Motiv, aber zuerst schien es mir allzu unglaublich zu sein. Ich sagte mir, daß ich wohl eifersüchtig sei, daß meine Nerven von dieser Arbeit schon angegriffen waren, wenn ich hinter jedem Baum Verrat witterte. Man wird so, wenn man in dieser Art Welt lebt. Aber ich konnte mir nicht helfen, Leamas, ich mußte einfach versuchen, es herauszubekommen. Es hatte vorher ja auch schon andere Sachen gegeben. Er fürchtete sich. Ja, er fürchtete, daß wir einmal jemanden fassen könnten, der zuviel redete!«

»Was reden Sie da? Sie sind ja verrückt!« sagte Leamas, und in seiner Stimme war eine Spur von Furcht.

»Es paßt alles zusammen, sehen Sie. Mundt entkam so leicht aus England; Sie haben es ja selbst gesagt. Und was erzählte Ihnen Guillam? Er sagte, man habe Mundt gar nicht fassen wollen! Warum nicht? Ich will es Ihnen sagen: er war ihr Mann. Sie hatten ihn schon umgedreht. Sehen Sie nicht den Zusammenhang, Leamas? Man hatte Mundt schon gefaßt, und mit seiner Freilassung kaufte man sich seine Mitarbeit – mit der Freilassung und dem Geld, das er bekam.«

»Ich sage Ihnen, Sie sind verrückt!« stieß Leamas hervor. »Sollte er je den Verdacht haben, daß Sie solche Geschichten in die Welt setzen, bringt er Sie um. Das ist doch Blödsinn, Fiedler. Seien Sie ruhig und fahren Sie uns nach Hause.«

Schließlich lockerte sich der harte Griff um Leamas' Arm.

»Hier haben Sie unrecht. Sie selbst haben die Antwort gebracht, Leamas. Deshalb sind wir auch aufeinander angewiesen.«

»Das ist nicht wahr!« brüllte Leamas. »Ich habe Ihnen immer wieder gesagt, daß das Rondell niemanden ohne mein Wissen in der Zone hätte ansetzen können. Das war schon verwaltungstechnisch nicht möglich. Sie wollen mir einreden, daß der Chef persönlich und ohne Wissen der Berliner Organisation den stellvertretenden Leiter der ›Abteilung‹ dirigiert. – Sie sind verrückt, Fiedler. Sie sind total verrückt!« Plötzlich begann er leise zu lachen. »Sie möchten vielleicht diese Stellung gern haben. Sie armes Schwein – so was soll's ja schon gegeben haben –, aber so etwas hat noch nie anders als mit Krach geendet.« Einen Augenblick schwiegen beide.

Schließlich sagte Fiedler: »Dieses Geld in Kopenhagen: die Bank hat Ihren Brief beantwortet. Der Direktor ist sehr in Sorge, daß ein Fehler unterlaufen ist. Denn das Geld ist von Ihrem Kontoteilhaber genau eine Woche nach der Einzahlung wieder abgehoben worden. Das Datum der Auszahlung fällt genau in die zwei Tage des Februar, die Mundt in Dänemark verbrachte, um unter falschem Namen einen unserer amerikanischen Agenten zu treffen, der zu einer internationalen Tagung von Wissenschaftlern gekommen war.«

Fiedler zögerte, dann setzte er hinzu: »Ich glaube, Sie sollten der Bank schreiben, daß alles in Ordnung ist.«

15

Aufforderung zum Tanz

Während Liz den Brief der Parteizentrale betrachtete, fragte sie sich, wie man wohl gerade auf sie gekommen war. Sie fand das etwas rätselhaft. Sie mußte zugeben, daß sie geschmeichelt war, aber warum hatten sie nicht vorher mit ihr gesprochen? Wer hatte ihren Namen ausgewählt, das Distriktskomitee oder die Zentrale? Aber ihres Wissens war sie doch niemandem in der Zentrale bekannt. Sie war freilich schon mit einigen Rednern zusammengekommen, und auf der Distriktsversammlung hatte sie dem Organisationsleiter der Partei die Hand geschüttelt. Vielleicht hatte sich dieser Mann vom Kulturaustausch ihrer erinnert. Er war ein gefälliger, etwas weibischer Mann, sehr liebenswürdig. Ashe war sein Name. Er hatte etwas Interesse an ihr gezeigt, und sie nahm an, daß er ihren Namen weitergegeben oder sich vielleicht selbst an sie erinnert hatte, als das Stipendium vergeben wurde. Ein seltsamer Mensch: er hatte sie nach der Versammlung ins ›Black and White‹ auf einen Kaffee eingeladen, sie nach ihren Freunden ausgefragt. Dabei hatte er gar nicht verliebt getan oder so – sie hatte sich gedacht, daß er vielleicht schwul war, um ehrlich zu sein –, aber er hatte ihr unzählige Fragen über sie selbst gestellt. Wie lange sie schon in der Partei sei, ob sie Heimweh habe, da sie doch getrennt von ihren Eltern lebe? Ob sie viele Freunde habe, oder ob sie einen bestimmten vorziehe? Sie hatte sich nicht allzuviel aus ihm gemacht, aber seine Reden waren bei ihr gut angekommen: der Arbeiterstaat in der Deutschen Demokratischen Republik, der Begriff des Arbeiterdichters und all das. Bestimmt wußte er alles über Osteuropa, er mußte viel gereist sein. Sie hatte wegen seiner etwas belehrenden, gewandten Art vermutet, daß er Lehrer war. Bei der Sammlung im Anschluß an die Versammlung hatte Ashe ein Pfund gegeben; sie war verblüfft gewesen. Er hatte ihren Namen beim Londoner Distrikt erwähnt, und der Londoner Distrikt hatte ihn an die Zentrale weitergegeben, oder so ähnlich. Natürlich blieb es eine seltsame Art, derartige Angelegenheiten zu regeln. Aber diese Geheimnistuerei gehörte wohl nun einmal zu einer revolutionären Partei. Zwar machte es keinen guten Eindruck auf sie, weil es so nach Unaufrichtigkeit aussah, aber sie dachte, es sei wohl notwendig, und es gab, weiß Gott, genug Leute, für die das etwas Erregendes war. Sie las den Brief nochmals. Er trug den fettgedruckten roten Briefkopf der Zentrale und begann mit ›Liebe Genossin‹. Liz empfand das als unangenehm militärisch. Sie hatte sich nie richtig an ›Genossin‹ gewöhnen können.

Liebe Genossin,

wir haben uns kürzlich mit Genossen von der Sozialistischen Einheitspartei der Deutschen Demokratischen Republik wegen der Möglichkeit eines Austausches von unseren Parteimitgliedern mit den Genossen im Demokratischen Deutschland besprochen. Es wurde geplant, die Voraussetzungen für einen Austausch der Mitglieder unserer beiden Parteien zu schaffen. Die SED weiß, daß ihren Delegierten durch die diskriminierenden Vorschriften des britischen Innenministeriums in unmittelbarer Zukunft keine Einreise ins Vereinigte Königreich möglich sein wird, aber sie glaubt, daß gerade deshalb ein Erfahrungsaustausch besonders wichtig wäre. Man hat uns großzügigerweise eingeladen, fünf erfahrene Bezirkssekretäre auszuwählen, die bereits den Nachweis erbracht haben, daß sie die Massen zu Aktionen auf den Straßen anfeuern können. Jeder ausgewählte Genosse wird drei Wochen damit verbringen, Parteiversammlungen beizuwohnen, Fortschritte in der Industrie und der sozialen Wohlfahrt kennenzulernen und aus erster Hand die Beweise der faschistischen Provokation durch den Westen zu studieren. Dies ist eine große Gelegenheit für unsere Genossen, aus den Erfahrungen eines jungen sozialistischen Systems zu lernen.

Wir haben deshalb den Distrikt ersucht, uns solche junge Arbeiter aus den Kadern seines Gebietes zu melden, die den größten Nutzen aus dieser Reise ziehen können. Ihr Name ist uns genannt worden. Wenn es sich irgendwie ermöglichen läßt, wünschen wir sehr, daß Sie an dem Austausch teilnehmen und dadurch zur Verwirklichung des zweiten Teiles in diesem Plan beitragen, nämlich zur Herstellung eines Kontaktes zwischen Ihrer eigenen Parteigruppe und einer solchen in der Deutschen Demokratischen Republik, deren Mitglieder aus einem vergleichbaren Industriemilieu stammen und ähnliche Probleme haben. Die Ortsgruppe Bayswater-Süd wird deshalb mit Neuenhagen, einem Vorort von Leipzig, in Verbindung gebracht. Frieda Lüman, Sekretärin des Neuenhagener Bezirkes, bereitet einen großen Empfang vor. Wir sind überzeugt, daß Sie die richtige Genossin für diese Aufgabe sind und daß Ihr Unternehmen ein sehr großer Erfolg wird. Alle Unkosten werden vom Kulturamt der Deutschen Demokratischen Republik getragen.

Wir sind überzeugt davon, daß Ihnen die Ehre dieses Auftrages klar ist, und wir vertrauen darauf, daß Sie sich nicht durch persönliche Überlegungen von der Ausführung des Auftrages abhalten lassen werden. Die Abreise ist für das Ende des nächsten Monats vorgesehen, also für etwa den 23. Die ausgewählten Genossen werden getrennt reisen, da ihre Einladungen nicht gleichzeitig sind. Wollen Sie uns bitte so bald wie möglich wissen lassen, ob Sie annehmen können. Wir werden Sie dann über weitere Einzelheiten unterrichten.

Je öfter sie es las, desto seltsamer kam es ihr vor: die Benachrichtigung so kurz vor dem Reisetermin, und woher wußten sie, daß sie bei der Bibliothek wegkonnte? Dann fiel ihr zu ihrer eigenen Überraschung wieder ein, daß sich Ashe nach ihren Ferienplänen und danach erkundigt hatte, ob sie in diesem Jahr bereits Urlaub genommen habe, und ob sie Urlaubstermine schon immer lange im voraus anmelden müsse. Weshalb teilte man ihr nicht mit, wer die anderen Kandidaten waren? Sicherlich gab es keinen besonderen Grund, es ihr mitzuteilen. Daß man es unterließ, war dennoch sonderbar. Auch war es ein so langer Brief. Bei der Zentrale gab es so wenig Schreibkräfte, daß die Briefe gewöhnlich sehr kurz gefaßt waren, wenn man die Genossen nicht einfach bat, im Sekretariat anzurufen. Dieser hier war so sauber und gut getippt, daß er gar nicht danach aussah, als komme er von der Zentrale. Aber er war vom Kulturleiter unterzeichnet. Es war seine Unterschrift, kein Zweifel daran. Sie hatte sie oft genug auf vervielfältigten Rundschreiben gesehen. Und der Brief hatte diesen ungeschickten, halb bürokratischen, halb messianischen Stil, an den sie sich gewöhnt hatte, ohne ihn freilich zu mögen. Es war eine törichte Behauptung, daß sie Erfahrungen in der Leitung von Massenaktionen besitze. Sie besaß sie nicht. In Wirklichkeit haßte sie diese Sorte von Parteiarbeit: die Lautsprecher an den Fabriktoren, den Verkauf des *Daily Worker* an den Straßenecken, die Lauferei von Tür zu Tür während des Wahlkampfes. Gegen die Arbeit für den Frieden hatte sie nicht soviel einzuwenden, denn das bedeutete ihr etwas, und es hatte Sinn. Wenn man auf der Straße ging, brauchte man nur die kleinen Kinder zu sehen, die Mütter mit ihren Kinderwagen, die alten Leute vor den Haustüren, und man konnte sich sagen: »Ich tue es für sie.« Das hieß wirklich für den Frieden kämpfen.

Den Kampf um Wählerstimmen und größeren Absatz der Zeitung hatte sie noch nie in dieser Weise betrachten können. Es lag vielleicht daran, dachte sie, daß es so ernüchternd war. Es war so leicht, die Welt neu aufzubauen, in der Vorhut des Sozialismus zu marschieren und von dem unvermeidlichen Lauf der Geschichte zu sprechen, wenn man zu zehnt oder so bei einem Gruppentreffen beisammensaß. Aber anschließend mußte man mit einem Armvoll *Daily Worker* auf die Straße gehen und ein, zwei Stunden warten, ehe eine Nummer verkauft war. Manchmal mogelte sie, ebenso wie die anderen, und zahlte für ein halbes Dutzend Zeitungen aus eigener Tasche, nur um sie loszuwerden und nach Hause zu kommen. Beim nächsten Treffen brüsteten sie sich dann mit ihren Verkaufserfolgen. Sie vergaßen einfach, daß sie die Zeitungen selbst gekauft hatten. »Genossin Gold am Samstag achtzehn verkauft – achtzehn!« Es wurde im Protokoll vermerkt und kam ins Bulletin der Gruppe. Beim Distrikt rieb man sich die Hände, und Liz wurde vielleicht auf der ersten Seite des Bulletins in der kleinen Spalte über den Kampffonds erwähnt. Es war eine so kleine Welt, und Liz wünschte, daß man hätte ehrlicher sein können. Aber sie belog sich ja auch selbst über alles. Vielleicht machten es alle so. Oder vielleicht verstanden die anderen besser, warum man soviel lügen mußte. Es war schon so merkwürdig, wie man sie zur Sekretärin der Gruppe gemacht hatte. Mulligan hatte sie vorgeschlagen: »Unsere junge, energische und außerdem attraktive Genossin...« Er hatte geglaubt, sie werde mit ihm schlafen, wenn er ihr zum Posten der Gruppensekretärin verhalf. Die anderen hatten sie dann gewählt, weil man sie gut leiden mochte, und weil sie maschineschreiben konnte. Man nahm an, sie werde die Arbeit tun und nicht versuchen, einen an den Wochenenden auf Stimmenwerbung zu schicken. Nicht zu oft, auf jeden Fall. Man wählte sie, weil alle einen annehmbaren kleinen Klub haben wollten, nett und revolutionär, mit nicht allzuviel Wirbel. Es war alles so ein Schwindel. Alec schien das verstanden zu haben: er hatte es nicht ernstgenommen. »Manche halten Kanarienvögel, andere treten der Partei bei«, hatte er einmal gesagt. Und das war die Wahrheit. Auf jeden Fall in Bayswater-Süd, und der Distrikt wußte das genau. Aus diesem Grund war es seltsam, daß man sie ausgewählt hatte, und deshalb konnte sie eigentlich nicht glauben, daß der Distrikt auch nur etwas damit zu tun haben sollte. Sicherlich war Ashe des Rätsels Lösung. Womöglich war er gar nicht schwul, sondern sah nur so aus.

Liz zuckte etwas übertrieben mit den Achseln, wie es Menschen manchmal tun, wenn sie aufgeregt und allein sind. Es war Ausland, kostenlos, und schien interessant. Sie war noch nie im Ausland, und aus eigener Tasche hätte sie die Reisekosten nicht aufbringen können. Es würde Spaß machen. Sie hatte in bezug auf Deutschland allerdings Vorbehalte. Sie hatte oft gehört, daß Westdeutschland militaristisch und revanchistisch, Ostdeutschland aber demokratisch und friedliebend sei. Sie bezweifelte jedoch, daß alle guten Deutschen auf der einen Seite und alle schlechten auf der anderen leben sollten. Und die schlechten hatten ihren Vater umgebracht. Vielleicht war sie deshalb von der Partei ausgesucht worden, gewissermaßen als großzügiger Akt der Versöhnung. Möglicherweise hatte Ashe schon daran gedacht, als er ihr diese Fragen stellte. Natürlich – das war die Erklärung. Plötzlich durchströmte sie ein Gefühl der Wärme und Dankbarkeit. Es waren wirklich anständige Menschen, und sie war stolz und dankbar, dieser Partei angehören zu dürfen. Sie ging zum Schreibtisch und öffnete eine Schublade, wo sie in einem alten Schulranzen das Briefpapier ihrer Ortsgruppe und die Briefmarken aufbewahrte. Sie spannte ein Blatt in ihre alte Schreibmaschine, die der Distrikt geschickt hatte, weil sie tippen konnte. Die Buchstaben sprangen manchmal, aber sonst war die Maschine in Ordnung. Liz schrieb einen netten, dankbaren Brief, in dem sie die Einladung annahm. Die Zentrale war großartig: streng, wohltätig, unpersönlich, ewig. Es waren gute Menschen. Menschen, die für den Frieden kämpften. Als sie das Schubfach schloß, erblickte sie Smileys Karte.

Es fiel ihr wieder ein, wie der kleine Mann mit dem ernsten, faltigen Gesicht in der Tür ihres Zimmers gestanden und gefragt hatte: »Wußte die Partei von Ihnen und Alec?« Wie dumm sie gewesen war. Nun, diese Reise würde sie auf andere Gedanken bringen.

16

Verhaftung

Fiedler und Leamas fuhren den Rest der Strecke schweigend zurück. In der Dämmerung sahen die Hügel wie schwarze Höhlen aus, und entfernte Lichter kämpften als winzige Punkte gegen die stärker werdende Dunkelheit wie die Lampen weit vorbeiziehender Schiffe auf See.

Fiedler parkte den Wagen in einem Schuppen neben dem Haus, und sie gingen gemeinsam zur Eingangstür. Sie wollten gerade das Haus betreten, als jemand von den Bäumen her Fiedlers Namen rief. Sie drehten sich um, und Leamas sah zehn Meter entfernt drei Männer im Zwielicht stehen, die offenbar darauf warteten, daß Fiedler zu ihnen hinübergehe.

»Was wollen sie?« fragte Fiedler.

»Wir wollen Sie sprechen, wir sind aus Berlin.«

Fiedler zögerte. »Wo ist dieser verdammte Wachtposten?« fragte er Leamas. »An der Tür sollte doch ein Posten sein.«

Leamas zuckte die Achseln.

»Warum ist das Licht in der Diele nicht eingeschaltet?« fragte Fiedler. Dann schritt er langsam auf die Männer zu.

Leamas wartete einen Augenblick. Als er nichts hörte, durchquerte er das dunkle Haus zum Anbau, einer Baracke, die sich an die Rückseite des Hauses lehnte und von einem jungen Kieferndickicht umgeben war. Die Hütte war in drei ineinander übergehende Schlafräume aufgeteilt. Den mittleren Raum hatte man Leamas gegeben, während der Raum, in den man vom Hauptgebäude zuerst trat, von zwei Wachtposten belegt war. Leamas wußte nicht, wer den dritten bewohnte. Er hatte einmal versucht, die von seinem Zimmer hinüberführende Tür zu öffnen, aber sie war verschlossen. Als er eines Morgens sehr früh seinen Spaziergang machte, entdeckte er nur, daß es ein Schlafraum war. Er hatte vom Fenster her durch einen schmalen Spalt des Spitzenvorhanges gespäht, während die beiden Posten, die ihm in einem Abstand von zwanzig Metern überallhin folgten, noch nicht um die Ecke der Hütte herumgekommen waren. Der Raum enthielt ein einzelnes Bett, das gemacht war, und einen kleinen Schreibtisch mit Papieren darauf. Er nahm an, daß er von jemandem mit der sogenannten deutschen Gründlichkeit von diesem Schlafraum aus beobachtet wurde. Aber Leamas war ein zu alter Fuchs, um sich durch Überwachung stören zu lassen. In Berlin war es ein Bestandteil des Alltags gewesen, und wenn man es nicht bemerkte – um so schlimmer: das hieß nur, daß die anderen vorsichtiger geworden waren, oder man selbst nachlässiger. Im allgemeinen entdeckte er seine Schatten immer sehr schnell. Er war eben in solchen Dingen erfahren, wachsam und hatte ein gutes Gedächtnis. Er war, kurz gesagt, in seinem Beruf sehr tüchtig. Er kannte die Art, in der sich die Beschattungsgruppen am liebsten staffelten, kannte ihre Tricks und Schwächen und die vorübergehenden Fehler, durch die sie sich manchmal verrieten. Leamas war es gewohnt, beobachtet zu werden, aber als er durch den behelfsmäßigen Gang vom Haus zur Hütte ging und in dem Schlafraum der Posten stand, hatte er das deutliche Gefühl, etwas sei nicht in Ordnung.

Die Beleuchtung im Anbau konnte nur von einer zentralen Stelle aus, von unsichtbarer Hand, geschaltet werden. Morgens wurde er oft durch das plötzliche Aufflammen der einzigen Lampe an der Decke seines Zimmers geweckt. Abends trieb ihn gewöhnlich überraschende Finsternis ins Bett. Als er jetzt den Anbau betrat, war es erst neun Uhr, aber das Licht war schon aus, und die Läden vor den Fenstern waren geschlossen. Er hatte die Verbindungstür vom Haus her offengelassen, so daß von der Diele her schwaches Zwielicht in den Schlafraum der Posten fiel, aber es war zu finster, um mehr als die Umrisse der zwei leeren Betten zu sehen. Während er sich im Zimmer überrascht umschaute, weil niemand da war, fiel die Tür hinter ihm zu. Vielleicht von selbst, aber Leamas machte keinen Versuch, sie wieder zu öffnen. Es war stockfinster. Kein Laut begleitete das Schließen der Tür, kein Klinken, kein Schritt. Leamas, dessen Sinne plötzlich hellwach geworden waren, hatte das gleiche Gefühl wie im Kino, wenn der Ton überraschend ausfällt. Dann roch er die Zigarre, ihr Rauch mußte in der Luft gehangen haben, aber erst jetzt bemerkte er ihn. Wie bei einem Blinden schärfte die Dunkelheit seinen Tast- und Geruchssinn.

Er hatte Streichhölzer in seiner Tasche, aber er benutzte sie nicht. Er schlich zur Wand, gegen die er seinen Rücken preßte, während er bewegungslos wartete. Leamas konnte sich das alles nur so erklären, daß sie ihn in seinem eigenen Zimmer erwarteten, und er entschloß sich deshalb zu bleiben, wo er war. Die Tür, die sich gerade geschlossen hatte, wurde geprüft, das Schloß herumgedreht und versperrt. Noch immer bewegte sich Leamas nicht. Noch nicht. Kein Zweifel: er war in der Hütte gefangen. Sehr langsam hockte sich Leamas jetzt nieder und steckte zugleich eine Hand in die Seitentasche seiner Jacke. Er war ganz ruhig. Die Aussicht auf Aktivität erleichterte ihn fast. Erinnerungen kamen ihm in den Sinn. »Sie haben fast immer eine Waffe: einen Aschenbecher, ein paar Geldstücke, einen Füllfederhalter – alles, was schlägt und sticht.« Es war der Lieblingsspruch des freundlichen kleinen Waliser Feldwebels in jenem Haus bei Oxford, während des Krieges. »Gebrauchen Sie nie beide Hände zugleich, weder bei einem Messer, einem Stock, noch einem Revolver. Lassen Sie Ihren linken Arm frei und halten Sie ihn vor den Leib. Wenn Sie nichts zum Schlagen haben, dann halten Sie Ihre Hände offen und die Daumen steif.« Er nahm die Schachtel Streichhölzer der Länge nach in die rechte Hand und zerdrückte sie langsam, so daß die kleinen rauhen Kanten des Schachtelholzes ihm zwischen den Fingern herausschauten. Dann tastete er sich an der Wand bis zu dem Stuhl, der – wie er wußte – in der Ecke des Raumes stand. Ohne auf den Lärm Rücksicht zu nehmen, den er dabei machte, schob er den Stuhl in die Mitte des Zimmers. Er zählte seine Schritte, während er vom Stuhl in die Ecke zurückschlich. Noch ehe er sie erreicht hatte, hörte er, wie die Tür seines Schlafzimmers aufgestoßen wurde. Er versuchte vergeblich, in der Dunkelheit zu erkennen, ob eine Gestalt in der Tür stand, die Finsternis war undurchdringlich. Noch riskierte er keinen Angriff, denn es war sein taktischer Vorteil, daß er, im Gegensatz zu dem anderen, wußte, wo der Stuhl stand. Er wünschte sehr, daß sie jetzt kamen, um ihn zu holen, denn er konnte nicht warten, bis ihr Helfer draußen den Hauptschalter erreicht und das Licht eingeschaltet hatte.

»Los doch, ihr mistigen Hunde«, rief er auf deutsch. »Hier bin ich, in der Ecke. Kommt und holt mich, wenn ihr könnt.«

Keine Bewegung, nicht ein Laut.

»Hier bin ich, könnt ihr mich nicht sehen? Was ist denn los mit euch, Kinder, kommt her, könnt ihr nicht?« Und dann hörte er jemanden kommen, dahinter einen zweiten, und dann den Fluch eines Mannes, der an den Stuhl stieß. Das war das Zeichen, auf das Leamas gewartet hatte. Er warf die Streichholzschachtel weg und tappte vorsichtig Schritt für Schritt vorwärts, wobei er seinen linken Arm ausgestreckt hielt, als schütze er sich im Wald vor zurückschnellenden Zweigen. Er stieß schließlich sacht an einen Arm und er fühlte die rauhe Wärme von Uniformstoff. Mit der linken Hand tupfte Leamas zweimal auf den Arm, und er hörte dicht an seinem Ohr eine erschrockene Stimme in deutscher Sprache flüstern: »Bist du das, Hans?«

»Halt's Maul, du Esel«, flüsterte Leamas, gleichzeitig packte er den Mann an seinen Haaren und zerrte dessen Kopf nach unten, während er ihm mit der Kante der rechten Hand einen wuchtigen Hieb in den Nacken versetzte. Er zerrte ihn am Arm nochmals hoch und schlug ihm seine Faust an die Kehle. Dann überließ er den Körper der Schwerkraft, die ihn auf den Boden zog. Gleichzeitig mit dem Aufschlag des

Körpers ging das Licht an. In der Tür stand ein Zigarre rauchender junger Hauptmann der Volkspolizei, dahinter zwei Männer. Einer von ihnen war ziemlich jung, er trug Zivil und hielt eine Pistole in der Hand. Leamas glaubte, es sei wohl eine tschechische Waffe, da sie einen Ladehebel oben auf dem Griff hatte. Alle blickten auf den Mann am Boden. Jemand sperrte die äußere Tür auf, und Leamas wollte sehen, wer das war. Aber während er sich umdrehte, kam der knappe Befehl, sich nicht zu bewegen – Leamas glaubte, der Hauptmann habe ihn gegeben. Langsam wandte er sich wieder den drei Männern zu. Er hatte die Hände noch an der Seite, als der Schlag kam. Er schien ihm den Schädel zu zertrümmern. Noch während er, in warme Bewußtlosigkeit sinkend, zu Boden fiel, fragte er sich, ob er mit einem jener alten Revolver geschlagen worden war, die zur Befestigung der Lederschlaufe einen lockeren Ring unten am Kolben haben.

Er wurde durch den Gesang eines Häftlings wach, und durch den geschrienen Befehl eines Wärters, der Häftling solle den Mund halten. Leamas öffnete die Augen, und wie gleißendes Licht brach der Schmerz in sein Gehirn. Dennoch widerstand er dem Drang, die Augen wieder zu schließen. Er lag ganz ruhig und beobachtete grellbunte Bruchstücke, die durch sein Gesichtsfeld rasten. Er versuchte, sich zurechtzufinden: seine Füße waren eiskalt, und in seiner Nase spürte er den beißenden Gestank von Häftlingskleidung. Der Gesang hatte aufgehört, und Leamas wünschte sich plötzlich, er möge wieder anfangen. Freilich wußte er, daß er ihn nie mehr hören würde. Er versuchte, seine Hand zu heben und die Blutkrusten auf seinem Gesicht zu betasten, aber seine Hände waren auf dem Rücken zusammengebunden. Auch seine Füße waren wahrscheinlich gefesselt, da sie blutleer und eiskalt waren. Der Versuch, sich umzusehen und den Kopf dazu etwas vom Boden zu heben, verursachte ihm große Schmerzen. Zu seiner Überraschung sah er seine Knie vor sich. Als er seine Beine instinktiv strecken wollte, fuhr durch seinen ganzen Körper ein so plötzlicher, schrecklicher Schmerz, daß er einen gurgelnden Schrei ausstieß, der wie ein Todesschrei eines Menschen auf der Folterbank klang. Während er dann still lag, bemühte er sich keuchend, den Schmerz zu unterdrücken. Aus schierem Eigensinn versuchte er noch einmal ganz langsam, seine Beine zu strecken. Sofort kehrten die furchtbaren Schmerzen zurück, aber jetzt hatte er den Grund dafür entdeckt: Seine Hände und Füße waren auf dem Rücken zusammengekettet. Sobald er die Beine streckte, straffte sich dadurch die Kette und zog seine Schultern und den verletzten Kopf auf den Steinboden herunter. Sie mußten ihn zusammengeschlagen haben, als er bewußtlos war. Sein ganzer Körper war steif und zerschunden, und der Rücken schmerzte. Er fragte sich, ob er den Posten getötet hatte. Er hoffte es.

Über ihm schien das Licht. Es war groß und hell, wie in einer Klinik. Keine Möbel, nur weißgekalkte Wände und eine in Anthrazitgrau gestrichene Stahltür, die die gleiche Farbe wie manche moderne Londoner Häuser hatte. Nichts sonst. Überhaupt nichts. Nichts, worüber man nachdenken konnte, nur der wilde Schmerz.

Er mußte Stunden so gelegen sein, ehe sie kamen. Das Licht ließ es in der Zelle heiß werden, und er war durstig, aber er widerstand dem Wunsch, zu rufen. Schließlich öffnete sich die Tür, und da stand Mundt. Er erkannte Mundt an seinen Augen. Smiley hatte ihm von diesen Augen erzählt.

17

Mundt

Sie lösten die Fesseln und versuchten, ob er stehen konnte. Für einen Augenblick schien er fast dazu imstande zu sein. Aber als das Blut in Hände und Füße zurückkehrte, da die Gelenke von der langen Einschnürung befreit wurden, fiel er hin. Sie ließen ihn liegen und beobachteten ihn mit dem unbeteiligten Interesse von Kindern, die ein Insekt betrachten. Einer der Posten schob sich an Mundt vorbei und schrie Leamas an, aufzustehen. Leamas kroch zur Wand und stemmte die Innenflächen seiner schmerzenden Hände gegen die weiße Mauer. Er war schon beinahe auf den Beinen, als ihn der Posten trat, so daß er wieder zurückfiel. Er begann von neuem, sich hochzustemmen, und diesmal ließ ihn der Posten in Ruhe, bis er mit dem Rücken zur Mauer stand. Als Leamas sah, daß der Posten das Gewicht seines Körpers auf das linke Bein legte, wußte er, daß wieder ein Tritt kommen würde. Mit seinen ganzen noch vorhandenen Kräften warf er sich nach vorn und stieß seinen gesenkten Kopf dem Posten ins Gesicht. Sie stürzten zusammen, Leamas fiel obenauf. Der Posten rappelte sich auf, und Leamas wartete darauf, daß er es ihm heimzahlte. Aber Mundt sagte dann etwas zu dem Posten, und Leamas fühlte, wie man ihn an Schultern und Füßen aufhob, und er hörte seine Zellentür ins Schloß fallen, während sie ihn den Korridor hinuntertrugen. Er war sehr durstig.

Sie brachten ihn in ein kleines gemütliches Zimmer, das mit einem Schreibtisch und Klubsesseln hübsch eingerichtet war. Über die vergitterten Fenster waren zur Hälfte Sonnenblenden heruntergezogen. Mundt setzte sich an den Schreibtisch, und Leamas fiel in einen Klubsessel. Er hatte die Augen halb geschlossen. Die Posten stellten sich an die Tür.

»Geben Sie mir etwas zu trinken«, sagte Leamas.

»Whisky?«

»Wasser.«

An einem Waschbecken in der Ecke ließ Mundt eine Karaffe voll Wasser laufen und stellte sie zusammen mit einem Glas neben ihn.

»Bringen Sie ihm etwas zu essen«, befahl er, und einer der Posten verließ das Zimmer. Er kehrte mit einem Becher Suppe, in die eine Wurst hineingeschnitten war, zurück. Leamas trank und aß, wobei sie ihn schweigend beobachteten.

»Wo ist Fiedler?« fragte Leamas schließlich.

»Eingesperrt«, antwortete Mundt.

»Weswegen?«

»Wegen Verschwörung gegen die Sicherheit des Volkes.«

Leamas nickte langsam. »Sie haben also gewonnen«, sagte er. »Wann haben Sie ihn verhaftet?«

»Letzte Nacht.«

Leamas wartete einen Augenblick. Er versuchte, sich auf Mundt einzustellen.

»Was ist mit mir?« fragte er dann.

»Sie sind ein wesentlicher Zeuge. Sie werden freilich später selbst vor Gericht kommen.«

»Ich bin also Mitwirkender an einer Londoner Intrige, durch die Mundt verleumdet werden sollte, nicht wahr?«

Mundt nickte und zündete eine Zigarette an, die er durch einen Posten an Leamas weitergeben ließ. »Richtig«, sagte er. Der Posten kam heran und steckte Leamas die Zigarette mit nur widerwillig geleisteter Fürsorge zwischen die Lippen.

»Ein kompliziertes Unternehmen«, bemerkte Leamas. Töricht fügte er hinzu: »Sind doch schlaue Hunde, diese Chinesen.«

Mundt sagte nichts. Während des Verhörs konnte sich Leamas an die Pausen im Gespräch gewöhnen, die Mundt immer wieder einlegte. Mundt hatte eine recht angenehme Stimme, was Leamas nicht erwartet hatte, aber er sprach selten. Vielleicht war es eine der Erscheinungsformen von Mundts ausgeprägtem Selbstvertrauen, daß er nur sprach, wenn er etwas ganz Bestimmtes zu sagen wünschte, und daß er lieber ein langes Schweigen in Kauf nahm, als Austausch leerer Phrasen. Darin unterschied er sich von jenen beruflichen Vernehmern, die gerne Initiative entfalten, um eine bestimmte Atmosphäre zu schaffen, in der sie die psychologische Abhängigkeit des Gefangenen ausnützen können. Mundt verachtete jede eingefahrene Technik: Er war ein Mann der Tatsachen und der Tat. Leamas war das nicht unangenehm.

Mundts Erscheinung stimmte mit seinem Temperament überein. Er wirkte sehr sportlich. Sein blondes, kurzgeschnittenes Haar klebte stumpf und unordentlich an der Kopfhaut. Sein junges Gesicht hatte einen harten, klaren Zug und eine erschreckende Unmittelbarkeit. Es zeigte keinerlei Humor und hatte nichts Träumerisches. Er sah jung aus, aber nicht jugendlich. Auch ältere Männer nahmen ihn sicherlich ernst. Er war gut gebaut. Seine Anzüge paßten ihm, weil dieser Figur leicht etwas paßte. Es fiel Leamas keineswegs schwer, sich daran zu erinnern, daß Mundt ein Totschläger war. Er war von großer Kälte umgeben, von einer Aura rücksichtsloser Selbstgenügsamkeit, die ihn vollkommen für den Beruf des Mörders geeignet erscheinen ließ. Mundt war ein sehr harter Mann.

»Der andere Anklagepunkt, der Sie notfalls vor Gericht bringen wird«, fügte Mundt gelassen hinzu, »ist Mord.«

»Der Posten ist also gestorben, ja?« entgegnete Leamas. Ein bohrender Schmerz fuhr ihm durch den Kopf.

Mund nickte: »Angesichts dieser Tatsache ist das Verfahren gegen Sie wegen Spionage etwas theoretisch. Ich bin dafür, daß der Fall Fiedler öffentlich verhandelt wird. Das ist auch der Wunsch des Präsidiums.«

»Und Sie wollen mein Geständnis?«

»Ja.«

»Mit anderen Worten: Sie haben keine Beweise!«

»Wir werden Beweise haben. Und Ihr Geständnis werden wir auch haben.«

Es war keine Drohung in Mundts Stimme. Nichts Gekünsteltes. Kein theatralischer Trick.

»Andererseits könnte man Ihnen mildernde Umstände zubilligen. Sie sind vom Secret Service erpreßt worden; man hat Ihnen den Diebstahl von Geld vorgeworfen und Sie damit gezwungen, eine Falle gegen mich vorzubereiten. Das Gericht würde für diese Entschuldigung Verständnis haben.«

Leamas schien überrascht.

»Woher wissen Sie, daß man mir Unterschlagung vorgeworfen hat?« Aber Mundt gab keine Antwort.

»Fiedler ist sehr dumm gewesen«, bemerkte Mundt. »Sobald ich den Bericht von unserem Freund Peters las, wußte ich, warum Sie geschickt worden waren. Und ich wußte, daß Fiedler in die Falle gehen würde. Fiedler haßt mich sehr.« Mundt nickte, wie um die Wahrheit seiner Bemerkung zu betonen. »Ihre Leute wußten das natürlich. Es war eine sehr geschickt eingefädelte Sache. Wer hat sie vorbereitet? Smiley? Hat *er* das gemacht?«

Leamas sagte nichts.

»Sehen Sie, ich wollte den Bericht über Fiedlers Verhör mit Ihnen haben. Er sollte ihn mir schicken, aber er schob es immer wieder hinaus, und da wußte ich, daß ich recht hatte. Gestern verteilte er ihn dann im Präsidium, ohne mir einen Durchschlag zu schicken. Irgend jemand in London ist wirklich sehr schlau gewesen.«

Leamas sagte nichts.

»Wann haben Sie Smiley zuletzt gesehen?« fragte Mundt beiläufig. Leamas zögerte mit der Antwort. Er war unsicher, und sein Kopf schmerzte schrecklich.

»Wann haben Sie ihn zuletzt gesehen?« wiederholte Mundt.

»Ich kann mich nicht erinnern«, sagte Leamas schließlich. »Er war ja gar nicht mehr bei uns. Von Zeit zu Zeit kam er aber vorbei.«

»Er ist ein großer Freund Peter Guillams, nicht wahr?«

»Ich glaube, ja.«

»Sie äußerten bei Fiedler die Ansicht, Guillam habe die wirtschaftliche Lage in der DDR studiert. Eine einzelne kleine Unterabteilung in Ihrem Amt. Sie konnten nicht mit Gewißheit sagen, was da eigentlich gemacht wurde.«

»Ja.«

Das wilde Klopfen in seinem Kopf ließ die Geräusche und das Zimmer vor seinen Augen verschwimmen. Seine Augen waren heiß und schmerzten. Er fühlte sich krank.

»Nun, wann sahen Sie Smiley zuletzt?«

»Ich erinnere mich nicht ... ich kann mich nicht erinnern.«

Mundt schüttelte den Kopf.

»Sie haben ein sehr gutes Gedächtnis für alles, was mich belastet. Wir können uns alle erinnern, wann wir jemanden zuletzt gesehen haben. Sahen Sie ihn zum Beispiel nach Ihrer Rückkehr aus Berlin?«

»Ja. Ich glaube, ja. Ich traf ihn einmal im Rondell.«

Leamas hatte seine Augen geschlossen. Er schwitzte.

»Ich kann nicht mehr, Mundt ... Nicht mehr lange. Ich bin krank«, sagte er.

»Nachdem Ashe den Kontakt mit Ihnen aufgenommen hatte, nachdem er in die für ihn aufgebaute Falle gelaufen war, gingen Sie zusammen essen, nicht wahr?«

»Ja. Mittagessen.«

»Das dauerte bis vier Uhr. Wo sind Sie dann hingegangen?«

»Ich fuhr in die Innenstadt, glaube ich. Ich kann mich nicht genau erinnern ... Um Gottes willen, Mundt«, sagte er, indem er seinen Kopf mit der Hand hielt, »ich kann nicht mehr. Mein verdammter Kopf ist ...«

»Und wohin gingen Sie nachher? Warum strengten Sie sich derart an, Ihre Beschatter loszuwerden?«

Leamas sagte nichts, er keuchte in schweren Stößen und hatte den Kopf in die Hände gestützt.

»Beantworten Sie mir diese eine Frage, dann können Sie gehen. Sie bekommen ein Bett. Sie können schlafen, wenn Sie wollen. Sonst müssen Sie zurück in die Zelle, verstehen Sie? Sie werden wieder gefesselt, und man wird Sie wie ein Tier auf dem Boden füttern, verstehen Sie? Sagen Sie mir, wohin Sie gegangen sind?«

Das wilde Klopfen im Kopf verstärkte sich plötzlich, der Raum begann sich zu drehen. Er hörte Stimmen um sich herum und das Geräusch von Schritten. Gespensterhafte, lautlose Schatten schwebten heran und verschwanden. Jemand brüllte, aber nicht zu ihm. Die Tür war offen, er war sicher, daß jemand sie aufgemacht hatte. Das Zimmer war voll schreiender Menschen. Dann gingen sie wieder, einige waren schon vorher verschwunden. Er hörte sie abmarschieren, das Stampfen ihrer Füße war wie das Klopfen in seinem Kopf. Das Echo erstarb, und es herrschte Stille. Wie die Hand des Erbarmens selbst legte sich ein kühles Tuch über seine Stirn, und gütige Hände trugen ihn fort.

Er kam in einem Krankenbett zu sich, und an dessen Fußende stand Fiedler, der eine Zigarette rauchte.

18

Fiedler

Leamas machte eine Bestandsaufnahme seiner Umgebung. Ein Bett mit Laken. Ein Einzelzimmer, ohne Gitter vor den Fenstern. Nur Vorhänge und Milchglas. Blaßgrüne Wände, dunkelgrünes Linoleum. Und Fiedler, der ihn rauchend betrachtete.

Eine Schwester brachte ihm Essen: ein Ei, etwas dünne Suppe und Obst. Er fühlte sich sterbenselend, aber er dachte sich, es sei gut, wenn er etwas esse. Fiedler schaute ihm zu.

»Wie geht es Ihnen?« fragte er.

»Verdammt schlecht«, antwortete Leamas.

»Aber besser?«

»Ich glaube, ja.« Er zögerte. »Diese Kerle haben mich fertiggemacht.«

»Sie haben einen Posten getötet, wissen Sie das?«

»Ich dachte es mir. Aber was erwartet man sich, wenn man eine Aktion derart blödsinnig aufzieht? Warum hat man uns nicht sofort verhaftet? Wozu drehen sie überall das Licht ab? Wenn irgend etwas überorganisiert war, dann war es das.«

»Ich fürchte, daß wir als ganze Nation zum Überorganisieren neigen. Im Ausland heißt das dann Gründlichkeit.« Wieder gab es eine Pause.

»Was war mit Ihnen?« fragte Leamas.

»Ich wurde auch fürs Verhör präpariert.«

»Von Mundts Leuten?«

»Von Mundts Leuten und Mundt. Es war ein sehr eigenartiges Gefühl.«

»So kann man es auch ausdrücken.«

»Nein, nein. Nicht physisch. Physisch war es ein Alptraum. Aber, sehen Sie, Mundt hatte ein bestimmtes Interesse, mich zusammenzuschlagen. Ganz unabhängig vom Geständnis.«

»Weil Sie sich diese Geschichte ausgedacht haben von . . .«

»Weil ich Jude bin.«

»Großer Gott«, sagte Leamas weich.

»Allein deshalb bekam ich die Sonderbehandlung. Er sprach während der ganzen Zeit leise zu mir. Es war sehr eigenartig.«

»Was sagte er?«

Fiedler gab keine Antwort. Schließlich murmelte er:

»Das ist alles vorüber.«

»Warum? Was ist geschehen?«

»Am Tag unserer Verhaftung hatte ich beim Präsidium einen Haftbefehl gegen Mundt beantragt. Er sollte als Feind des Volkes verhaftet werden.«

»Aber Sie sind verrückt – ich habe es Ihnen gesagt, Sie sind wahnsinnig, Fiedler! Er wird niemals – «

»Es gab außer Ihrem Material andere Beweismittel gegen ihn. Material, das ich Stück für Stück während der letzten drei Jahre zusammengetragen habe. Ihre Aussage schloß die Beweiskette nur, das war alles. Sobald mir das klargeworden war, schrieb ich einen Bericht und schickte ihn außer an Mundt an jedes Mitglied des Präsidiums. Er ging beim Präsidium zusammen mit meinem Antrag auf den Haftbefehl ein.«

»Das war an dem Tag, an dem wir festgenommen wurden.«

»Ja. Ich wußte, daß Mundt kämpfen würde. Ich wußte, daß er im Präsidium Freunde hatte oder zumindest Jasager – Leute, die genügend eingeschüchtert waren, um mit meinem Bericht sofort zu ihm zu laufen. Und ich wußte, daß er am Ende verlieren würde. Das Präsidium hatte die Waffe zu seiner Vernichtung in Händen: es hatte den Bericht. Während der paar Tage, als Sie und ich verhört wurden, haben sie ihn wieder und wieder gelesen, bis sie überzeugt waren, daß alles der Wahrheit entsprach, und bis jeder wußte, daß es auch die anderen wußten. Schließlich handelten sie. Die gemeinsame Angst, ihre gemeinsame Schwäche und das gemeinsame Wissen hat sie zueinander getrieben, bis sie Front gegen ihn machten und ein Gerichtsverfahren befahlen.«

»Ein Gerichtsverfahren?«

»Geheim, natürlich. Das Gericht tritt morgen zusammen. Mundt steht unter Arrest.«

»Woraus besteht Ihr anderes Beweismaterial? Die Beweise, die Sie gesammelt haben?«

»Warten Sie ab«, entgegnete Fiedler mit einem Lächeln. »Das werden Sie morgen sehen.«

Fiedler schwieg eine Weile, während er Leamas beim Essen zusah.

»Wie wird diese Gerichtsverhandlung geführt?« fragte Leamas.

»Das ist Sache des Vorsitzenden. Es ist kein Volksgericht, das muß man im Auge behalten. Es hat mehr den Charakter eines Untersuchungsgerichtes. Wie eine Untersuchung, die von einem Ausschuß geführt wird. Ja, das ist es. Der Ausschuß wird vom Präsidium zu dem Zweck ernannt, eine bestimmte Sache zu untersuchen und darüber zu berichten. Sein Bericht enthält dann eine Empfehlung. In diesem Fall ist eine Empfehlung soviel wie ein Urteil, sie bleibt aber als Teil der Präsidialakten geheim.«

»Wie ist die Verfahrensweise? Gibt es Anwälte und Richter?«

»Es gibt drei Richter«, sagte Fiedler, »und praktisch auch eine Art Verteidigung. Ich persönlich werde morgen die Anklage gegen Mundt vertreten. Karden wird ihn verteidigen.«

»Wer ist Karden?«

Fiedler zögerte. »Ein sehr hartnäckiger Mann«, sagte er. »Sieht aber aus wie ein Landarzt, klein und gutmütig. Er war in Buchenwald.«

»Warum kann Mundt sich nicht selbst verteidigen?«

»Er wollte es lieber so. Man sagt, daß Karden einen Zeugen aufrufen wird.«

Leamas zuckte die Achseln. »Das ist Ihre Sache«, sagte er. Dann war wieder Stille.

Schließlich sagte Fiedler nachdenklich: »Ich würde ja gar nichts sagen, wenn er mich nur aus Haß oder Eifersucht gegen meine Person gequält hätte, verstehen Sie? Dieser endlose Schmerz, während man sich die ganze Zeit sagt: Entweder werde ich ohnmächtig oder ich kann den Schmerz ertragen, dafür wird die Natur schon sorgen. Und der Schmerz wächst; man hat dasselbe Gefühl wie ein Geiger, der die E-Saite hinaufklettert: Man meint, höher könne es nun einfach nicht mehr gehen, aber es geht immer höher – so ist es mit dem Schmerz. Er wächst und wächst, und die Natur tut nichts, als einen von Ton zu Ton weiterzuführen, als sei man ein taubes Kind, dem das Hören beigebracht wird. Und die ganze Zeit wispert er:

›Jude . . . Jude.‹ Ich könnte es bestimmt verstehen, wenn er es für die Idee oder für die Partei getan hätte oder einfach aus persönlichem Haß. Aber all das war es nicht. Er haßte . . .«

»Nun gut«, sagte Leamas kurz, »schließlich sollten Sie wissen, daß er ein Saukerl ist.«

»Ja«, sagte Fiedler, »das ist er.« Er schien erregt zu sein. Leamas hatte das Gefühl, Fiedler habe das Bedürfnis, vor jemandem zu prahlen.

»Ich habe viel an Sie gedacht«, setzte Fiedler hinzu. »Ich habe an das Gespräch gedacht, das wir hatten – Sie erinnern sich –, über den Motor?«

»Welchen Motor?«

Fiedler lächelte. »Entschuldigen Sie, das ist wörtlich übersetzt. Ich meine den Antrieb, den Geist, die Triebkraft – wie immer es Christen nennen.«

»Ich bin kein Christ.«

Fiedler zuckte die Achseln. »Sie wissen aber, was ich meine.« Er lächelte wieder. »Der Umstand, der Sie verwirrt . . . oder, ich will es lieber anders ausdrükken: Nehmen wir an, Mundt sei im Recht. Sie müssen wissen, daß er mich aufforderte, ein Geständnis abzulegen. Ich sollte gestehen, daß ich mit britischen Spionen im Bunde sei, die Mundts Ermordung planten. Sie verstehen die Beweisführung: daß die ganze Angelegenheit vom britischen Secret Service aufgezogen worden ist, um uns dahin zu bringen, daß wir den besten Mann in der ›Abteilung‹ liquidieren. Das Ganze sei nichts anderes, als der Versuch des Rondells, seinen Kampf gegen uns mit unseren eigenen Waffen zu führen.«

»Mundt hat das bei mir auch versucht«, sagte Leamas gleichgültig. Und er fügte hinzu: »Als ob die ganze verdammte Geschichte von mir ausgeheckt worden wäre.«

»Aber, was ich meine, ist folgendes: Nehmen wir an, Sie hätten wirklich so gehandelt – ich sage es nur als Beispiel, Sie verstehen –, aber nehmen wir einmal an, es wäre wahr: Würden Sie einen Mann töten – einen unschuldigen Mann?«

»Mundt ist nicht unschuldig. Er ist selbst ein Totschläger.«

»Nehmen wir an, er sei nicht gemeint. Nehmen wir an, ich sei das Opfer, auf das man es abgesehen hat: Würde London so etwas tun?«

»Es kommt darauf an... Es kommt auf die Notwendigkeit an...«

»Ah«, sagte Fiedler zufrieden, »es kommt also auf die Notwendigkeit an. Das ist genau wie Stalin. Sein Beispiel vom Verkehrsunfall und der Statistik. Das ist eine große Erleichterung.«

»Warum?«

»Sie müssen etwas schlafen«, sagte Fiedler. »Bestellen Sie sich zu essen, was Sie wollen. Man wird Ihnen jeden Wunsch erfüllen. Morgen können Sie erzählen.«

Als er an der Tür war, sah er zurück und sagte: »Es ist keinerlei Unterschied zwischen uns – das ist der eigentliche Witz, wissen Sie!«

Leamas war bald mit der zufriedenen Gewißheit eingeschlafen, daß Fiedler sein Verbündeter war und daß sie schon bald Mundt in den Tod schicken würden. Das war etwas, worauf er sich schon lange gefreut hatte.

19

Bezirkstreffen

Liz war gern in Leipzig. Das spartanische Leben gefiel ihr. Es gab ihr das beruhigende Gefühl, Opfer zu bringen. Das kleine Haus, in dem sie wohnte, war dunkel und ärmlich, das Essen war dürftig und das meiste davon mußte den Kindern gegeben werden. Sie sprachen bei jeder Mahlzeit über Politik, sie und Frau Ebert, die Parteisekretärin des Bezirkes Leipzig-Hohengrün. Sie war eine kleine, ergraute Frau, deren Mann eine Kiesgrube am Rand der Stadt leitete. Es war, als ob man in einer religiösen Gemeinschaft lebte, dachte Liz, in einem Kloster oder einem Kibbuz oder etwas Ähnlichem. Man hatte das Gefühl, der leere Magen verhelfe zu einer besseren Welt. Liz sprach etwas Deutsch. Sie hatte es von ihrer Tante gelernt. Und sie war überrascht, wie schnell sie imstande war, es zu gebrauchen. Sie versuchte es zuerst bei den Kindern, und sie lachten und halfen ihr. Die Kinder hatten sich ihr gegenüber anfänglich seltsam benommen, als sei sie eine berühmte Persönlichkeit oder von großem Seltensheitswert. Am dritten Tag faßte sich eines von ihnen ein Herz und fragte, ob sie Schokolade von ›drüben‹ mitgebracht habe. Daran hatte sie noch überhaupt nicht gedacht, und sie schämte sich jetzt. Danach schienen die Kinder sie vergessen zu haben.

An den Abenden gab es Parteiarbeit. Sie verteilten Literatur, suchten Bezirksmitglieder auf, die im Betrieb ihr Soll nicht erfüllt oder in ihrem Eifer beim Besuch von Parteiversammlungen nachgelassen hatten, nahmen beim Distrikt an einer Diskussion über ›Probleme der zentralen Verteilung von Landwirtschaftsprodukten‹ teil, bei der alle Sekretäre der Bezirksorganisation anwesend waren, und gingen zu einer Betriebsratssitzung einer Werkzeugmaschinenfabrik am Rande der Stadt.

Zuletzt, am vierten Tag, einem Donnerstag, kam ihre eigene Bezirksversammlung. Liz erhoffte sich davon die erfreulichste Erfahrung ihres Aufenthaltes, denn es würde ein Beispiel für all das sein, was aus ihrem eigenen Bezirk in Bayswater einmal werden könnte. Sie hatten für die Diskussion des Abends einen wundervollen Titel gefunden – ›Koexistenz nach zwei Kriegen‹ –, und sie erwarteten einen Rekordbesuch. Im ganzen Stadtviertel waren Rundschreiben verteilt worden, und sie hatten darauf geachtet, daß zur gleichen Zeit nicht etwa eine ähnliche Veranstaltung in der Nachbarschaft stattfand. Es war auch kein Tag mit verlängerter Ladenschlußzeit.

Sieben Leute kamen.

Sieben Leute und Liz, die Sekretärin der Bezirksorganisation und der Mann vom Kreis. Liz trug ein tapferes Gesicht zur Schau, war aber schrecklich betroffen. Sie konnte sich kaum auf den Redner konzentrieren, und als sie es versuchen wollte, verwendete er so kompliziert zusammengesetzte deutsche Worte, daß sie ihn ohnehin nicht verstand. Es war wie bei den Treffen in Bayswater oder wie bei dem Gottesdienst am Mittwoch abend, als sie noch regelmäßig die Kirche besuchte: die gleiche pflichteifrige kleine Gruppe verlorener Gesichter, die gleiche aufgeregte Befangenheit, das gleiche Gefühl, hier ruhe eine große Idee in den Händen von kleinen Leuten. Sie hatte bei diesen Veranstaltungen immer den gleichen Gedanken, und so schrecklich das wirklich war, so wünschte sie sich doch insgeheim, es möge einmal überhaupt niemand mehr zu diesen Treffen kommen, denn das wäre eine harte Tatsache gewesen und hätte irgendwie an Glaubensverfolgung und Erniedrigung erinnert – es wäre etwas gewesen, worauf man reagieren konnte.

Aber sieben Leute waren nichts. Sie waren schlimmer als nichts, weil sie der Beweis für die Trägheit der nicht zu erobernden Masse waren. Sie brachen einem das Herz.

Der Raum war besser als das Schulzimmer in Bayswater, aber selbst das war kein Trost. In Bayswater hatte es schon Spaß gemacht, überhaupt erst einmal einen Versammlungsraum zu finden. Am Anfang hatten sie deshalb immer so getan, als seien sie etwas anderes und nicht die Partei. Sie hatten die Hinterzimmer in Wirtschaften gemietet, einen Konferenzraum im Ardena-Café, oder sie hatten sich abwechselnd in ihren Wohnungen zu heimlichen Zusammenkünften getroffen. Dann war Bill Hazel von der Mittelschule zu ihnen gestoßen, und sie konnten sein Klassenzimmer benutzen. Selbst das war ein Risiko, denn der Rektor war in dem Glauben, Bill leite einen Theaterklub, so daß sie – wenigstens theoretisch – immer noch in der Gefahr schwebten, einmal hinausgeworfen zu werden. Das paßte aber noch immer besser zur Parteiarbeit, als diese Friedenshalle aus vorgefertigtem Beton mit den Rissen in allen Ecken und dem Leninbild. Warum hatten sie diese alberne Umrahmung um das Bild drapiert? Bündel von Orgelpfeifen, die aus den Ecken hervorsprossen, und Fähnchen, die schon ganz staubig waren. Es sah aus wie der Schmutz bei einem Faschistenbegräbnis. Manchmal dachte sie, daß Alec recht gehabt habe: man glaubte an Dinge, weil es für einen nötig war. Das, woran man glaubte, hatte an sich gar keinen Wert, es erfüllte von sich aus keine Aufgabe. Wie sagte er: »Ein Hund kratzt, wo es juckt. Verschiedene Hunde juckt es an verschiedenen Stellen.« Nein, das war falsch, Alec hatte nicht recht. Es war boshaft, so etwas zu sagen. Frieden, Freiheit und Gleichheit, das waren doch Tatsachen, natürlich waren sie das. Und dann die historischen Gesetze, deren Gültigkeit von der Partei bewiesen worden waren. Nein, Alec hatte nicht recht: es gab eine Wahrheit, die außerhalb der Menschen existierte. Das wurde durch die Geschichte bewiesen, und das Einzelwesen mußte sich ihr beugen oder notfalls zermalmt werden. Die Partei war die Vorhut der Geschichte, die Lanze im Kampf um den Frieden . . . Liz betete die Liturgie etwas unsicher herunter. Sie wünschte, es wären mehr Menschen gekommen. Sieben waren zuwenig. Sie sahen so verdrossen aus. Verdrossen und hungrig.

Als das Treffen beendet war, wartete Liz auf Frau Ebert, die unverkaufte Literatur von dem schweren Tisch bei der Tür wieder einsammelte, ihr Anwesenheitsbuch ausfüllte und den Mantel anzog, denn es war kalt an diesem Abend. Der Redner war schon vor der allgemeinen Diskussion – ziemlich unhöflich, dachte Liz – gegangen. Frau Ebert stand an der Tür und hatte ihre Hand auf dem Lichtschalter, als ein Mann aus der Dunkelheit auftauchte und im Eingang erschien. Für einen Augenblick glaubte Liz, es sei Ashe. Er war groß und blond und trug einen dieser Regenmäntel mit Lederknöpfen.

»Genossin Ebert?« erkundigte er sich.

»Ja?«

»Ich suche eine englische Genossin, Elisabeth Gold. Sie wohnt bei Ihnen?«

»Ich bin Elisabeth Gold«, warf Liz ein, und der Mann kam in den Saal und schloß die Tür hinter sich, so daß ihm das Licht voll ins Gesicht schien.

»Mein Name ist Holten, ich komme vom Kreis.« Er zeigte Frau Ebert, die noch an der Tür stand, ein Papier, und sie nickte und blickte ein wenig ängstlich auf Liz.

»Ich bin vom Präsidium ersucht worden, der Genossin Gold eine Nachricht zu überbringen«, sagte er. »Es betrifft eine Abänderung Ihres Programmes. Sie werden eingeladen, an einer Sondersitzung teilzunehmen.«

»Oh«, sagte Liz etwas benommen. Es erschien ihr seltsam, daß das Präsidium von ihr auch nur gehört haben sollte.

»Es ist eine Geste«, sagte Holten. »Nur um den guten Willen zu zeigen.«

»Aber ich – aber Frau Ebert . . .«, begann Liz hilflos.

»Ich bin sicher, daß die Genossin Ebert Sie unter diesen Umständen entschuldigen wird.«

»Selbstverständlich«, sagte Frau Ebert schnell.

»Wo wird die Sitzung stattfinden?«

»Sie müssen noch diese Nacht reisen«, erwiderte Holten. »Wir haben einen langen Weg vor uns. Fast bis nach Görlitz.«

»Görlitz ... Wo ist das?«

»Im Osten«, sagte Frau Ebert schnell. »An der polnischen Grenze.«

»Wir werden Sie jetzt nach Hause bringen. Sie können Ihre Sachen holen, und wir fahren dann sofort weiter.«

»Heute nacht? Jetzt?«

»Ja.«

Holten schien nicht der Meinung zu sein, daß Liz viele Möglichkeiten zu einer Entscheidung hatte.

Ein großer schwarzer Wagen wartete auf sie. Hinter dem Steuer saß ein Fahrer, und auf dem Kühler war ein Standartenhalter montiert. Es sah wie ein Militärfahrzeug aus.

20

Tribunal

Der Gerichtssaal war nicht größer als ein Schulraum. An dem einen Ende saßen Wachen und Wärter auf vier oder fünf Bänken, die man dort aufgestellt hatte, und zwischen ihnen die Zuschauer: Mitglieder des Präsidiums und ausgewählte Funktionäre. Am anderen Ende hatten die drei Mitglieder des Gerichts auf hochlehnigen Stühlen an einem unpolierten Eichenholztisch Platz genommen. Über ihnen hing an Drahtschlingen ein großer roter Stern aus Sperrholz von der Decke herab. Die Wände des Gerichtssaales waren weiß wie die Wände in der Zelle von Leamas.

Etwas vor dem Tisch, aber durch seine ganze Länge voneinander getrennt, saßen sich auf Stühlen zwei Männer gegenüber. Der eine war mittleren Alters, vielleicht sechzig, und trug einen schwarzen Anzug mit grauem Schlips, jene Art Kleidung, wie sie in deutschen Dörfern zum Kirchgang getragen wird. Der andere war Fiedler.

Leamas saß zwischen zwei Wächtern an der Rückwand des Raumes. Zwischen den Köpfen der Zuschauer hindurch konnte er Mundt sehen, der ebenfalls von Polizei umgeben war. Sein blondes Haar war sehr kurz geschnitten, und seine breiten Schultern steckten unter dem vertrauten Tuch eines Häftlingsanzuges.

Es schien Leamas ein bezeichnender Hinweis auf die Einstellung des Gerichtes – oder auf den Einfluß Fiedlers – zu sein, daß er selbst Zivilkleidung tragen durfte, während Mundt in der Gefangenenkluft dasaß.

Leamas saß noch nicht lange auf seinem Platz, als der Vorsitzende des Tribunals, der den Mittelplatz am Tisch einnahm, seine Glocke läutete. Dieser Klang lenkte den Blick von Leamas auf den Vorsitzenden, und ein Schauer lief ihm über die Haut, als er nun bemerkte, daß es eine Frau war. Es war verständlich, daß er dies nicht schon früher bemerkt hatte, denn sie war um die Fünzig, mit kleinen Augen, und ihr dunkles Haar war männlich kurz geschnitten, während ihre Kleidung aus jener Art schwarzem Waffenrock bestand, den manche Sowjetfrauen bevorzugen. Sie ließ einen scharfen Blick durch den Raum schweifen, bedeutete dann einem Posten durch Kopfnicken, die Tür zu schließen, und wandte sich sofort, ohne weiteres Zeremoniell, an die Versammelten:

»Sie alle wissen, warum wir hier sind. Das Verfahren ist geheim, beachten Sie das. Dies ist ein Gericht, das vom Präsidum einberufen wurde, und allein dem Präsidium sind wir verantwortlich. Wir werden die Beweise würdigen, wie wir es für richtig halten.« Sie zeigte mit einer Routinebewegung ihrer Hand auf Fiedler: »Genosse Fiedler, es ist am besten, wenn Sie beginnen.«

Fiedler stand auf. Während er sich kurz zum Tisch hin verbeugte, zog er aus seiner Aktentasche einen Stoß Papiere, der von einem Stück schwarzer Schnur zusammengehalten wurde.

Er sprach ruhig und mühelos, mit einer Zurückhaltung, wie Leamas sie an ihm vorher noch nicht wahrgenommen hatte. Leamas empfand es als eine große Leistung, wie sich Fiedler der Rolle eines Mannes anpaßte, der mit Bedauern einen Vorgesetzten hängt.

»Falls Sie nicht bereits darüber informiert sind, möchte ich Sie zunächst darauf hinweisen«, begann Fiedler, »daß ich an demselben Tag, an dem das Präsidium meinen Bericht über die Umtriebe des Genossen Mundt erhielt, zusammen mit dem Informanten Leamas verhaftet worden bin. Wir wurden beide eingesperrt und – nun, sagen wir – aufgefordert, und zwar unter äußerstem Druck, ein Geständnis darüber abzulegen, daß die in meinem Bericht erhobene schreckliche Anklage nichts anderes als ein faschistisches Komplott gegen einen treuen Genossen sei.

Sie können aus dem vorliegenden Bericht ersehen, auf welche Weise wir auf Leamas aufmerksam geworden sind: Wir selbst haben ihn ausgewählt, dazu überredet, Verrat zu begehen, und ihn schließlich ins Demokratische Deutschland gebracht. Nichts könnte klarer die Unvoreingenommenheit von Leamas demonstrieren, als daß er es noch immer bestreitet, daß Mundt ein britischer Agent war. Die Gründe, die er für die Ablehnung angibt, werde ich noch erläutern. Es ist deshalb grotesk, anzunehmen, daß Leamas ein Werkzeug in fremder Hand sei: die Initiative ging von uns aus, und die fragmentarische, aber wesentliche Aussage von Leamas liefert nur den endgültigen Beweis in einer ganzen Kette von Verdachtsmomenten, die sich innerhalb der letzten Jahre ergeben haben.

Sie haben die Niederschrift dieses Falles vor sich.

Ich brauche Ihnen deshalb nur noch Tatsachen zu erläutern, die Ihnen bereits bekannt sind.

Die Anklage gegen den Genossen Mundt lautet auf Spionage für eine imperialistische Macht. Ich hätte die Anklage anders vorbringen können – daß er Informationen an den britischen Geheimdienst lieferte, daß er seine Dienststelle zum ahnungslosen Lakaien eines bourgeoisen Staates machte, daß er mit voller Überlegung revanchistische und parteifeindliche Gruppen deckte und als Entgelt Beträge in ausländischer Währung annahm. Diese anderen Beschuldigungen sind alle in dem ersten Anklagepunkt zusammengefaßt: daß Hans-Dieter Mundt nämlich der Agent einer imperialistischen Macht sei. Die Strafe für dieses Verbrechen ist der Tod. Es gibt nach unserem Strafgesetz kein schwereres Verbrechen, keines, das unseren Staat mehr gefährdet oder unseren Parteiorganisationen größere Wachsamkeit abverlangt...«

Hier legte er die Papiere nieder.

»Genosse Mundt ist zweiundvierzig Jahre alt. Er ist stellvertretender Leiter des Amtes für Staatssicherheit. Er ist unverheiratet. Er ist stets als Mann von außerordentlichen Fähigkeiten angesehen worden, der unermüdlich den Parteiinteressen gedient und sie ohne Rücksichtnahme beschützt hat.

Lassen Sie mich einige Einzelheiten aus seiner Laufbahn berichten. Er trat mit achtundzwanzig Jahren in den Dienst dieser Behörde ein und erhielt die übliche Ausbildung. Nach Ablauf der Probezeit erfüllte er Sonderaufträge in skandinavischen Ländern – insbesondere in Norwegen, Schweden und Finnland –, wo es ihm gelang, durch Errichtung eines Aufklärungsnetzes den Kampf gegen die faschistischen Agitatoren in das Feindeslager vorzutragen. Er führte seinen Auftrag gut aus, und es besteht kein Grund zu der Annahme, daß er zu dieser Zeit etwas anderes gewesen sein soll als ein fleißiges Mitglied seiner Behörde. Aber, Genossen, Sie sollten diese frühe Verbindung zu Skandinavien nicht aus dem Auge verlieren. Denn diese Netze, die von Genossen Mundt bald nach dem Krieg aufgebaut wurden, lieferten ihm viele Jahre später den Vorwand für Reisen nach Finnland und Norwegen. Nun benutzte er seine Verbindungen nur noch als Deckmantel, unter dessen Schutz er bei ausländischen Banken Tausende von Dollar als Lohn für sein verräterisches Handeln in Empfang nehmen konnte. Geben Sie sich keinem Irrtum hin: Genosse Mundt ist nicht etwa ein Opfer jener Leute geworden, die der überzeugenden Gesetzmäßigkeit des historischen Geschehens entgegenzutreten versuchen. Erst Feigheit, dann Schwäche, dann Habgier: das sind seine Motive gewesen. Sein Traum war es, Reichtümer zu raffen. Ironischerweise wurde die Macht der Gerechtigkeit gerade durch das ausgeklügelte System auf seine Spur gebracht, durch das seine Geldgier befriedigt werden sollte.«

Fiedler machte eine Pause und schaute sich im Raum um. Seine Augen glühten vor Leidenschaft. Leamas war von ihm fasziniert.

»Es soll all jenen Feinden des Staates eine Lehre sein«, rief Fiedler erregt, »deren Verbrechen so schmutzig sind, daß sie ihre Pläne in den geheimen Stunden der Nacht schmieden müssen.«

Ein pflichteifrig zustimmendes Murmeln stieg aus der Zuschauergruppe am Ende des Raumes auf.

»Sie alle werden der Wachsamkeit des Volkes, dessen Blut sie verkaufen möchten, nicht entgehen!« Es hörte sich an, als wollte Fiedler zu einer großen Menschenmenge sprechen, und nicht zu dieser Handvoll von Funktionären und Posten, die in dem kleinen Zimmer versammelt war.

In diesem Augenblick begriff Leamas, daß Fiedler kein Risiko eingehen wollte: Die Haltung des Gerichtes, der Staatsanwaltschaft und der Zeugen mußte politisch untadelig sein. Da sich Fiedler zweifellos im klaren darüber war, daß in solchen Fällen wie diesem immer die Gefahr einer anschließenden Gegenklage schlummerte, versuchte er schon jetzt, seinen Rükken zu decken: Seine Rede wurde ja Bestandteil des Protokolls, und es hätte eines sehr tapferen Mannes bedurft, wenn jemand sie später widerlegen wollte.

Fiedler öffnete nunmehr die Akte, die auf dem Tisch vor ihm lag.

»Ende 1956 wurde Mundt als Mitglied der Deutschen Stahlmission nach London geschickt. Er hatte zusätzlich den Sonderauftrag, Maßnahmen gegen die Umtriebe von Exilgruppen zu treffen. Im Verlauf dieser Tätigkeit setzte er sich großen Gefahren aus – darüber besteht kein Zweifel – und er erzielte wertvolle Ergebnisse.«

Leamas' Aufmerksamkeit wurde wieder auf die drei Personen am Mitteltisch gelenkt. Links von der Vorsitzenden ein ziemlich junger Mann, dunkler Typ. Seine Augen schienen halb geschlossen zu sein. Er hatte strähniges, widerspenstiges Haar und die blaßgraue Gesichtsfarbe eines Asketen. Seine schlanken Finger spielten unermüdlich mit der Ecke eines vor ihm liegenden Aktenstapels. Leamas nahm an, daß er auf Mundts Seite stand, ohne daß er einen Grund für diese Vermutung hätte angeben können. Auf der anderen Seite des Tisches saß ein etwas älterer Mann mit angehender Glatze und offenem, angenehmem Gesicht. Ein ziemlicher Esel, dachte Leamas. Er vermutete, Mundt werde im Fall eines Zweifels an seiner Schuld von dem jungen Mann verteidigt und von der Frau verurteilt werden. Der zweite Mann würde dann durch diese Meinungsverschiedenheit in Verlegenheit geraten und sich der Vorsitzenden anschließen.

Fiedler sprach wieder.

»Am Ende seiner Dienstzeit in London wurde er vom Gegner angeworben. Ich sagte schon, daß er sich großen Gefahren aussetzte. Dabei geriet er in Konflikt mit der britischen Geheimpolizei, und man erließ einen Haftbefehl gegen ihn. Mundt, der nicht unter diplomatischer Immunität stand – der NATO-Staat England erkennt unsere Souveränität nicht an –, mußte untertauchen, denn alle Häfen wurden beobachtet, und seine Fotografie mit einer Personenbeschreibung überall auf den Britischen Inseln verbreitet. Dennoch nahm Genosse Mundt nach zwei Tagen im Versteck ein Taxi zum Londoner Flughafen und flog nach Berlin. ›Brillant‹, werden Sie sagen, und so war es auch. Angesichts der ganzen alarmierten britischen Polizei, trotz ständiger Überwachung der Straßen, Eisenbahnen, Schiffahrts- und Luftlinien besteigt Genosse Mundt auf dem Londoner Flughafen ein Flugzeug. Brillant, in der Tat. Oder vielleicht werden Sie fühlen, Genossen, wenn Sie die Sache nachträglich überlegen, daß Mundts Flucht aus England ein wenig zu brillant, ein wenig zu leicht war, ja, daß sie ohne Duldung der britischen Behörden überhaupt nie möglich gewesen wäre!« Wieder erhob sich im hinteren Teil des Raumes ein Murmeln, spontaner als zuvor.

»Die Wahrheit ist dies: Mundt ist von den Engländern gefaßt worden. In einem kurzen, entscheidenden Verhör boten sie ihm die klassische Alternative an. Sollte er Jahre in einem britischen Gefängnis verbringen, seine glänzende Laufbahn auf diese Art beendet sehen, oder würde er entgegen allen Erwartungen auf dramatische Weise in seine Heimat zurückkehren und dadurch die kühnen, in ihn gesetzten Hoffnungen seiner Vorgesetzten noch übertreffen? Freilich setzten die Engländer vor seine Rückkehr noch eine Bedingung: Er sollte versprechen, sie mit Informationen zu versehen. Und sie sagten zu, ihm dafür große Geldbeträge zukommen zu lassen. Mundt ist also mit Zucker von vorn und der Peitsche von hinten angeworben worden.

Von nun an lag es im Interesse der Briten, Mundts Karriere zu fördern. Wir können noch nicht nachweisen, ob Mundts Erfolge bei der Liquidierung von unbedeutenderen Agenten des Westens auf die Hilfe seiner imperialistischen Herren zurückgehen, die ihre eigenen, entbehrlicheren Mitarbeiter opferten, um Mundts Prestige zu erhöhen. Wir können es nicht nachweisen, das vorliegende Material legt uns diese Annahme aber nahe.

Seit 1960 – dem Jahre, da Genosse Mundt Leiter des Abwehramtes geworden ist – haben uns fortwährend Hinweise aus aller Welt erreicht, daß ein hochgestellter Spion in unseren Reihen sein müsse. Sie alle wissen, daß Karl Riemeck ein Spion war. Wir glaubten, daß mit ihm das Übel ausgerottet sein werde. Aber die Gerüchte hielten sich weiter.

Gegen Ende des Jahres 1960 nahm ein früherer Mitarbeiter von uns im Libanon Kontakt zu einem Engländer auf, von dem bekannt war, daß er Verbindung zum Secret Service hatte. Er bot ihm, wie wir bald danach erfuhren, einen vollständigen Aufriß jener beiden Büros der ›Abteilung‹ an, für die er früher gearbeitet hatte. Sein Angebot wurde nach einer Rückfrage in London abgewiesen. Das konnte nur heißen, daß die Engländer dieses Material bereits besaßen.

Von Mitte 1960 an verloren wir im Ausland Mitarbeiter in alarmierendem Ausmaß. Sie wurden oft wenige Wochen nach ihrer Entsendung verhaftet. Manchmal versuchte der Feind, unsere Leute umzudrehen. Aber nicht oft. Es schien, als habe man daran kaum Interesse.

Und dann – es war im Frühjahr 1961, wenn mein Gedächtnis nicht trügt – hatten wir Glück. Wir erhielten auf Wegen, über die ich mich nicht auslassen möchte, eine Zusammenfassung der Informationen, die das Secret Service bisher über die ›Abteilung‹ bekommen hatte. Diese Informationen waren vollständig, genau und sie entsprachen in verblüffender Weise dem neuesten Stand. Ich zeigte es natürlich Mundt, da er mein Vorgesetzter war. Er sagte mir, es sei keine Überraschung für ihn: Er habe schon gewisse Ermittlungen eingeleitet, und ich solle nichts unternehmen, da sich das störend auswirken könne. Ich gestehe, daß mir in diesem Moment der Gedanke durch den Kopf ging, abwegig und phantasisch wie er war, daß Mundt womöglich selbst die Informationen geliefert habe. Es gab auch noch andere Hinweise ...

Ich brauche Ihnen kaum zu sagen, daß der allerletzte Mann, den man der Spionage verdächtigen würde, der Leiter der Abwehr ist. Der Gedanke ist so entsetzlich, so bombastisch, daß nur wenige ihn fassen würden, geschweige denn, daß sie ihn auszusprechen wagen. Ich gestehe, daß ich mich selbst eines übermäßigen Widerstrebens schuldig gemacht habe, als ich mich weigerte, eine scheinbar so phantastische Folgerung zu ziehen. Das war leider ein Irrtum.

Aber, Genossen, der endgültige Beweis ist uns in die Hand gegeben worden. Ich beantrage, diesen Zeugen jetzt einzuvernehmen.« Er wandte sich um und blickte zum hinteren Teil des Raumes. »Bringt Leamas nach vorn.«

Die Posten beiderseits von ihm erhoben sich, und Leamas quetschte sich an seinen Banknachbarn vorbei zu dem Gang, der in der Breite eines halben Meters zwischen den Bänken freigelassen worden war. Ein Posten bedeutete ihm, daß er sich mit dem Gesicht zu den Richtern vor den Tisch stellen solle. Fiedler stand nicht mehr als zwei Meter von ihm entfernt. Zunächst richtete die Vorsitzende das Wort an ihn.

»Zeuge, wie ist Ihr Name?« fragte sie.
»Alec Leamas.«
»Wie alt sind Sie?«
»Fünfzig.«
»Sind Sie verheiratet?«
»Nein.«
»Aber Sie waren es.«
»Jetzt bin ich es nicht.«

»Ihr Beruf?«

»Bibliotheksassistent.«

Fiedler intervenierte verärgert. »Sie waren aber früher beim britischen Geheimdienst angestellt, oder?« stieß er hervor.

»Jawohl. Bis vor einem Jahr.«

»Das Gericht hat den Bericht Ihres Verhörs gelesen«, fuhr Fiedler fort. »Ich möchte, daß Sie dem Gericht nochmals die Unterhaltung schildern, die Sie mit Peter Guillam irgendwann im Mai letzten Jahres hatten.«

»Sie meinen, als wir von Mundt sprachen?«

»Ja.«

»Ich habe es Ihnen erzählt: Im Rondell, das ist unsere Zentrale in London, lief mir Peter auf dem Korridor in den Weg. Ich wußte, daß er mit dem Fall Fennan zu tun gehabt hatte. Ich fragte ihn, was aus George Smiley geworden wäre. Wir kamen dann auf Dieter Frey zu sprechen, der gestorben, und Mundt, der in den Fall verwickelt war. Peter sagte, nach seiner Meinung habe Maston nicht gewünscht, daß Mundt gefaßt werde – Maston war es, der damals die Sache unter sich hatte.«

»Wie erklären Sie sich das?« fragte Fiedler.

»Ich wußte, daß Maston den Fall Fennan ziemlich verwirrt hatte. Ich nahm an, er wolle vermeiden, daß durch Mundts Erscheinen vor Gericht Staub aufgewirbelt würde.«

»Wäre Mundt im Fall seiner Verhaftung vor einem regulären Gericht angeklagt worden?« schaltete sich wieder die Vorsitzende ein.

»Das wäre darauf angekommen, wer ihn faßte. Wenn die Polizei ihn erwischt hätte, wäre ans Innenministerium Meldung gemacht worden. Danach hätte keine Macht der Erde mehr die Anklage gegen ihn unterdrücken können.«

»Und wenn Ihr Geheimdienst ihn gefaßt hätte?« erkundigte sich Fiedler.

»Oh, das ist etwas anderes. Wahrscheinlich hätte man ihn verhört und dann gegen einen unserer hochgegangenen Leute auszutauschen versucht. Oder man hätte ihm gleich eine Fahrkarte gegeben.«

»Was heißt das?«

»Man hätte ihn abgestoßen.«

»Ihn liquidiert?« Fiedler stellte jetzt alle Fragen, und die Mitglieder des Gerichtes schrieben eifrig in ihren Akten.

»Ich weiß nicht, was man da macht. Ich habe mit solchen Dingen nie etwas zu tun gehabt.«

»Ist es nicht möglich, daß man versucht hat, ihn umzudrehen?«

»Möglich schon. Aber sie hatten keinen Erfolg.«

»Woher wissen Sie das?«

»Ach, du meine Güte, ich habe Ihnen das immer wieder erklärt. Ich bin schließlich nicht nur ein untergeordneter Mann gewesen. Ich war viele Jahre lang Leiter der Berliner Organisation. Wenn Mundt einer von unseren Leuten gewesen wäre, hätte ich das gewußt. Ich hätte gar nicht anders gekonnt, als es zu wissen.«

»Ganz recht.«

Fiedler schien mit dieser Antwort zufrieden zu sein, vielleicht weil er davon überzeugt war, daß der Rest des Gerichtes nicht damit zufrieden sein konnte. Er wandte sich nun der Operation ›Rollstein‹ zu, ließ Leamas eine Schilderung der besonderen Sicherheitsmaßnahmen geben, die für die Bearbeitung des Aktes erlassen worden waren, fragte ihn nach den Briefen an die Banken in Stockholm und Helsinki, und berichtete von der Antwort, die darauf eingetroffen war.

Indem er sich an das Gericht wandte, erklärte er dann: »Aus Helsinki haben wir keine Antwort bekommen. Ich weiß nicht, warum. Aber erlauben Sie mir, daß ich den ganzen Vorgang noch einmal zusammenfassend wiederhole: Leamas deponierte am 15. Juni Geld. Unter den Papieren, die Sie vor sich haben, befindet sich das Faksimile eines Briefes der Königlich-Skandinavischen Bank, adressiert an Robert Lang. Robert Lang war der Name, unter dem Leamas das Kopenhagener Depositenkonto eröffnete. Aus diesem Brief (er trägt die Nummer zwölf in Ihren Akten) geht hervor, daß die ganze Summe von zehntausend Dollar eine Woche nach Eröffnung des Kontos vom zweiten Verfügungsberechtigten wieder abgehoben worden ist. Ich denke«, fuhr Fiedler fort, wobei er mit dem Kopf auf die bewegungslose Gestalt Mundts in der vorderen Reihe deutete, »es wird vom Angeklagten nicht bestritten werden, daß er am 21. Juni in Kopenhagen war, angeblich zur Ausführung eines Geheimauftrages der ›Abteilung‹.«

Nach einer kleinen Pause fuhr er fort:

»Leamas' Reise nach Helsinki – die zweite, die er machte, um Geld zu deponieren – fand um den 24. September herum statt.« Er erhob seine Stimme und blickte direkt auf Mundt. »Am 3. Oktober unternahm Genosse Mundt eine geheime Reise nach Finnland – angeblich wieder im Interesse der ›Abteilung‹.« Es war still. Fiedler drehte sich langsam um und sprach nun wieder direkt zu den Richtern. In gedämpftem und zugleich drohendem Ton fragte er: »Haben Sie den Eindruck, daß dies nur Indizienbeweise seien? Erlauben Sie mir, daß ich Ihnen noch etwas ins Gedächtnis rufe.«

Er wandte sich wieder an Leamas: »Zeuge, während Ihrer Tätigkeit in Berlin kamen Sie mit Karl Riemeck, dem früheren Sekretär beim Präsidium der Sozialistischen Einheitspartei, in Verbindung. Welchen Charakter hatte diese Verbindung?«

»Er war mein Agent, bis er von Mundts Leuten erschossen wurde.«

»Ganz richtig. Er wurde von Mundts Leuten erschossen. Einer von mehreren Spionen, die kurz und bündig von dem Genossen Mundt liquidiert wurden, noch ehe sie verhört werden konnten. Aber bevor er von Mundts Leuten erschossen wurde, war er Agent des britischen Geheimdienstes?«

Leamas nickte.

»Schildern Sie Riemecks Zusammenkunft mit dem Mann, den Sie ›Chef‹ nennen.«

»Der Chef kam von London nach Berlin herüber, um Karl zu sprechen. Karl war wohl einer der ergiebigsten unserer Agenten, und der Chef wollte ihn treffen.«

Fiedler schaltete ein: »Ihm wurde wohl auch am meisten vertraut?«

»Ja. In London wurde Karl direkt geliebt, es gab nichts, was er hätte falsch machen können. Als der Chef herüberkam, arrangierte ich ein Treffen in meiner Wohnung. Wir aßen dort zu dritt. Mir war es eigentlich nicht recht, daß Karl in meine Wohnung kam, aber das konnte ich dem Chef nicht sagen. Es ist schwer zu erklären, aber in London sitzt man so weit vom Schuß, und es bilden sich ganz bestimmte Vorstellungen heraus – ich hatte entsetzliche Angst, sie würden plötzlich irgendeine Ausrede finden, um die Führung Karls selbst zu übernehmen. Sie sind durchaus imstande, so etwas zu machen.«

»So haben Sie also eine Zusammenkunft zu dritt arrangiert«, unterbrach Fiedler kurz angebunden. »Was geschah?«

»Der Chef bat mich vorher, ihn unauffällig mit Karl eine Viertelstunde allein zu lassen. Deshalb tat ich dann irgendwann im Laufe des Abends so, als hätten wir keinen Scotch mehr. Ich verließ die Wohnung und ging zu de Jong. Ich nahm dort noch einige Drinks, borgte mir eine Flasche aus, und kehrte zurück.«

»Wie fanden Sie sie vor?«

»Was meinen Sie?«

»Sprachen der Chef und Riemeck noch miteinander? Wenn ja, worüber sprachen sie?«

»Sie sprachen überhaupt nicht, als ich zurückkam.«

»Danke. Sie können sich setzen.«

Leamas kehrte auf seinen Platz zurück.

Fiedler wandte sich den drei Mitgliedern des Gerichtes zu und begann: »Ich möchte zuerst über den Spion Riemeck sprechen, der erschossen wurde: Sie haben eine nach der Erinnerung von Leamas zusammengestellte Liste aller jener Informationen vor sich, die Riemeck in Berlin an Alec Leamas übergeben hat, soweit sich Leamas noch daran erinnern kann. Es ist ein beachtliches Dokument des Verrates. Lassen Sie mich das Material für Sie zusammenfassen. Riemeck gab seinen Herren einen detaillierten Überblick über die Arbeit und das Personal der gesamten ›Abteilung‹. Er war in der Lage, wenn man Leamas Glauben schenken darf, die Vorgänge in unseren geheimsten Sitzungen zu berichten. Als Sekretär beim Präsidium gab er Protokolle von den geheimsten Verhandlungen preis. Das war leicht für ihn; er stellte selbst den Bericht über jede Sitzung zusammen. Aber wie Riemeck Zugang zu den Geheimsachen der Abteilung gefunden hat, ist eine andere Frage. Wer brachte Ende 1959 Riemeck in den Ausschuß für Staatssicherheit, diesen wichtigen Unterausschuß des Präsidiums, der die Angelegenheiten unserer Sicherheitsorgane koordiniert und behandelt? Wer machte den Vorschlag, daß Riemeck das Recht auf Zugang zu den Akten der ›Abteilung‹ bekommen solle? Wer wählte ihn während jeder Etappe seiner Laufbahn seit 1959 (dem Jahr, da Mundt aus England zurückkehrte, Sie erinnern sich) für Stellungen von außerordentlicher Verantwortlichkeit aus? – Ich will es Ihnen sagen«, rief Fiedler: »Derselbe Mann, der durch seine Stellung einzigartige Möglichkeiten hatte, ihn in seiner Spionagearbeit decken zu können: Hans-Dieter Mundt! Wir wollen uns noch einmal ins Gedächtnis zurückrufen, wie Riemeck den Kontakt zum britischen Geheimdienst in Berlin aufnahm – wie er den Wagen de Jongs bei einem Picknick aufstöberte, um den Film hineinzulegen. Sind Sie nicht erstaunt über Riemecks hellseherische Fähigkeiten? Wie konnte er herausbekommen haben, wo dieser Wagen zu finden war und an welchem Tag? Riemeck hatte selbst keinen Wagen, er konnte de Jong nicht von dessen Haus in West-Berlin aus gefolgt sein. Es gab nur eine Möglichkeit, woher er es wissen konnte – durch die Vermittlung unserer eigenen Sicherheitspolizei, die de Jongs Anwesenheit routinemäßig zu melden hatte, sobald der Wagen den Sektorenübergang passiert hatte. Dieses Wissen war Mundt zugänglich, und Mundt stellte es Riemeck zur Verfügung. Dies ist der Beweis gegen Hans-Dieter-Mundt. Ich versichere Ihnen: Riemeck war seine Kreatur, das Bindeglied zwischen Mundt und seinen imperialistischen Auftraggebern.«

Nach einer Pause setzte Fiedler ruhig hinzu:

»Mundt–Riemeck–Leamas: das war die Kette, und es ist ein Grundsatz der Aufklärungsarbeit in der ganzen Welt, daß jedes Glied der Kette so wenig wie möglich von den anderen weiß. Es ist deshalb ganz in Ordnung, wenn Leamas behauptet, er wisse nichts über eine Mitarbeit von Mundt: Das ist nichts anderes als ein Beweis dafür, wie gut man in London die einzelnen Stationen gegeneinander abzuschirmen verstand.

Sie sind weiter davon unterrichtet worden, daß der ganze Fall ›Rollstein‹ mit besonderen Sicherheitsmaßnahmen umgeben wurde, und ferner, daß Leamas in sehr ungenauen Vorstellungen von der Abteilung Peter Guillams vermutete, sie befasse sich mit der wirtschaftlichen Situation in unserer Republik. Es klingt überraschend, daß eine angeblich nur mit Wirtschaftsfragen befaßte Abteilung auf der Verteilerliste von ›Rollstein‹ stand. Erlauben Sie mir den Hinweis, daß derselbe Peter Guillam einer von jenen britischen Sicherheitsoffizieren war, die Mundts Tätigkeit in England zu untersuchen hatten.«

Der junge Mann am Tisch hob seinen Bleistift und fragte, indem er Fiedler mit harten, kalten, weit offenen Augen ansah: »Warum wurde Riemeck dann von Mundt liquidiert, wenn Riemeck doch sein Agent war?«

»Mundt konnte nicht anders. Riemeck stand unter Verdacht. Seine Freundin hatte ihn durch indiskrete Prahlerei verraten. Mundt gab den Befehl, ihn bei seinem Auftauchen sofort zu erschießen, und veranlaßte Riemeck zur Flucht. Damit war für Mundt die Gefahr, verraten zu werden, ausgeschaltet. Später ließ Mundt dann die Frau ermorden.

Ich möchte einmal kurz Mundts Technik beleuchten: Im Anschluß an seine Rückkehr nach Deutschland, im Jahre 1959, begann für den britischen Geheimdienst zunächst einmal ein Geduldsspiel. Mundts Bereitschaft zur Zusammenarbeit mußte erst noch bewiesen werden. Man gab ihm deshalb Anweisungen und wartete. Man beschränkte sich darauf, das Geld zu zahlen und das Beste zu hoffen. Zu dieser Zeit war Mundt weder in unserem Amt noch in unserer Partei in leitender Stellung, aber er bekam doch eine Menge zu sehen, und was er sah, wurde weitergegeben. Natürlich hielt er die Verbindung zu seinen Herren ohne fremde Hilfe aufrecht. Wir müssen annehmen, daß man ihn in West-Berlin traf, oder daß man bei seinen kurzen Reisen ins Ausland nach Skandinavien und anderswohin Fühlung mit ihm aufnahm. Die Engländer waren am Anfang sehr auf ihrer Hut – wer wäre das nicht –, sie prüften seine Informationen mit peinlicher Sorgfalt an dem, was sie schon wußten. Sie fürchteten zweifellos, daß er ein doppeltes Spiel treiben könnte. Aber allmählich merkten sie, daß sie eine Goldgrube erschlossen hatten. Mundt widmete sich seiner verräterischen Arbeit mit der systematischen Genauigkeit, für die er bekannt ist. Was jetzt folgt, Genossen, ist zwar nur eine Vermutung, aber sie basiert auf langjähriger Erfahrung mit dieser

Art Arbeit und auf der Aussage von Leamas: In den ersten Monaten wagten die Engländer nicht, um Mundt herum ein Netz aufzubauen. Sie hielten ihn als einsamen Wolf in ihren Diensten und zahlten und unterwiesen ihn unabhängig von ihrer Berliner Organisation. Sie bildeten in London unter Guillam, der ja Mundt in London angeworben hatte, eine kleine Abteilung, deren Aufgaben sogar innerhalb der Organisation geheimgehalten wurden und außer einem beschränkten Personenkreis niemandem bekannt waren. Sie bezahlten Mundt mittels eines eigenen Systems, daß sie ›Rollstein‹ nannten, und behandelten seine Informationen zweifellos mit äußerster Vorsicht. Die Beteuerungen von Leamas, daß ihm die Tätigkeit Mundts unbekannt gewesen sei, steht also keineswegs in Widerspruch zu der Tatsache, von der Sie gleich hören werden, daß er ihn nämlich nicht nur bezahlte, sondern daß es praktisch auch Mundts Material war, das er aus den Händen von Riemeck entgegennahm, um es nach London weiterzugeben.

Gegen Ende 1959 informierte Mundt seine Auftraggeber in London, daß er innerhalb des Präsidiums einen Mann gefunden habe, der als Vermittler zwischen ihm und London fungieren werde. Dieser Mann war Karl Riemeck.

Wie fand Mundt zu Riemeck? Wie konnte er es wagen, Riemeck zu einer derartigen Zusammenarbeit aufzufordern? Sie müssen sich die Ausnahmestellung Mundts vor Augen halten: Er hatte Zugang zu allen Sicherheitsakten, konnte Telefonleitungen anzapfen, Briefe öffnen, Beobachtungen machen lassen. Er konnte mit unbestrittenem Recht verhören, wen er wollte, und er hatte von allen ein bis ins Detail gehendes Bild ihres privaten Lebens. Vor allem konnte er sofort jeden Verdacht zum Verstummen bringen, indem er eben dieselbe Waffe gegen das Volk kehrte, die eigentlich für den Schutz des Volkes gedacht war.« Fiedlers Stimme zitterte vor Empörung.

Ohne Mühe kehrte er zu seiner sachlichen Sprechweise zurück und fuhr fort:

»Sie können jetzt erkennen, was London tat. Man behandelte Mundts Identität noch immer als strenges Geheimnis, stimmte stillschweigend der Anwerbung von Riemeck zu, und ermöglichte es, daß ein indirekter Kontakt zwischen Mundt und dem Berliner Büro hergestellt wurde. Darin liegt die Bedeutung von Riemecks Verbindung zu de Jong und Leamas. So sollten Sie Leamas' Aussagen interpretieren, so müssen Sie Mundts Verrat ermessen.« Er drehte sich um und rief, indem er Mundt voll ins Gesicht sah: »Dort sitzt der Saboteur, der Terrorist! Dort ist der Mann, der des Volkes Rechte verkauft hat!

Ich bin fast am Ende. Nur eines muß noch gesagt werden. Mundt hat sich den Ruf erworben, ein loyaler und aufrechter Beschützer des Volkes zu sein. Er hat für immer jene Zeugen zum Schweigen gebracht, die sein Geheimnis hätten verraten können. Er tötete also im Namen des Volkes, um seinen faschistischen Verrat zu decken und um seine eigene Karriere in unserem Amt zu fördern. Man kann sich kein schrecklicheres Verbrechen denken als dieses. Das ist der wahre Grund, warum er schließlich, nachdem er alles in seiner Macht Stehende zum Schutze des immer verdächtiger werdenden Karl Riemeck getan hatte, den Befehl zur sofortigen Erschießung Riemecks gab. Das ist der Grund, weshalb er Riemecks Geliebte ermorden ließ.

Wenn Sie dem Präsidium Ihr Urteil abgeben werden, dann schrecken Sie nicht davor zurück, die volle Abscheulichkeit der Verbrechen dieses Mannes zu erkennen. Für Hans-Dieter Mundt ist das Todesurteil eine Begnadigung.«

21

Der Zeuge

Die Vorsitzende wandte sich an den kleinen Mann im schwarzen Anzug, der Fiedler gegenübersaß.

»Genosse Karden, Sie sprechen für den Genossen Mundt. Wünschen Sie den Zeugen Leamas zu verhören?«

»Gewiß, gewiß. Das möchte ich dann gleich nachher«, antwortete er, während er mühselig aufstand und sich die Bügel seiner goldgefaßten Brille über die Ohren zog. Er war eine gütige Erscheinung, die etwas provinziell wirkte. Sein Haar war weiß.

»Genosse Mundt behauptet« – seine sanfte Stimme hatte einen recht angenehmen Klang –, »daß Leamas lügt. Genosse Fiedler ist – so behauptet Genosse Mundt – wissentlich oder durch eine Verkettung widriger Umstände in eine Verschwörung hineingezogen worden, durch die man die ›Abteilung‹ zu sprengen und damit die Organe zur Verteidigung unseres sozialistischen Staates in Mißkredit zu bringen hofft. Wir bestreiten nicht, daß Karl Riemeck ein britischer Spion war – dafür sind Beweise vorhanden. Aber wir bestreiten, daß Mundt zu dem Zweck eines Verrates an der Partei mit ihm unter einer Decke gesteckt oder Geld empfangen hat. Wir erklären, daß es keinen objektiven Beweis für diese Anschuldigung gibt und daß Genosse Fiedler von Machtträumen berauscht und vernünftigen Argumenten gegenüber taub geworden ist. Wir behaupten, daß Leamas von dem Augenblick seiner Rückkehr aus Berlin nach London eine Komödie gespielt hat, indem er seinen schnellen Verfall in Degeneration, Trunksucht und Verschuldung nur vortäuschte, daß er nur zu dem Zweck, die Aufmerksamkeit der ›Abteilung‹ zu erregen, antiamerikanische Gefühle äußerte und in aller Öffentlichkeit einen Kaufmann angriff. Wir glauben, daß um den Genossen Mundt vom britischen Geheimdienst mit voller Absicht ein Gespinst von Indizienbeweisen gelegt worden ist: die Geldzahlungen an ausländische Banken und ihre Abhebung zu einem Zeitpunkt, zu dem Mundt gerade in dem betreffenden Land war, ferner das beiläufig geäußerte und nur auf Redereien beruhende Zeugnis von Peter Guillam sowie das geheime Treffen zwischen dem Chef und Riemeck, bei dem Dinge besprochen wurden, die Leamas nicht hören konnte: Dies alles läßt sich zu einer scheinbaren Beweiskette zusammenfügen – eine Versuchung, der Genosse Fiedler nach der richtigen Spekulation der Engländer seines brennenden Ehrgeizes wegen nicht widerstehen konnte. Er ist dadurch zum Handlanger einer schändlichen Verschwörung geworden, durch deren Hilfe einer der wachsamsten Verteidiger unserer Republik vernichtet werden soll. Besser sagte man ermordet, denn Mundt ist jetzt in Gefahr, sein Leben zu verlieren.

Paßt es nicht genau in die Liste ihrer früher begangenen Sabotageakte, umstürzlerischer Umtriebe und Menschenschacherei, daß die Engländer dieses verzweifelte Komplott ersonnen haben? Welch anderer Weg war ihnen offen, nachdem der Wall quer durch

Berlin gelegt und der Zufluß westlicher Spione eingedämmt worden ist? Wir sind ihnen ins Garn gegangen. Bestenfalls hat sich Genosse Fiedler eines äußerst schwerwiegenden Fehlers schuldig gemacht. Schlimmstenfalls hat er wissentlich vor der Unterminierung unserer Staatssicherheit durch imperialistische Agenten und vor der geplanten Vergießung unschuldigen Blutes seine Augen geschlossen!

Wir haben auch einen Zeugen.« Er nickte dem Gericht freundlich zu. »Ja. Auch wir haben einen Zeugen. Denn Sie dürfen nicht glauben, daß Genosse Mundt die ganze Zeit in Unkenntnis von Fiedlers fieberhafter Verschwörertätigkeit gewesen sei. Sollten Sie das wirklich glauben? Schon vor Monaten hat Genosse Mundt die Krankheit in Fiedlers Geist erkannt. Genosse Mundt selbst war es, der die Aufnahme einer Verbindung zu Leamas in England genehmigte. Glauben Sie, er hätte dieses Risiko auf sich genommen, wenn er befürchten mußte, selbst in die Sache verwickelt zu werden? Und meinen Sie, Genosse Mundt habe die Berichte über Leamas' erstes Verhör in Den Haag ungelesen weggeworfen? Nachdem Leamas in unserem eigenen Land eingetroffen war und Fiedler das Verhör übernommen hatte, blieben plötzlich die Berichte aus: Glauben Sie, Genosse Mundt sei so beschränkt gewesen, nicht einmal jetzt zu erkennen, was Fiedler aushecke? Als die ersten Berichte von Peters aus Den Haag eintrafen, erkannte Mundt doch schon an den Terminen, zu denen Leamas nach Kopenhagen und Helsinki gefahren war, daß das Ganze eine Falle war, um ihn selbst in Mißkredit zu bringen. Diese Daten stimmten in der Tat mit Mundts Besuchen in Dänemark und Finnland überein: Sie waren von London eben gerade aus diesem Grund ausgewählt worden. Mundt hatte von diesen sogenannten ›frühen Hinweisen‹ ebenso Kenntnis wie Fiedler selbst – behalten Sie das, bitte, im Auge. Auch Mundt war auf der Suche nach einem Spion in den Reihen der ›Abteilung‹. . . .

Aus diesen Gründen beobachtete Mundt fasziniert, wie Leamas nach seiner Ankunft in der DDR Fiedlers Verdacht mit Andeutungen und versteckten Hinweisen schürte. Nie zu sehr, verstehen Sie, nie überbetont, aber hie und da streute er es mit heimtückischer Sicherheit ein. Und dann war der Boden vorbereitet: der Mann im Libanon und die geheimnisvolle Geldgeschichte, auf die sich Fiedler bezieht, weil beides die Anwesenheit eines hochgestellten Spions innerhalb der ›Abteilung‹ zu bestätigen scheint.

Es war wundervoll inszeniert. Es hätte die Niederlage, die die Engländer durch den Verlust Karl Riemecks erlitten hatten, in einen bemerkenswerten Sieg umwandeln können – und kann es immer noch tun.

Genosse Mundt traf eine Vorsichtsmaßnahme, während die Engländer mit Fiedlers Hilfe seine Ermordung planten.

Er veranlaßte, daß gewissenhafte Nachforschungen in London angestellt wurden. Er untersuchte jede winzige Einzelheit jenes Doppellebens, das Leamas in Bayswater geführt hatte. Er hielt Ausschau, sehen Sie, nach einem menschlichen Fehler in einer Planung von fast übermenschlicher Hinterlist. Irgendwo, dachte er, mußte Leamas auf seiner langen Reise durch die Wildnis das Gelübde der Armut, der Trunksucht, des Verfalls und vor allem der Einsamkeit gebrochen haben. Er hatte vielleicht einen Gefährten gebraucht, vielleicht eine Geliebte. Er mußte sich nach der Wärme eines menschlichen Kontaktes gesehnt haben. Der andere Teil seiner Seele mußte ihn dazu gedrängt haben, sich irgend jemandem offenbaren zu können. Genosse Mundt hatte recht, sehen Sie, Leamas, dieser geschickte und erfahrene Agent, machte einen so elementaren Fehler, einen so menschlichen, daß . . .« Er lächelte. »Sie werden den Zeugen hören, aber noch nicht jetzt. Der Zeuge ist hier. Er wurde von dem Genossen Mundt herbeigeschafft. Es war eine bewundernswerte Vorsichtsmaßnahme. Ich werde später diesen Zeugen vernehmen.« Er sah ein wenig schelmisch aus, als wolle er sagen, man müsse ihm diesen kleinen Scherz schon erlauben. »Inzwischen möchte ich gern ein oder zwei Fragen an diesen Belastungszeugen wider Willen, Mr. Alec Leamas, richten.«

»Sagen Sie mir«, begann er, »ob Sie ein gutsituierter Mann sind.«

»Seien Sie nicht albern«, sagte Leamas kurz. »Sie wissen, wie man mich aufgelesen hat.«

»Ja«, erklärte Karden, »es war meisterhaft. Ich darf also mit Sicherheit annehmen, daß Sie überhaupt kein Geld haben?«

»Sie dürfen.«

»Haben Sie Freunde, die Ihnen Geld leihen würden, es Ihnen vielleicht schenken würden? Ihnen die Schulden zahlen würden?«

»Wenn ich die hätte, wäre ich nicht hier.«

»Sie haben keine? Sie können sich nicht vorstellen, daß ein freundlicher Gönner, vielleicht jemand, den

Sie fast vergessen haben, sich je damit befassen würde, Sie auf die Beine zu stellen, mit Gläubigern verhandeln würde und so weiter?«

»Nein.«

»Danke. Eine andere Frage: Kennen Sie George Smiley?«

»Aber natürlich kenne ich ihn. Er war bei uns im Rondell.«

»Er ist jetzt aus dem britischen Geheimdienst ausgeschieden?«

»Er ging nach dem Fall Fennan.«

»Ah, ja – der Fall, in den Mundt verwickelt war. Haben Sie ihn seitdem je wiedergesehen?«

»Ein- oder zweimal.«

»Haben Sie ihn gesehen, seitdem Sie das Rondell verließen?«

Leamas zögerte. »Nein«, sagte er.

»Er hat Sie nicht im Gefängnis besucht?«

»Nein, niemand hat mich besucht.«

»Und bevor Sie ins Gefängnis kamen?«

»Nein.«

»Nachdem Sie das Gefängnis verlassen hatten – genau gesagt, am Tag der Entlassung –, wurden sie von einem Mann namens Ashe angesprochen, nicht wahr?«

»Ja.«

»Sie aßen mit ihm in Soho. Wo gingen Sie hin, nachdem Sie sich getrennt hatten?«

»Ich kann mich nicht erinnern. Wahrscheinlich in eine Wirtschaft. Keine Ahnung.«

»Lassen Sie mich nachhelfen. Sie gingen schließlich zur Fleet Street und nahmen einen Bus. Von da an scheinen Sie kreuz und quer mit Bus, Untergrundbahn und privatem Wagen, ziemlich ungeübt für einen Mann Ihrer Erfahrung, nach Chelsea gefahren zu sein. Erinnern Sie sich daran? Wenn Sie wollen, kann ich Ihnen sofort den Bericht zeigen. Ich habe ihn hier.«

»Sie haben wahrscheinlich recht. Was wollen Sie also?«

»George Smiley wohnt in der Byswater Street, einer Nebenstraße der Kings Road, das ist der Angelpunkt. Ihr Wagen bog in die Byswater Street ein, und unser Agent berichtet, daß Sie vor Nummer neun abgesetzt wurden. Das ist zufällig Smileys Haus.«

»Unsinn«, erklärte Leamas. »Ich glaube, ich fuhr zu den ›Eight Bells‹; das ist eines meiner bevorzugten Lokale.«

»Mit einem Privatwagen?«

»Das ist wieder Unsinn. Ich fuhr per Taxi hin, meine ich. Wenn ich Geld habe, dann gebe ich's aus.«

»Aber warum dann die ganze Herumfahrerei vorher?«

»Das ist ein Märchen. Man folgte wahrscheinlich dem falschen Mann. Das wäre typisch.«

»Ich komme auf meine ursprüngliche Frage zurück: Sie können sich nicht denken, daß Smiley irgendein Interesse an Ihnen gehabt hätte, nachdem Sie das Rondell verlassen hatten?«

»Großer Gott, nein.«

»Weder an Ihrem Wohlergehen, nachdem Sie ins Gefängnis kamen, noch an Ihren Angehörigen, indem er Ihnen Geld gegeben hätte? Sie können sich nicht denken, daß er Interesse an einem Gespräch mit Ihnen gehabt haben könnte, nachdem Sie Ashe getroffen hatten?«

»Nein. Ich habe keine Ahnung, worauf Sie hinauswollen, Karden, aber die Antwort ist: Nein. Wenn Sie je Smiley begegnen, dann würden Sie diese Fragen nicht stellen. Wir sind uns so unähnlich wie nur möglich.«

Karden schien damit sehr zufrieden zu sein. Er lächelte und nickte, als er seine Brille zurechtrückte und sich seinen Akten zuwandte. Doch plötzlich richtete sich sein Blick noch einmal auf Leamas.

»O ja«, sagte er, als habe er etwas vergessen. »Als Sie den Krämer um Kredit ersuchten, wieviel Geld hatten Sie da?«

»Keines«, sagte Leamas achtlos. »Ich war schon seit einer Woche pleite. Oder noch länger, glaube ich.«

»Wovon hatten Sie gelebt?«

»Von Kleinigkeiten, ich war krank gewesen, irgendein Fieber. Ich hatte eine Woche lang kaum etwas gegessen. Ich glaube, daß mich das auch nervös machte, das Faß zum Überlaufen brachte.«

»Man schuldete Ihnen natürlich noch Geld bei der Bibliothek, nicht wahr?«

»Woher wissen Sie das?« fragte Leamas scharf. »Sind Sie –«

»Warum sind Sie nicht hingegangen und haben es geholt? Sie hätten dann nicht um Kredit bitten müssen, Leamas, nicht wahr?«

Leamas zuckte die Achseln: »Ich habe es vergessen. Wahrscheinlich, weil die Bibliothek am Samstagmorgen geschlossen war.«

»Ich verstehe. Sind Sie sicher, daß die Bibliothek am Samstagmorgen immer geschlossen ist?«

»Nein. Das ist nur eine Vermutung.«

»Ganz recht. Danke, das war alles, was ich fragen wollte.«

Leamas war dabei, sich zu setzen, als die Tür aufging und eine Frau hereinkam. Sie war groß und häßlich und trug einen grauen Overall, auf dessen einem Ärmel ein Unteroffizierswinkel aufgenäht war.

Hinter ihr stand Liz.

22

Die Vorsitzende

Sie betrat den Gerichtssaal langsam und schaute sich mit weit offenen Augen um, wie ein halbwaches Kind, das einen hellerleuchteten Raum betritt. Leamas hatte vergessen, wie jung sie war. Als sie ihn zwischen zwei Wachen sitzen sah, blieb sie stehen.

»Alec.«

Der Posten neben ihr legte seine Hand auf ihren Arm und geleitete sie zu der Stelle, wo Leamas gestanden hatte. Es war sehr still im Saal.

»Wie ist Ihr Name, Kind?« fragte die Vorsitzende sachlich. Liz schwieg. Ihre Arme mit den langen Händen und gestreckten Fingern hingen hilflos an ihrem Körper herunter.

»Wie ist Ihr Name?« wiederholte die Vorsitzende, diesmal lauter.

»Elisabeth Gold.«

»Sie sind Mitglied der britischen Kommunistischen Partei?«

»Ja.«

»Und Sie haben sich in Leipzig aufgehalten?«

»Ja.«

»Wann sind Sie der Partei beigetreten?«

»1955. Nein – 1954 – glaube ich, war es –«

Sie wurde durch den Lärm einer Bewegung im Raum unterbrochen. Stühle wurden zur Seite gestoßen, und Leamas' Stimme füllte heiser und hoch und häßlich den Raum. »Ihr Saukerle! Laßt sie in Ruhe!«

Liz drehte sich angsterfüllt um und sah ihn dort mit blutendem weißem Gesicht stehen, ein Posten versetzte ihm einen Faustschlag, so daß er beinahe fiel, dann waren sie beide über ihm, rissen ihn hoch, indem sie seine Arme hinter dem Rücken nach oben stießen. Sein Kopf fiel nach vorn auf die Brust und dann vor Schmerz auf die Seite.

»Schaffen Sie ihn hinaus, wenn er sich wieder rührt«, ordnete die Vorsitzende an, wobei sie Leamas warnend zunickte und ergänzte: »Sie können dann später sprechen, wenn Sie wollen.« Sie wandte sich wieder an Liz und sagte in scharfem Ton: »Sicher können Sie angeben, wann Sie der Partei beigetreten sind?«

Liz sagte nichts, und die Vorsitzende zuckte mit den Achseln, nachdem sie einen Moment gewartet hatte. Dann lehnte sie sich vor, um ihrer Frage mehr Eindringlichkeit zu verleihen: »Elisabeth Gold, sind Sie je in der Partei über die Notwendigkeit der Verschwiegenheit belehrt worden?«

Liz nickte.

»Und es ist Ihnen gesagt worden, niemals einen anderen Genossen nach Organisation und Einrichtungen der Partei zu fragen?«

Liz nickte wieder. »Ja«, sagte sie, »natürlich.«

»Heute werden Sie eine ernste Bewährungsprobe ablegen müssen, ob Sie sich dieser Parteiregel aufrichtig unterwerfen. Es ist besser für Sie, viel besser, daß Sie nichts wissen – nichts«, fügte sie mit plötzlichem Nachdruck hinzu. »Lassen wir es mit folgendem genügen: Wir drei an diesem Tisch nehmen eine sehr hohe Stellung in der Partei ein. Wir handeln mit Wissen unseres Präsidiums, im Interesse der Parteisicherheit. Wir müssen Ihnen einige Fragen stellen, und Ihre Antworten sind von größter Bedeutung. Durch wahrheitsgemäße und mutige Antworten können Sie der Sache des Sozialismus dienen.«

»Aber wer«, flüsterte Liz, »wer steht hier vor Gericht? Was hat Alec getan?«

Die Vorsitzende sah an ihr vorbei auf Mundt und sagte: »Vielleicht steht hier niemand vor Gericht. Das ist der springende Punkt. Vielleicht nur die Ankläger.« Sie setzte hinzu: »Es ist belanglos, *wer* angeklagt ist. Daß Sie es nicht wissen können, garantiert uns Ihre Unparteilichkeit.«

In dem kleinen Raum breitete sich Stille aus, und dann fragte Liz mit so leiser Stimme, daß die Vorsitzende instinktiv den Kopf wandte, um ihre Worte verstehen zu können: »Ist es Alec? Ist es Leamas?«

»Ich sage Ihnen«, beharrte die Vorsitzende, »es ist besser für Sie – viel besser –, daß Sie nichts wissen. Sie müssen die Wahrheit sagen und gehen. Das ist das Klügste, was Sie tun können.«

Liz mußte eine Geste gemacht oder einige Worte geflüstert haben, die die anderen nicht verstehen konnten, denn die Vorsitzende beugte sich wieder vor und sagte mit großer Eindringlichkeit: »Hören Sie, Kind, wollen Sie wieder heimfahren? Tun Sie, was ich Ihnen sage, und Sie werden es. Aber wenn Sie . . .« Sie brach ab, wies mit der Hand auf Karden und fügte geheimnisvoll hinzu: »Dieser Genosse will Ihnen einige Fragen stellen, nicht viele. Dann können Sie gehen. Sagen Sie die Wahrheit.«

Karden stand wieder auf und zeigte sein freundliches Lächeln, das an einen Kirchenvorstand erinnerte.

»Elisabeth« erkundigte er sich, »Alec Leamas war Ihr Geliebter, nicht wahr?«

Sie nickte.

»Sie lernten ihn in der Bibliothek in Bayswater kennen, wo sie arbeiteten?«

»Ja.«

»Sie waren ihm vorher nicht begegnet?«

Sie schüttelte den Kopf. »Wir lernten uns in der Bibliothek kennen.«

»Haben Sie viele Liebhaber gehabt, Elisabeth?«

Ihre Antwort wurde von dem Schrei Leamas' übertönt: »Karden, Sie Schwein!«, aber Liz drehte sich um und sagte ziemlich laut: »Alec, nicht. Sie werden dich abführen.«

»Ja«, bemerkte die Vorsitzende trocken, »das werden sie.«

»Sagen Sie mir«, fuhr Karden geschmeidig fort, »war Alec ein Kommunist?«

»Nein.«

»Wußte er, daß Sie Kommunistin waren?«

»Ja. Ich sagte es ihm.«

»Was sagte er da, als Sie es ihm erzählten, Elisabeth?«

Sie wußte nicht, ob sie lügen sollte, das war das Schreckliche. Die Fragen kamen so schnell, daß sie keine Gelegenheit zum Nachdenken hatte. Die ganze Zeit hörte man ihr zu, beobachtete sie, wartete auf ein Wort oder vielleicht auch nur eine Geste, die Alec schrecklichen Schaden zufügen konnte. Wie sollte sie aber lügen, wenn sie nicht wußte, worum es ging? Sie würde weiter im dunkeln tappen, und Alec würde sterben müssen – denn sie hatte keinen Zweifel daran, daß Leamas in Gefahr war.

»Was sagte er also?« wiederholte Karden.

»Er lachte. Er stand über all dem.«

»Glauben Sie, daß er darüberstand?«

»Natürlich.«

Der junge Mann am Richtertisch sprach zum zweitenmal. Seine Augen waren halb geschlossen: »Sehen Sie das als wertvolles Urteil über ein menschliches Wesen an? Daß es über dem Gang der Geschichte und über den zwingenden Forderungen der Dialektik steht?«

»Ich weiß nicht. Es kam mir einfach so vor, nichts weiter.«

»Lassen wir das«, sagte Karden. »Sagen Sie mir, ob er ein glücklicher Mensch war, viel lachte und so weiter?«

»Nein. Er lachte nicht oft.«

»Aber er lachte, als sie ihm sagten, daß Sie in der Partei waren. Wissen Sie, warum?«

»Ich glaube, er verachtete die Partei.«

»Meinen Sie, daß er sie haßte?« fragte Karden nebenbei.

»Ich weiß nicht«, antwortete Liz verschüchtert.

»War es ein Mann mit starken Neigungen oder Abneigungen?«

»Nein ... nein, das war er nicht.«

»Aber er hat einen Kaufmann angegriffen. Warum wohl tat er das?«

Liz hatte plötzlich kein Vertrauen mehr zu Karden. Sie traute der schmeichelnden Stimme und dem gütigen Engelsgesicht nicht.

»Ich weiß nicht.«

»Aber Sie haben darüber nachgedacht.«
»Ja.«
»Nun, zu welchem Ergebnis sind Sie gekommen?«
»Zu keinem«, sagte Liz einfach. Karden schaute sie nachdenklich, vielleicht auch ein wenig enttäuscht an, so als habe sie ihren Katechismus nicht gelernt.
»Wußten Sie vorher, daß Leamas den Kaufmann schlagen würde?«
»Nein«, erwiderte Liz. Ihre Antwort kam etwas zu schnell, so daß Kardens Lächeln in der nun folgenden Pause einer Miene belustigter Neugier Platz machte. Schließlich fragte er: »Wann haben Sie Leamas vor der heutigen Begegnung zum letztenmal gesehen?«
»Ich habe ihn nicht mehr gesehen, seit er ins Gefängnis ging«, antwortete Liz.
»Wann sahen Sie ihn also zuletzt?« – Die Stimme war liebenswürdig, aber beharrlich. Daß Liz dem Saal ihren Rücken zukehren mußte, war ihr sehr unangenehm. Am liebsten hätte sie sich umgewandt, um Leamas sehen zu können. Vielleicht hätte sie in seinem Gesicht einen Hinweis oder irgendein Zeichen entdeckt, das ihr sagte, wie sie antworten sollte. Auch begann sie sich nun zu fürchten – diese Fragen wurzelten in Anklagen und Verdächtigungen, von denen sie keine Ahnung hatte. Die Leute mußten doch wissen, daß sie Alec zu helfen wünschte und daß sie selbst Angst hatte, aber niemand unterstützte sie. Warum kam ihr niemand zu Hilfe?
»Elisabeth, wann waren Sie zum letztenmal mit Leamas zusammen?« Oh, diese Stimme. Oh, wie sie diese seidige Stimme haßte!
»Am Abend, bevor es geschah«, antwortete sie. »Am Abend, bevor er den Kampf mit Mr. Ford hatte.«

»Den Kampf? Es war kein Kampf, Elisabeth. Der Kaufmann hat nicht zurückgeschlagen. Er hatte keine Gelegenheit dazu. Sehr unsportlich!« Karden lachte, und es klang besonders entsetzlich, weil niemand mitlachte.

»Sagen Sie mir, wo Sie Leamas an diesem letzten Abend getroffen haben.«

»In seiner Wohnung. Er war krank und nicht zur Arbeit gekommen. Er war im Bett geblieben. Ich hatte nach ihm gesehen und für ihn gekocht.«

»Und die Lebensmittel gekauft? Besorgungen gemacht?«

»Ja.«

»Wie nett. Das muß Sie eine Menge Geld gekostet haben«, bemerkte Karden teilnahmsvoll. »Konnten Sie es sich leisten, ihn auszuhalten?«

»Ich habe ihn nicht ausgehalten. Ich bekam das Geld von Alec. Er . . .«

»Oh«, unterbrach Karden scharf, »er hat also doch etwas Geld?«

O Gott, dachte Liz, o Gott, o lieber Gott, was habe ich jetzt gesagt?

»Nicht viel«, sagte sie schnell, »nicht viel. Ich weiß das. Ein Pfund, zwei Pfund, nicht mehr. Mehr hatte er nicht. Er konnte seine Rechnungen nicht bezahlen – sein elektrisches Licht und die Miete –, sie wurden alle hinterher von einem Freund bezahlt, nachdem er gegangen war, sehen Sie. Ein Freund mußte bezahlen, nicht Alec.«

»Natürlich«, sagte Karden gelassen. »Ein Freund bezahlte. Kam eigens und bezahlte alle seine Rechnungen. Irgendein alter Freund von Leamas, den er vielleicht schon kannte, bevor er nach Bayswater kam. Sind Sie diesem Freund jemals begegnet, Elisabeth?«

Sie schüttelte den Kopf.

»Ich verstehe. Welche Rechnungen hat dieser gute Freund sonst noch bezahlt, wissen Sie das?«

»Nein . . . nein.«

»Warum zögern Sie?«

»Ich sagte doch, ich weiß es nicht«, erwiderte Liz wütend.

»Aber Sie zögerten«, erklärte Karden. »Ich habe nur überlegt, ob Ihnen nicht vielleicht gerade etwas eingefallen ist.«

»Nein.«

»Sprach Leamas irgendwann von diesem Freund? Von einem Freund mit Geld, der seine Adresse kannte?«

»Er hat überhaupt nie einen Freund erwähnt. Ich war der Meinung, er habe gar keinen Freund.«

»Ah.«

Die Stille im Gerichtssaal war für Liz besonders schrecklich, weil sie – ähnlich einem blinden Kind unter Sehenden – von den Menschen in ihrer Umgebung abgeschnitten war. Die anderen konnten jede ihrer Antworten an irgenwelchen geheimen Maßstäben prüfen, während ihr selbst dies schreckliche Schweigen nicht verriet, zu welchen Ergebnissen sie dabei kamen.

»Wieviel Geld verdienen Sie, Elisabeth?«

»Sechs Pfund in der Woche.«

»Haben Sie Ersparnisse?«

»Etwas. Einige Pfund.«

»Wie hoch ist die Miete Ihrer Wohnung?«

»Fünfzig Shilling die Woche.«

»Das ist eine ganze Menge, nicht wahr, Elisabeth? Haben Sie kürzlich Ihre Miete bezahlt?«

Sie schüttelte hilflos den Kopf.

»Warum nicht?« fuhr Karden fort. »Haben Sie kein Geld?«

Flüsternd erwiderte sie: »Ich habe einen Mietvertrag. Jemand kaufte den Vertrag und schickte ihn mir.«

»Wer?«

»Ich weiß nicht.« Über ihr Gesicht liefen nun Tränen. »Ich weiß nicht ... Bitte fragen Sie nicht mehr. Ich weiß nicht, wer es war ... Vor sechs Wochen schickten sie ihn, eine Bank in der City ... Irgendeine Wohltätigkeitsstiftung war es ... für tausend Pfund. Ich schwöre, daß ich nicht weiß, wer ... Eine Schenkung von einer Wohltätigkeitsstiftung. Sie wissen doch schon alles, sagen Sie mir doch, wer ...«

Sie weinte, während sie ihr Gesicht in den Händen verbarg. Noch immer kehrte sie dem Saal ihren Rücken zu. Das Schluchzen ließ ihre Schultern zucken und schüttelte ihren Körper. Niemand regte sich, und schließlich ließ sie die Hände sinken, ohne jedoch den Kopf zu heben.

»Warum haben Sie sich nicht erkundigt?« fragte Karden. »Oder sind Sie gewohnt, anonyme Geschenke in Höhe von tausend Pfund zu bekommen?«

Sie sagte nichts, und Karden fuhr fort: »Sie haben sich nicht erkundigt, weil Sie es erraten hatten. Habe ich nicht recht?«

Sie nickte und hob ihre Hand wieder ans Gesicht.

»Sie errieten, daß es von Leamas oder von seinem Freund kam, nicht wahr?«

»Ja.« Die Antwort kam mühsam über ihre Lippen.

»In der Straße hieß es, daß der Kaufmann Geld bekommen habe. Von irgendwoher nach der Verhandlung eine Menge Geld. Es wurde viel darüber gesprochen, und ich dachte, daß es sicher von Alecs Freund sei...«

»Das ist sehr seltsam«, sagte Karden fast zu sich selbst. »Wie merkwürdig.« Und dann: »Sagen Sie mir, Elisabeth, sind Sie von jemandem besucht worden, nachdem Leamas ins Gefängnis gekommen war?«

»Nein«, log sie. Sie wußte jetzt ganz sicher, daß man Alec irgend etwas nachweisen wollte, das mit dem Geld oder seinen Freunden zusammenhing. Es hatte sicher mit dem Kaufmann zu tun.

»Sind Sie sicher?« fragte Karden, während er seine Augenbrauen über die goldenen Brillenränder emporzog.

»Ja.«

»Ihr Nachbar, Elisabeth«, wandte Karden geduldig ein, »behauptet aber, daß zwei Männer gekommen seien, und zwar ziemlich bald, nachdem Leamas verurteilt worden war. Oder waren das nur Liebhaber, Elisabeth? Gelegentliche Liebhaber, wie Leamas einer war, der Ihnen Geld gab?«

»Alec war kein gelegentlicher Liebhaber«, rief sie, »wie können Sie...«

»Aber er gab Ihnen Geld. Haben diese Männer Ihnen auch Geld gegeben?«

»O Gott«, schluchzte sie.

»Wer war das?« Sie antwortete nicht.

Plötzlich brüllte Karden, es war das erstemal, daß er seine Stimme erhob: »Wer?«

»Ich weiß nicht. Sie kamen im Auto. Freunde von Alec.«

»Weitere Freunde? Was wollten sie?«

»Ich weiß nicht. Sie fragten mich immer wieder, was er mir erzählt habe... Sie sagten mir, ich solle mich an sie wenden, wenn...«

»Wie? Wie sollten Sie sich an sie wenden?«

Schließlich antwortete Liz: »Er wohnte in Chelsea... sein Name war Smiley... George Smiley... ich sollte ihn anrufen.«

»Und taten Sie das?«

»Nein.«

Karden legte seine Akten weg.

Eine tödliche Stille breitete sich im Saal aus. Endlich sagte Karden mit völlig beherrschter Stimme, und deshalb besonders eindrucksvoll, während er auf Leamas deutete: »Smiley wollte wissen, ob Leamas ihr zuviel erzählt hatte. Denn dieses eine, das Leamas getan hatte, hätte der britische Geheimdienst niemals von ihm erwartet: Er hatte sich ein Mädchen genommen, um sich an ihrer Schulter auszuweinen.« Dann lachte Karden leise, als sei das alles ein netter Scherz: »Genau wie Karl Riemeck, er hat den gleichen Fehler gemacht.«

»Sprach Leamas jemals über sich selbst?« fuhr Karden fort.

»Nein.«

»Sie wissen nichts von seiner Vergangenheit?«

»Nein. Ich wußte, daß er etwas in Berlin getan hatte. Etwas für die Regierung.«

»Er sprach also doch von seiner Vergangenheit, nicht wahr? Sagte er Ihnen, daß er verheiratet gewesen war?«

Es entstand ein langes Schweigen. Liz nickte.

»Warum haben Sie ihn nicht im Gefängnis besucht? Sie hätten ihn besuchen können.«

»Ich glaube nicht, daß er mich sehen wollte.«

»Ich verstehe. Sie haben ihm aber geschrieben?«

»Nein. Ja, doch, einmal ... Ich wollte ihm nur sagen, daß ich warten würde. Ich dachte, er könnte nichts dagegen haben.«

»Sie dachten nicht, daß er das auch wollte?«

»Nein.«

»Und nachdem er seine Zeit abgesessen hatte, machten Sie da keinen Versuch, mit ihm in Verbindung zu kommen?«

»Nein.«

»Hatte er irgend jemanden, zu dem er gehen konnte, wartete ein Arbeitsplatz auf ihn, hatte er Freunde, die ihn aufnehmen wollten?«

»Ich weiß es nicht.«

»Also hatten Sie Schluß mit ihm gemacht, nicht wahr?« fragte Karden höhnisch. »Hatten Sie einen neuen Geliebten gefunden?«

»Nein! Ich wartete auf ihn ... Ich werde immer auf ihn warten.« Sie dachte nach. »Ich wollte, daß er zu mir zurückkommt.«

»Warum schrieben Sie ihm dann nicht? Warum versuchten Sie nicht, ihn zu finden?«

»Er wollte das nicht haben, verstehen Sie nicht? Ich mußte ihm versprechen ... ihm nie zu folgen ... nie zu ...«

»Er hat also vorausgesehen und erwartet, daß er am nächsten Tag eingesperrt werden würde, so ist es doch?« Kardens Stimme triumphierte.

»Nein ... Ich weiß es nicht. Wie kann ich Ihnen sagen, was ich nicht weiß ...«

»Verlangte er an diesem letzten Abend, bevor er den Kaufmann zusammenschlug, eine Erneuerung Ihres Versprechens?... Nun, tat er das?« Karden sprach jetzt barsch und einschüchternd.

Liz nickte erschöpft. Es war eine ergreifende Geste der Selbstaufgabe.

»Ja.«

»Und Sie sagten ihm Lebewohl?«

»Wir sagten uns Lebewohl.«

»Nach dem Abendessen, natürlich. Es war ziemlich spät. Oder verbrachten Sie die Nacht mit ihm?«

»Nach dem Essen. Ich ging heim ... nicht geradewegs heim ... Ich ging erst noch spazieren, ich weiß nicht, wohin. Eben nur so spazieren.«

»Womit begründete er denn diesen Abbruch Ihrer Beziehung?«

»Er hat die Beziehung doch gar nicht abgebrochen«, sagte sie. »Das hat er nie getan. Er sagte nur, daß er noch etwas tun müsse, daß da noch jemand ist, mit dem er unbedingt abzurechnen habe. Aber hinterher, wenn alles vorüber sei, käme er eines Tages vielleicht ... wieder, wenn ich noch da wäre, und ...«

»Und Sie sagten natürlich«, erklärte Karden ironisch, »daß Sie stets auf ihn warten würden? Daß Sie ihn immer lieben würden?«

»Ja«, erwiderte Liz einfach.

»Sagte er, daß er Geld schicken wolle?«

»Er sagte ... er sagte, die Dinge stünden gar nicht so schlecht, wie es aussähe, daß man sich um mich kümmern werde.«

»Und das war der Grund dafür, daß Sie später keine Rückfragen gestellt haben, als Ihnen eine Bank in der City nebenbei tausend Pfund zukommen ließ?«

»Ja, ja, das ist richtig! Jetzt wissen Sie alles – Sie haben es doch schon vorher gewußt. Warum ließen Sie mich holen, wenn doch schon alles klar war?«

Gelassen wartete Karden, bis ihr Schluchzen aufhörte.

»Dies«, bemerkte er schließlich zu den Richtern, »ist das Beweismaterial der Verteidigung. Ich bedaure es, daß unsere britischen Genossen ihre Parteiämter einem Mädchen anvertrauen, dessen Wahrnehmungsvermögen von Gefühlen getrübt ist, und dessen Wachsamkeit mit Geld eingeschläfert werden kann.«

Brutal fügte er hinzu, wobei er zuerst Leamas und dann Fiedler ansah: »Sie ist eine Närrin. Es war jedoch ein glücklicher Umstand, daß Leamas ihr begegnet ist. Es wäre jedoch nicht das erstemal gewesen, daß sich eine Revanchistenverschwörung durch die Dekadenz ihrer Drahtzieher selbst aufgedeckt hat.«

Nach einer kleinen, exakten Verbeugung vor dem Gericht setzte sich Karden nieder.

Als Leamas nun aufstand, ließen ihn die Wächter gewähren.

London mußte vollkommen verrückt geworden sein. Er hatte ihnen doch ausdrücklich gesagt – und das war der Witz der Sache –, daß man Liz aus dem Spiel halten und sie in Ruhe lassen solle. Und jetzt stellte sich heraus, daß in demselben Augenblick, in dem er England verließ – oder sogar noch davor, nämlich als er im Gefängnis saß –, irgendein verdammter Idiot herumgelaufen war, um Ordnung zu machen, Rechnungen zu bezahlen, die Angelegenheit mit dem Kaufmann und mit dem Vermieter zu erledigen – und vor allen Dingen Liz. Das war Wahnsinn, das war unfaßbar. Was wollten sie eigentlich erreichen: Fiedler umlegen, ihren eigenen Agenten töten? Wollten sie ihre eigene Organisation sabotieren? War es Smiley allein – hatte ihn sein kleines, verderbtes Gewissen dazu getrieben? Jetzt hatte er nur noch eines zu tun: Liz und Fiedler herauszuholen, und alles auf sich zu nehmen. Er selbst war wohl so oder so schon abgeschrieben.

Wenn es ihm gelang, Fiedlers Haut zu retten, bestand eine kleine Hoffnung, daß auch Liz davonkam.

Woher, zum Teufel, wußte Karden soviel? Leamas war absolut sicher, daß ihm an jenem Nachmittag niemand zu Smileys Haus gefolgt war. Und das Geld – wie kamen sie auf die Geschichte von dem Geld, das er angeblich im Rondell gestohlen hatte? Das war doch nur für den inneren Gebrauch bestimmt ... – Also wie? Wie, verdammt noch mal?

Verwirrt, zornig und bitter beschämt ging Leamas den Gang hinunter, langsam und starr wie ein Mann, der aufs Schafott steigt.

23

Geständnis

»Gut, Karden.« Sein Gesicht war weiß und hart wie Stein. Er hatte den Kopf ein wenig zur Seite und nach hinten geneigt, wie ein Mann, der in die Ferne lauscht. Eine erschreckende Stille umgab ihn. Es war nicht Resignation, sondern Selbstbeherrschung: der Wille hielt seinen Körper in eisernem Griff. »Gut, Karden, lassen Sie jetzt das Mädchen in Ruhe.«

Liz sah ihn mit verweinten Augen an, ihr Gesicht war verschwollen und häßlich.

»Nein, Alec ... nein«, sagte sie. Es schien für sie niemand anderen im Raum zu geben: nur Leamas. »Erzähle ihnen nichts«, sagte sie mit lauter werdender Stimme. »Nur meinetwegen sollst du ihnen nichts erzählen. Ich mache mir nichts mehr daraus, Alec.«

»Sei ruhig, Liz«, sagte Leamas unbeholfen. »Es ist schon zu spät.« Seine Augen wandten sich der Vorsitzenden zu.

»Sie weiß nichts. Überhaupt nichts. Lassen Sie das Mädchen hier heraus und schicken Sie sie nach Hause. Ich werde Ihnen den Rest erzählen.«

Die Vorsitzende sah kurz zu den Männern, die neben ihr saßen, überlegte und sagte dann: »Sie kann den Gerichtssaal verlassen. Aber ehe die Beweisaufnahme beendet ist, kann sie nicht fahren. Nachher werden wir sehen.«

»Sie weiß nichts, sage ich Ihnen«, brüllte Leamas. »Karden hat recht, verstehen Sie nicht? Es war von Anfang an eine geplante Sache. Woher sollte sie das gewußt haben? Sie ist nur ein enttäuschtes kleines Mädchen aus einer miesen Bibliothek. Für Sie ist sie doch völlig bedeutungslos!«

»Sie ist eine Zeugin«, erwiderte die Vorsitzende kurz. »Fiedler wird sie vielleicht vernehmen wollen.« Jetzt hieß er nicht mehr »Genosse«.

Bei der Erwähnung seines Namens schien Fiedler aus den Träumen zu erwachen, in die er versunken gewesen war. Liz sah ihn zum erstenmal mit Bewußtsein an. Seine tiefen braunen Augen ruhten kurz auf ihr, und er lächelte schwach, als habe er ihre Rasse bemerkt. Er war eine kleine, einsame Gestalt, und sie wunderte sich, wie entspannt er wirkte.

»Sie weiß nichts«, sagte Fiedler. »Leamas hat recht. Lassen Sie sie gehen.« Seine Stimme klang müde.

»Sind Sie sich klar darüber, was Sie sagen?« fragte die Vorsitzende. »Sie wissen, was das heißt? Haben Sie Ihr keine Fragen zu stellen?«

»Sie hat alles gesagt, was von ihr aus zu sagen war.«

Fiedlers Hände waren über den Knien gefaltet, und er studierte sie, als gäbe es im Saal nichts Interessanteres.

»Es war alles sehr geschickt aufgezogen.« Er nickte. »Lassen Sie sie gehen. Sie kann uns nicht sagen, was sie nicht weiß.« Mit gespielter Förmlichkeit fügte er hinzu. »Ich habe keine Fragen an die Zeugin.«

Ein Posten schloß die Tür auf und rief etwas in den Gang hinaus. In der völligen Stille des Saales hörte man die antwortende Stimme einer Frau und ihre sich nähernden schweren Schritte. Fiedler stand unvermittelt auf, nahm Liz beim Arm und führte sie zur Tür. Als sie die Tür erreichte, drehte sie sich um und blickte zu Leamas zurück, aber Leamas starrte in eine andere Richtung, wie ein Mann, der den Anblick von Blut nicht ertragen kann.

»Kehren Sie nach England zurück«, sagte Fiedler zu ihr. »Fahren Sie heim nach England.« Plötzlich begann Liz unbeherrscht zu weinen. Die Wärterin legte den Arm um ihre Schultern – mehr als Stütze, denn als Geste des Trostes – und führte sie aus dem Saal. Der Posten schloß die Tür. Ihr Weinen entfernte sich, bis nichts mehr zu hören war.

»Es gibt nicht viel zu sagen«, begann Leamas. »Karden hat recht. Es war eine geplante Sache. Mit Karl Riemeck verloren wir den einzigen annehmbaren Agenten, den wir noch in der Zone hatten. Alle anderen waren schon vorher beseitigt. Wir konnten es nicht verstehen – es sah fast so aus, als würden sie von Mundt schon gefaßt, noch ehe wir sie angeworben hatten. Ich kam nach London zurück und ging zum Chef. Peter Guillam war da und George Smiley. George war eigentlich schon im Ruhestand. Er machte irgend etwas sehr Intelligentes – Philologie oder etwas Ähnliches.

Jedenfalls hatten sie diese Idee ausgeheckt. Wenn's nicht anders geht, muß man die Leute in ihren eigenen Fallen fangen, war die Ausdrucksweise des Chefs. Man muß die Beweggründe kennen, auf die sie ansprechen. Nach diesem Rezept haben wir es sozusagen vom Ende her ausgearbeitet. ›Induktiv‹ nannte Smiley diese Methode. Wenn Mundt unser Agent wäre, wie würden wir ihn bezahlt haben, wie sähe das in den Akten aus, und so weiter. Peter erinnerte sich, daß ein Araber versucht hatte, uns vor ein oder zwei Jahren einen Plan der ›Abteilung‹ zu verkaufen, daß wir ihn aber abgewiesen hatten. Später war uns klargeworden, daß dies ein Fehler gewesen war. Es war Peters Idee, diese Geschichte einzubauen – so, als hätten wir abgelehnt, weil wir schon alles kannten. Das war geschickt.

Sie können sich den Rest denken. Daß ich scheinbar zu Bruch ging, meine Geldschwierigkeiten, die Gerüchte, Leamas habe die Kasse geklaut – all das hing zusammen. Wir brachten Elsie aus der Buchhaltung und ein oder zwei andere dazu, daß sie den Klatsch verbreiten.« Mit einem Anflug von Stolz setzte er hinzu: »Sie machten ihre Sache sehr gut. Dann suchte ich mir zum Losschlagen einen Samstagmorgen aus, denn da sind viele Leute unterwegs. Es ging durch die lokale Presse, es kam sogar in den *Worker*, soviel ich weiß. Inzwischen hatten Sie es hier schon aufgegriffen.« Und Leamas fügte verächtlich hinzu: »Von dem Augenblick an schaufelten Sie an Ihrem eigenen Grab.«

»An *Ihrem* Grab«, sagte Mundt ruhig. Er sah Leamas nachdenklich mit seinen blassen Augen an. »Und vielleicht an dem des Genossen Fiedler.«

»Sie können Fiedler kaum die Schuld daran geben«, sagte Leamas gelassen. »Er war nur wachsam. Außerdem wäre er nicht der einzige Mann in der ›Abteilung‹, der Sie gerne hängen würde, Mundt.«

»Sie werden auf jeden Fall hängen«, sagte Mundt beruhigend. »Einen Posten haben Sie ermordet, und mich wollten Sie auch ermorden.«

Leamas lächelte trocken.

»In der Nacht sind alle Katzen grau, Mundt... Smiley hat immer davor gewarnt, daß es schiefgehen könnte. Er sagte, wir würden möglicherweise eine ganze Kette von unerwarteten Folgen auslösen, auf die wir dann keinen Einfluß mehr hätten. Seine Nerven sind kaputt. Aber das wissen Sie ja. Seit dem Fall Fennan ist er nicht mehr der alte. Die Londoner Mundt-Affäre hat ihn verändert. Man erzählt sich, damals sei irgend etwas mit ihm geschehen, und deshalb habe er das Rondell verlassen. Es ist mir jetzt völlig unverständlich, weshalb man die Rechnungen bezahlte, dem Mädchen Geld gab und so weiter. Es kann gar nicht anders sein, als daß Smiley diese Operation absichtlich zerschlagen hat, anders kann ich mir das nicht vorstellen. Es muß eine Gewissenskrise bei ihm gewesen sein. Vielleicht dachte er plötzlich, es sei unrecht, jemanden zu töten, oder etwas Ähnliches. Nach all den Vorbereitungen und all der Arbeit war es Wahnsinn, das Unternehmen derart zu verpfuschen.

Aber Smiley hat Sie gehaßt, Mundt. Obwohl wir nicht darüber sprachen, haben wir das wohl alle getan. Wir haben die ganze Sache ein bißchen wie ein großes Spiel entworfen. Das ist jetzt schwer zu erklären, aber wir standen damals sozusagen mit dem Rücken zur Wand: Wir hatten gegen Mundt dauernd verloren und wollten deshalb versuchen, ihn umzubringen. Aber es war trotzdem noch immer ein Spiel.«

Dann wandte sich Leamas wieder an die Richter: »Sie sehen die Rolle Fiedlers ganz falsch. Er ist nicht auf unserer Seite. Warum hätte London mit einem Mann in Fiedlers Position ein derartiges Risiko eingehen sollen? Ich gebe zu, daß er ein fester Bestandteil in unserer Rechnung war. Wir wußten, daß er Mundt haßte. Wie hätte er ihn auch nicht hassen sollen? Fiedler ist Jude, nicht wahr? Sie allen müssen den Ruf Mundts kennen, und was er über die Juden denkt.

Da niemand anderer Ihnen das sagen würde, werde ich es Ihnen jetzt erklären: Mundt ließ Fiedler zusammenschlagen. Während der ganzen Prozedur höhnte und verspottete er ihn, weil er Jude ist. Sie alle wissen, zu welcher Sorte Mensch Mundt gehört, und Sie dulden ihn, weil er gute Arbeit leistet. Aber . . .« Leamas stockte eine Sekunde, fuhr dann jedoch fort: »Es sind doch schon, weiß Gott, genug Menschen in all das hineingezogen worden, auch ohne daß Fiedlers Kopf in den Korb fallen müßte. Fiedler ist in Ordnung, das kann ich Ihnen verraten. ›Ideologisch zuverlässig‹, das ist wohl der richtige Ausdruck dafür, nicht wahr?«

Er sah die Richter an. Sie beobachteten ihn teilnahmslos, beinahe neugierig, mit festen, kalten Augen. Fiedler, der wieder auf seinem Stuhl Platz genommen und mit etwas gekünstelt wirkendem Gleichmut zugehört hatte, sah Leamas verblüfft an.

»Und alles haben Sie verpfuscht, Leamas, das wollen Sie doch sagen? Ein alter Fuchs wie Leamas, der mit diesem Unternehmen gerade seine Laufbahn krönen möchte, fällt auf ein – wie haben Sie das genannt? – ›enttäuschtes kleines Mädchen in einer miesen Bibliothek‹ herein! Nein, Leamas. Das Rondell muß davon gewußt haben. So etwas kann Smiley nicht allein gemacht haben.«

Fiedler wandte sich an Mundt: »Das ist doch sehr seltsam, Mundt. Man muß sich doch darüber klar gewesen sein, daß Sie diese Geschichte von Anfang an nachprüfen würden. Gerade deshalb hat doch Leamas dieses Leben geführt. Und dann hat man dennoch dem Kaufmann nachträglich Geld geschickt, hat man die Mietschulden bezahlt und dem Mädchen eine Wohnung gekauft? Dies erscheint mir von den vielen Merkwürdigkeiten die seltsamste: daß so erfahrene Leute einem Mädchen – einem Parteimitglied sogar – tausend Pfund auszahlen, während sie doch glauben soll, daß er pleite sei. Erzählen Sie mir nicht, das Gewissen Smileys habe ihn so weit getrieben. Das Rondell muß es getan haben. – Welches Risiko!«

Leamas zuckte die Achseln.

»Smiley hatte recht. Wir konnten die Entwicklung nicht mehr steuern. Wir hatten niemals angenommen, daß Sie mich hierherbringen würden. Nach Holland, ja – aber nicht hierher.« Nach einer Pause setzte er hinzu: »Und ich habe nie daran gedacht, daß Sie das Mädchen herbringen könnten. Ich bin ein großer Esel gewesen.«

»Aber Mundt nicht«, warf Fiedler schnell ein. »Mundt wußte sehr wohl, wonach er zu suchen hatte. Und er wußte sogar, daß von diesem Mädchen der Beweis kommen würde – sehr schlau, muß ich sagen. Er hat sogar von diesem Mietvertrag gewußt – wirklich höchst erstaunlich. Wie hat er das überhaupt herausfinden können, frage ich mich. Das Mädchen hat es bestimmt niemandem erzählt. Ich kenne sie: sie hätte davon mit keinem Menschen gesprochen.«

Er sah Mundt an. »Vielleicht kann Mundt uns erklären, woher er das alles wußte?«

Mundt zögerte. Eine Sekunde zu lang, dachte Leamas.

»Es war ihr Mitgliedsbeitrag«, sagte er. »Vor einem

Monat hat sie ihren Parteibeitrag um monatlich zehn Shilling erhöht. Ich hörte davon und wunderte mich, wieso sie sich das leisten konnte. Ich habe versucht, das herauszufinden – mit Erfolg.«

»Eine meisterhafte Erklärung«, erwiderte Fiedler kühl.

Stille.

Die Vorsitzende sah ihre beiden Kollegen an und sagte: »Ich denke, das Gericht ist jetzt in der Lage, dem Präsidium seinen Bericht zu erstatten.« Während sie ihre kleinen, grausamen Augen zu Fiedler wandte, fügte sie hinzu: »Es sei denn, Sie hätten noch etwas zu sagen.«

Fiedler schüttelte den Kopf. Trotz allem schien er noch immer belustigt.

»In diesem Fall«, fuhr die Vorsitzende fort, »sind meine Kollegen der Ansicht, daß Genosse Fiedler von seinen Pflichten entbunden werden sollte, bis der Disziplinarausschuß des Präsidiums seine Sache erwogen hat.

Leamas ist bereits in Haft. Ich möchte Sie alle darauf hinweisen, daß das Gericht keine Exekutivgewalt hat. Zweifellos wird der Staatsanwalt gemeinsam mit dem Genossen Mundt prüfen, welche Maßnahmen gegen einen britischen Agenten, Provokateur und Mörder zu ergreifen sind.«

Sie sah an Leamas vorbei zu Mundt. Aber Mundt betrachtete Fiedler. In seinem Blick lag das Interesse eines Henkers, der an seinem Opfer Maß für den Strick nimmt.

Und plötzlich, mit der gespenstischen Klarsicht eines Mannes, der allzulange getäuscht worden war, durchschaute Leamas den ganzen grausigen Trick.

24

Genossin Kommissar

Liz stand mit dem Rücken zur Wärterin am Fenster und starrte ausdruckslos in den kleinen Hof hinunter. Sie nahm an, daß man dort die Gefangenen spazierengehen ließ. Es war ein Büroraum, in dem sie sich aufhielt, und auf dem Schreibtisch stand neben dem Telefon ein Teller mit Essen, aber sie konnte nichts anrühren. Sie fühlte sich krank und war sehr müde. Die Beine taten ihr weh, ihr Gesicht war vom Weinen verschwollen und wund. Sie fühlte sich schmutzig und sehnte sich nach einem Bad.

»Warum essen Sie nicht?« fragte die Frau wieder. »Es ist doch schon alles vorüber.« Sie sagte das ohne Mitgefühl. Für sie war das Mädchen verrückt, wenn es nicht essen wollte, solange etwas zu essen da war.

»Ich bin nicht hungrig.«

Die Wärterin zuckte die Schultern. »Sie werden vielleicht eine lange Fahrt haben«, bemerkte sie, »und am anderen Ende wird auch nicht viel sein.«

»Wie meinen Sie das?«

»Die Arbeiter in England hungern doch«, erklärte sie selbstgefällig. »Die Kapitalisten lassen sie hungern.«

Liz wollte etwas sagen, aber es hatte keinen Sinn. Außerdem wollte sie etwas wissen. Sie mußte etwas erfahren, und diese Frau konnte es ihr sagen.

»Was ist das hier für ein Gebäude?«

»Das wissen Sie nicht?« Die Wärterin lachte. »Dann fragen Sie die dort drüben.« Sie nickte gegen das Fenster hin. »Die können Ihnen sagen, was es ist.«

»Was sind das für Leute?«

»Gefangene.«

»Was für Gefangene?«

»Staatsfeinde«, erwiderte sie prompt. »Spione, Agitatoren.«

»Woher wissen Sie, daß es Spione sind?«

»Die Partei weiß so etwas. Die Partei weiß über jeden Menschen mehr als er selbst. Hat man Ihnen das nie gesagt?« Die Wärterin sah sie an, schüttelte den Kopf und bemerkte: »Diese Engländer! Die Reichen haben eure Zukunft gegessen und eure Armen haben ihnen das Essen gegeben – so ist es in England gewesen.«

»Wer hat Ihnen denn das erzählt?«

Die Frau lächelte und sagte nichts. Sie schien mit sich selbst zufrieden zu sein.

»Und das ist ein Gefängnis für Spione?« fragte Liz hartnäckig.

»Es ist ein Gefängnis für Leute, die die sozialistische Wirklichkeit nicht erkennen wollen, die ein Recht auf Irrtum zu haben glauben, die den Aufbau verzögern. Eben Verräter«, schloß sie kurz.

»Aber was haben sie getan?«

»Wir können den Kommunismus nicht aufbauen, ohne vorher den Individualismus erledigt zu haben. Man kann nicht ein großes Gebäude planen, wenn auf dem Grundstück irgendein Schwein seinen Stall errichtet.«

Liz sah sie erstaunt an.

»Wer hat Ihnen das alles gesagt?«

»Ich bin hier Kommissar«, sagte sie stolz. »Ich arbeite im Gefängnis.«

»Sie sind sehr klug«, bemerkte Liz und kam näher.

»Ich bin eine Arbeiterin«, erwiderte die Frau scharf. »Die Vorstellung, daß der Gehirnarbeiter einer höheren Klasse angehört, muß ausgerottet werden. Es gibt keine Klassen, alle sind Arbeiter. Zwischen physischer und geistiger Arbeit ist kein Unterschied. Haben Sie Lenin nicht gelesen?«

»Dann sind die Menschen in diesem Gefängnis Intellektuelle?«

Die Frau lächelte. »Ja«, sagte sie, »es sind Reaktionäre, die sich fortschrittlich nennen: Sie verteidigen das Individuum gegen den Staat. Wissen Sie, was Chruschtschow über die Gegenrevolution in Ungarn gesagt hat?«

Liz schüttelte den Kopf. Sie mußte Interesse zeigen, sie mußte die Frau zum Sprechen bringen.

»Er sagte, es wäre nie passiert, wenn man rechtzeitig ein paar Schriftsteller erschossen hätte.«

»Wen werden sie jetzt nach dem Prozeß erschießen?« fragte Liz schnell.

»Leamas«, erwiderte sie gleichgültig. »Und den Juden – Fiedler.« Einen Augenblick glaubte Liz, sie müsse fallen, aber ihre Hand fand die Lehne eines Stuhles, und es gelang ihr, sich niederzusetzen.

»Was hat Leamas getan?« flüsterte sie. Die Frau schaute sie mit ihren kleinen schlauen Augen an. Sie war eine massige Frau mit dünnem Haar, das über den Kopf zurückgekämmt und im speckigen Nacken zu einem Knoten geschlungen war. Ihr großes Gesicht war schlaff und blaß.

»Er hat einen Posten getötet«, sagte sie.

»Warum?«

Die Frau zuckte mit den Achseln. »Was den Juden betrifft«, fuhr sie fort, »er hat Anklagen gegen einen loyalen Genossen erhoben.«

»Und deshalb werden sie Fiedler erschießen?« fragte Liz ungläubig.

»Juden sind alle gleich«, kommentierte die Frau. »Genosse Mundt weiß mit Juden umzugehen. Wir können sie hier nicht brauchen. Falls sie der Partei beitreten, meinen sie, daß die Partei ihnen gehört. Bleiben sie aber draußen, dann glauben sie, die Partei mache eine Verschwörung gegen sie. Man sagt, daß Leamas und Fiedler zusammen ein Komplott gegen Mundt angezettelt hätten. – Essen Sie das hier?« erkundigte sie sich dann und wies auf die Mahlzeit auf dem Schreibtisch. Liz schüttelte den Kopf. »Dann muß ich es«, erklärte sie mit dem lächerlichen Versuch, Widerwillen zu zeigen.

»Man hat Ihnen Kartoffeln gegeben: Sie müssen einen Verehrer in der Küche haben!« Der in dieser Bemerkung liegende Humor amüsierte sie, bis sie den letzten Rest von Liz' Mahlzeit gegessen hatte.

Liz kehrte zum Fenster zurück.

Trotz der Verwirrung, zu der sich in der Seele von Liz Scham, Kummer und Angst mischten, wurden ihre Gedanken von der schrecklichen Erinnerung an Leamas beherrscht, so wie sie ihn zuletzt im Gerichtssaal gesehen hatte: steif auf seinem Stuhl sitzend und ihren Blick meidend. Sie hatte ihn im Stich gelassen, und er wagte nicht, sie noch einmal anzusehen, bevor er starb. Er wollte ihr die Verachtung und vielleicht die Furcht in seinem Gesicht nicht zeigen. Aber wie hätte sie sich anders verhalten können? Wenn er ihr doch nur von seinem Vorhaben erzählt hätte! Selbst jetzt war es ihr noch nicht klar. Sie hätte für ihn gelogen und betrogen und alles getan, wenn er ihr nur etwas gesagt hätte! Sicher verstand er das. Sicher kannte er sie gut genug, um zu wissen, daß sie schließlich immer tun würde, was er auch sagte, daß sie sich ganz seiner Art, seinem Leben, Willen, Vorbild und Leid anpassen würde, wenn es ihr möglich war, daß sie sich nichts sehnlicher wünschte, als diese Möglichkeit zu haben. Aber wenn man ihr nicht sagte, was sie auf die verhüllten, heimtückischen Fragen zu antworten hatte – woher hätte sie es wissen sollen? Die durch sie verursachte Zerstörung schien ohne Grenzen. In ihren fiebrigen Gedanken erinnerte sie sich daran, wie entsetzt sie als Kind gewesen war, als sie erfuhr, daß ihr Fuß bei jedem seiner Schritte Tausende winziger Kreaturen vernichtete. Und jetzt war sie gezwungen worden, ein menschliches Leben zu vernichten, gleichgültig, ob sie die Wahrheit gesagt, gelogen oder auch nur geschwiegen hätte. Vielleicht hatte sie sogar zwei Menschen vernichtet, denn war da nicht auch der Jude, Fiedler, der gütig zu ihr gewesen war, ihren Arm genommen und ihr gesagt hatte, sie solle nach England heimkehren? Man werde Fiedler erschießen, hatte die Frau gesagt. Warum mußte es Fiedler sein? Warum nicht der alte Mann, der die Fragen gestellt hatte, oder der blonde, der in der vorderen Reihe zwischen zwei Wächtern gesessen und fortwährend gelächelt hatte? Sie hatte jedesmal, wann immer sie sich auch umwandte, seinen glatten blonden Kopf gesehen und sein glattes, grausames Gesicht, dessen ständiges Lächeln sagen zu wollen schien, daß alles ein großer Spaß sei. Es beruhigte sie, daß Leamas und Fiedler auf derselben Seite standen. Sie wandte sich wieder zu der Frau und fragte: »Warum warten wir hier?«

Die Wärterin schob den Teller beiseite und stand auf. »Wir warten auf Anweisungen«, antwortete sie. »Man entscheidet noch, ob Sie bleiben müssen.«

»Bleiben?« wiederholte Liz mit leerem Ausdruck.

»Es ist eine Frage der Beweisaufnahme. Fiedler wird vielleicht verurteilt werden. Ich sagte Ihnen schon: Man vermutet eine Verschwörung zwischen Fiedler und Leamas.«

»Aber gegen wen? Wie konnte er sich in England verschwören? Wie konnte er hierherkommen? Er ist nicht in der Partei.«

Die Frau schüttelte den Kopf.

»Es ist geheim«, antwortete sie. »Es ist alleinige Sache des Präsidiums. Vielleicht hat ihn der Jude hergebracht.«

»Aber Sie wissen es doch«, beharrte Liz mit einem schmeichelnden Unterton. »Sie sind Kommissar hier im Gefängnis. Bestimmt hat man es Ihnen gesagt?«

»Vielleicht«, erwiderte die Frau sehr selbstgefällig. »Aber es ist streng geheim.«

Das Telefon läutete. Die Frau nahm den Hörer ab und lauschte dann. Kurz darauf schaute sie Liz an.

»Ja, Genosse, sofort«, sagte sie und legte den Hörer auf.

»Sie müssen bleiben«, sagte sie kurz. »Das Präsidium wird den Fall Fiedler behandeln. So lange müssen Sie bleiben. Genosse Mundt will es so.«

»Wer ist Mundt?«

Die Frau sah verschmitzt aus.

»Es ist der Wunsch des Präsidiums«, sagte sie.

»Ich will nicht bleiben«, schrie Liz. »Ich will . . .«

»Die Partei weiß mehr über uns als wir selbst«, erwiderte die Frau. »Sie müssen hierbleiben. Es ist der Wunsch der Partei.«

»Wer ist Mundt?« fragte Liz wieder, aber auch diesmal erhielt sie keine Antwort.

Langsam folgte Liz der Frau durch endlose Gänge, durch bewachte Gittertore, an eisernen Türen vorbei, durch die kein Laut drang, endlose Stufen hinunter, durch tief unter der Erde liegende Räume, bis sie dachte, sie sei ins Innere der Hölle selbst hinabgestiegen, wo ihr nicht einmal mehr der Tod von Leamas mitgeteilt wurde.

Sie hatte keine Vorstellung, wie spät es sein mochte, als sie draußen vor ihrer Zelle Schritte auf dem Gang hörte. Es konnte ebensogut fünf Uhr nachmittag wie Mitternacht sein. Sie war wach gewesen und hatte mit leerem Ausdruck in die Dunkelheit gestarrt, während sie sich nach irgendeinem Geräusch sehnte. Sie hätte nie gedacht, daß Stille so furchtbar sein konnte. Einmal hatte sie laut geschrien, aber es gab kein Echo, nichts, nur die Erinnerung an ihre eigene Stimme. Sie stellte sich vor, daß ihr Schrei gegen die Dunkelheit geschlagen habe wie eine Faust gegen einen Felsen. Während sie auf dem Bett saß, war sie mit den Händen um sich gefahren, und es war ihr dabei so vorgekommen, als lasse die Dunkelheit sie schwerer werden, so daß sie wie ein Taucher unter Wasser umhertappte. Sie wußte, daß die Zelle klein war und außer dem Bett ein Waschbecken ohne Hähne und einen groben Tisch enthielt: sie hatte das gesehen, als sie heruntergekommen war. Danach war das Licht plötzlich erloschen, und sie war schnell in der Richtung auf das Bett zugegangen, bis sie mit den Schienbeinen dagegenstieß. Dort war sie voll Angst geblieben, bis sie die Schritte hörte und plötzlich die Tür ihrer Zelle geöffnet wurde.

Sie erkannte ihn sofort, obwohl sie nur seine Silhouette gegen das fahle blaue Ganglicht wahrnehmen konnte: die gutgebaute, bewegliche Gestalt, die klare Linie der Backen und das kurze blonde Haar, das vom Schein des Lichtes dahinter nur leicht berührt wurde.

»Ich bin Mundt«, sagte er. »Kommen Sie mit mir, sofort.« Seine Stimme war voll von Verachtung, aber doch leise, als wolle er es vermeiden, von anderen gehört zu werden. Liz war plötzlich von Angst erfüllt. Sie dachte an die Wärterin: »Mundt weiß mit Juden umzugehen.« Sie stand neben dem Bett, starrte ihn an und wußte nicht, was sie tun sollte.

»Schnell, Sie Idiotin.« Mundt war vorgetreten und hatte sie am Handgelenk gepackt. »Schnell.« Sie ließ sich hinaus in den Gang ziehen. Verwirrt sah sie, wie Mundt die Tür ihrer Zelle wieder verschloß. Er faßte sie rauh am Arm und führte sie schnell, halb laufend, halb gehend, den Gang entlang. Sie hörte das ferne Surren von Ventilatoren und – dann und wann aus abzweigenden Gängen – den Laut anderer Schritte. Sie bemerkte, daß Mundt vor den Einmündungen anderer Gänge zögerte oder manchmal sogar zurückwich, um erst weiterzuwinken, nachdem er sich vergewissert hatte, daß auch niemand kam. Er schien anzunehmen, daß sie ihm freiwillig folgte und daß sie den Grund dafür wisse. Es war fast, als behandle er sie wie eine Komplizin.

Er war plötzlich stehengeblieben und öffnete nun mit einem Schlüssel eine schmutzige Metalltür. Liz wartete voll panischer Angst. Er stieß die Tür auf, und wohltuend streifte die kalte Luft eines Winterabends ihr Gesicht. Er winkte ihr wieder mit derselben dringenden Eile, und sie folgte ihm zwei Stufen hinab auf einen Kiesweg, der durch einen ungepflegten Küchengarten führte.

Sie gingen den Weg entlang bis zu einer kunstvollen gotischen Toreinfahrt, hinter der eine Straße vorbeiführte. An der Einfahrt parkte ein Wagen. Daneben stand Alec Leamas.

»Halten Sie Abstand«, warnte Mundt, als sie losrennen wollte. »Warten Sie hier.«

Mundt ging allein, und ihr schien es eine Ewigkeit, die die beiden Männer beisammen standen und ruhig miteinander sprachen. Ihr Herz schlug wie verrückt, und vor Angst und Kälte zitterte sie am ganzen Körper. Schließlich kam Mundt zurück.

»Kommen Sie mit«, sagte er und führte sie zu Leamas. Die zwei Männer sahen sich einen Augenblick lang an.

»Leben Sie wohl«, sagte Mundt gleichgültig. Dann fügte er hinzu: »Sie sind ein Esel, Leamas. Sie taugt genausowenig wie Fiedler.« Und ohne ein weiteres Wort wandte er sich ab und ging schnell davon, in die Dämmerung hinein.

Sie streckte ihre Hand nach ihm aus und berührte ihn, aber er wandte sich ab und schob ihre Hand beiseite, während er die Wagentür öffnete. Er bedeutete ihr mit einem Nicken, sie solle einsteigen, aber sie zögerte.

»Alec«, flüsterte sie, »Alec, was machst du? Wieso läßt er dich gehen?«

»Sei ruhig!« zischte Leamas. »Daran darfst du nicht einmal denken, hörst du? Steig ein!«

»Was sagte er von Fiedler? – Alec, warum läßt er uns gehen?«

»Er läßt uns gehen, weil wir unsere Arbeit getan haben. Steig ein, schnell!« Sein starker Wille zwang sie dazu, in den Wagen zu steigen. Sie schloß die Tür, während er sich hinter das Steuer setzte.

»Was hast du für einen Handel mit ihm gemacht?« beharrte sie. Argwohn und Furcht schwangen in ihrer Stimme mit. »Es hieß doch, du hättest gegen ihn konspiriert, du und Fiedler! Wieso läßt er dich jetzt gehen?«

Leamas fuhr schnell. Zu beiden Seiten der schmalen Straße waren kahle Felder. In der Ferne mischten sich eintönige Hügel mit der aufkommenden Dunkelheit. Leamas sah auf die Uhr.

»Wir haben fünf Stunden bis Berlin«, sagte er. »Wir müssen Köpenick bis Viertel vor eins erreichen. Wir sollten das leicht schaffen.«

Eine Weile schwieg Liz. Sie starrte durch die Windschutzscheibe auf die leere Straße. Sie war verwirrt und fand sich in dem Labyrinth ihrer halbgeformten Gedanken kaum noch zurecht. Es war Vollmond, und der Reif breitete sich in langen Schleiern über die Felder. Sie bogen auf eine Autobahn ein.

»Lag ich dir auf dem Gewissen, Alec?« fragte sie schließlich. »Hast du Mundt deshalb veranlaßt, mich gehen zu lassen?«

Leamas sagte nichts.

»Ihr seid Feinde, du und Mundt, nicht wahr?«

Er sagte immer noch nichts. Er fuhr jetzt schnell, die Tachometernadel stand auf hundertzwanzig. Die Autobahn war von Rissen durchzogen und holprig. Sie sah, daß er das Fernlicht eingeschaltet hatte und auch bei Gegenverkehr auf der anderen Fahrbahn nicht abblendete. Er fuhr wild, saß nach vorn gebeugt und lag mit seinen Ellbogen fast auf dem Steuer.

»Was wird aus Fiedler?« fragte Liz plötzlich.

Diesmal antwortete Leamas.

»Man wird ihn erschießen.«

»Warum haben sie dich dann nicht erschossen?« fragte Liz schnell weiter. »Sie sagten doch, du hättest mit Fiedler gegen Mundt konspiriert. Du hast einen Posten getötet. Wieso läßt Mundt dich laufen?«

»Nun gut!« schrie Leamas plötzlich. »Ich werde dir sagen, was weder du noch ich jemals hätten erfahren sollen. Hör zu: Mundt ist unser Mann, der Agent Londons. Man kaufte ihn, als er in England war. Wir erleben den lausigen Schluß einer dreckigen, lausigen Aktion zum Schutz von Mundts Haut. Mundt sollte vor einem schlauen kleinen Juden in seinem eigenen Amt geschützt werden, der die Wahrheit zu ahnen begann. Sie ließen ihn durch uns töten, verstehst du? Wir sollten den Juden ermorden. Jetzt weißt du es, und Gott sei uns gnädig.«

25

Die Mauer

»Wenn das so ist, Alec«, sagte sie schließlich, »was hatte dann ich dabei zu tun?« Ihre Stimme war ganz ruhig, fast sachlich.

»Das kann ich nur erraten, Liz, aus dem, was ich selbst weiß, und dem, was Mundt mir erzählt hat, bevor wir abfuhren: Fiedler hatte Mundt wohl schon gleich nach dessen Rückkehr aus England in Verdacht, doppeltes Spiel zu treiben. Er haßte ihn natürlich – warum sollte er nicht –, und überdies hatte er auch noch recht. Mundt hatte sich an London verkauft. Fiedler war zu mächtig, als daß Mundt ihn ohne Hilfe hätte beseitigen können, deshalb entschloß man sich in London, es für ihn zu tun. Ich kann sie mir gut bei der Ausarbeitung vorstellen. Sie sind so verdammt akademisch: ich sehe sie um ein Kaminfeuer herumsitzen, in einem ihrer eleganten, verfluchten Klubs. Sie wußten, daß Fiedlers Beseitigung allein nicht genug war. Er hatte seinen Verdacht vielleicht schon Freunden erzählt oder öffentlich irgendwelche Vorwürfe gegen Mundt erhoben. Deshalb mußte zusammen mit Fiedler auch jeder Verdacht gegen Mundt aus der Welt geschafft werden. Eine öffentliche Rehabilitierung, das war's, was sie für Mundt organisiert haben.«

Er zog in die Überholspur hinüber, um an einem

Laster mit Anhänger vorbeizufahren. Im gleichen Augenblick schwenkte auch der Lastwagen herüber, so daß Leamas auf der holprigen Straße heftig bremsen mußte, um nicht in das Schutzgitter auf der linken Seite gedrückt zu werden.

»Ich sollte Mundt verleumden«, sagte er. »Sie sagten mir, er müsse liquidiert werden, und ich war bereit. Es sollte mein letzter Auftrag sein. Zu diesem Zweck habe ich meine Arbeit immer mehr vernachlässigt und schließlich schlug ich den Kaufmann nieder. Du weißt das alles.«

»Und daß du mit mir ein Verhältnis hattest?« fragte sie ruhig. Leamas schüttelte den Kopf.

»Das ist ja gerade der springende Punkt, verstehst du?« fuhr er fort. »Mundt wußte von all dem, er kannte den Plan, er veranlaßte mit Fiedler zusammen, daß ich von Ashe aufgelesen werde. Von da an überließ er mich freilich Fiedler. Er wußte, daß sich Fiedler am Ende selbst hängen würde. Meine Aufgabe bestand nur darin, daß ich ihn auf die Wahrheit führte, nämlich zu der Überzeugung, daß Mundt ein britischer Spion sei.« Er zögerte. »Deine Aufgabe war es, meine Glaubwürdigkeit zu erschüttern. Fiedler ist erschossen worden, während Mundt vor einem faschistischen Komplott gnädig errettet werden konnte. Die alte Geschichte von den Schattenseiten der Liebe.«

»Aber wie konnten sie von mir wissen, wie konnten sie wissen, daß wir zusammenkommen würden?« rief Liz. »Mein Gott, Alec, können sie sogar schon voraussagen, ob sich Menschen verlieben werden?«

»Davon hing es nicht ab. Sie wählten dich, weil du jung warst, hübsch und in der Partei, und weil sie wußten, daß du mit einer richtig aufgetakelten Einladung leicht nach Deutschland zu holen warst. Daß ich in der Bibliothek arbeiten würde, das wußten sie, denn sie hatten auf dem Arbeitsamt diesen Pitt, und er schickte mich hin. Er war während des Krieges beim Geheimdienst, ich nehme an, daß sie ihm etwas zahlten. Es genügte für ihre Zwecke ja, daß sie uns irgendwie in Kontakt miteinander brachten, und wenn es nur für einen Tag war, das spielte keine Rolle. Hinterher konnten sie dich dann aufsuchen, dir Geld schicken, damit es wie eine Liebesaffäre aussah, selbst wenn es keine gewesen wäre, verstehst du? Es genügte schon, wenn sie es wie eine Verliebtheit aussehen ließen. Entscheidend war nur, daß es so wirkte, als schickten sie dir auf meinen Wunsch und meine Veranlassung hin das Geld – und so konnte man es auslegen, nachdem wir einmal in Kontakt gebracht worden waren. Wie es lief, haben wir es ihnen sehr leicht gemacht...«

»Ja, das haben wir.« Dann fügte sie hinzu: »Ich fühle mich schmutzig, Alec, als wäre ich als Zuchtstute benützt worden.«

Leamas sagte nichts.

»War es für das Gewissen deiner Dienststelle leichter, daß sie jemanden von der Partei mißbraucht haben und nicht nur irgendwen?« fuhr Liz fort.

Leamas sagte: »Vielleicht. Sie denken ja nicht wirklich in solchen Begriffen. Es war eben für die Unternehmung nützlich.«

»Ich hätte in diesem Gefängnis bleiben sollen, nicht wahr? Das wollte doch Mundt, oder nicht? Er hat keinen Grund gesehen, weshalb er das Risiko eingehen sollte – ich habe schon zuviel gehört und hätte noch mehr vermuten können. Schließlich war Fiedler unschuldig, nicht wahr? – Aber er ist ja nur ein Jude«, fügte sie erregt hinzu, »deshalb macht es nichts weiter, nicht wahr?«

»Aber so hör doch auf!« rief Leamas.

»Trotz allem ist es merkwürdig, daß Mundt mich gehen läßt – auch wenn es mit dir so abgemacht ist«, grübelte sie. »Ich stelle doch jetzt ein Risiko dar. Wenn wir nach England zurückkommen, meine ich. Ein Parteimitglied mit all dem Wissen . . . Es kommt mir unlogisch vor, daß er mich gehen ließ.«

»Ich nehme an«, erwiderte Leamas, »daß er durch unsere Flucht dem Präsidium demonstrieren möchte, daß noch mehr Fiedlers in seinem Amt sitzen und gestellt werden müssen.«

»Und noch mehr Juden?«

»Es gibt ihm die Chance, seine Stellung zu sichern«, antwortete Leamas kurz angebunden.

»Dadurch, daß er noch mehr Unschuldige umbringt? Es scheint dich nicht weiter zu berühren.«

»Freilich berührt es mich. Es macht mich krank vor Scham und Ärger und . . . Aber ich bin anders erzogen worden, Liz! Ich kann es nicht nur in Schwarz und Weiß sehen. Menschen, die in diesem Spiel mitmachen, nehmen Risiken auf sich. Fiedler verlor, und Mundt gewann. London gewann, das ist der springende Punkt! Es war ein sehr schmutziges Unternehmen. Aber es hat sich gelohnt. Und hier gilt nur das.« Als er sprach, hob sich seine Stimme, bis er schließlich fast schrie.

»Du versuchst ja, dich selbst zu überzeugen«, rief Liz. »Sie haben abscheulich gehandelt. Wie kannst du Fiedler umbringen – er war gut, Alec. Ich weiß, daß er gut war. Und Mundt . . .«

»Worüber, zum Teufel, beschwerst du dich?« wollte Leamas wissen. »Deine Partei ist immer im Kampf, nicht wahr? Und opfert das Individuum für die Masse. Das sagte deine Partei selbst. Sozialistische Wirklichkeit: Tag und Nacht kämpfen – den gnadenlosen Kampf –, so sagen sie doch, nicht wahr? Wenigstens hast du überlebt. Ich habe nie gehört, daß die Kommunisten die Unverletzlichkeit des menschlichen Lebens gepredigt hätten. Nun, vielleicht habe ich es falsch verstanden«, fügte er sarkastisch hinzu. »Ich gebe zu, ja, ich gebe zu, daß du vielleicht dabei hättest umkommen können. Die Möglichkeit bestand. Mundt ist ein gemeines Schwein. Er sah keinen Sinn darin, dich überleben zu lassen. Sein Versprechen – ich nehme an, er gab ein Versprechen, für dich sein Bestes zu tun – ist nicht viel wert. Deshalb wärst du in einem Gefängnis des Arbeiterparadieses gestorben – heute, nächstes Jahr, in zwanzig Jahren. Vielleicht auch ich. Aber ich erinnere mich, daß die Partei auf die Vernichtung einer ganzen Klasse abzielt. Oder habe ich das falsch verstanden?«

Er zog eine Packung Zigaretten aus seiner Jacke, und zusammen mit einer Schachtel Streichhölzer gab er ihr zwei. Ihre Finger zitterten beim Anzünden und als sie Leamas eine zurückgab.

»Du hast diese Probleme alle gelöst, nicht wahr?« fragte sie.

»Wir paßten zufällig gut in die Form«, beharrte Leamas, »und ich bedaure es. Ich bedaure auch die anderen, die in die Form passen. Aber beklage dich nicht über die Bedingungen, Liz! Es sind Parteibedingungen. Ein kleiner Preis für einen großen Gewinn. Einer geopfert für viele. Ich weiß, es ist nicht angenehm, darüber zu entscheiden, wer den Gedanken in der Praxis zu verwirklichen hat.«

Sie hörte ihm zu, und in der Dunkelheit war ihr für einen Augenblick nichts anderes bewußt als die vor ihnen zurückweichende Straße und das dumpfe Entsetzen in ihrem Inneren.

»Aber sie ließen mich dich lieben«, sagte sie schließlich. »Und du ließest mich an dich glauben und dich lieben.«

»Sie haben uns benützt«, antwortete Leamas erbarmungslos. »Sie betrogen uns beide, weil es nötig war. Es war der einzige Weg. Fiedler war schon verdammt nahe dem Ziel, begreifst du das nicht? Mundt war nahe daran, gefaßt zu werden, kannst du das nicht verstehen?«

»Wie kannst du die ganze Welt verdrehen?« schrie Liz plötzlich. »Fiedler war gütig und anständig. Er tat nur seine Pflicht. Und jetzt habt ihr ihn umgebracht. Mundt ist ein Spion und Verräter, und ihr beschützt ihn. Mundt ist ein Nazi, weißt du das? Er haßt die Juden... Auf welcher Seite stehst du? Wie kannst du...«

»In dem ganzen Spiel gibt es nur eine Regel«, antwortete Leamas. »Mundt ist ihr Mann, er gibt ihnen, was sie brauchen. Das ist leicht genug zu verstehen, oder nicht? Leninismus – die Zweckmäßigkeit zeitlich begrenzter Bündnisse. Was glaubst du, daß Spione seien: Priester, Heilige, Märtyrer? Sie sind eine schmutzige Prozession von hohlen Narren und Verrätern. Ja, auch von Schwulen, Sadisten und Trinkern. Von Leuten, die Räuber und Gendarm spielen, um ihrem erbärmlichen Leben etwas Reiz zu geben. Glaubst du, sie sitzen wie Mönche in London und wägen Recht gegen Unrecht ab? Ich würde Mundt getötet haben, wenn ich gekonnt hätte, ich hasse seinen Charakter. Aber nicht jetzt, da man ihn gerade braucht. Man braucht ihn, damit die große, dumme Masse, die du bewunderst, nachts ruhig in ihren Betten schlafen kann. Man braucht ihn für die Sicherheit gewöhnlicher, unscheinbarer Leute wie du und ich.«

»Aber was ist mit Fiedler – empfindest du gar nichts für ihn?«

»Dies ist ein Krieg«, antwortete Leamas. »Es wird besonders deutlich, wie unerfreulich er ist, weil er im kleinen Maßstab aus großer Nähe ausgetragen wird. Manchmal wird dabei unschuldiges Leben vergeudet, das gebe ich zu. Aber er ist nichts, überhaupt nichts, im Vergleich zu anderen Kriegen – dem letzten oder dem nächsten.«

»O Gott«, sagte Liz schwach. »Du verstehst nicht. Du willst nicht verstehen. Du versuchst, dich selbst zu überzeugen. Was sie tun, ist doch viel schlimmer: sie spüren die menschlichen Gefühle in den Leuten auf – in mir und allen anderen, die sie benützen wollen – und verwandeln sie in ihren Händen zu Waffen, um damit zu verletzen und zu töten . . .«

»Großer Gott«, rief Leamas. »Was sonst haben die Menschen getan, seit die Welt besteht? Ich glaube an nichts, verstehst du? Nicht einmal an Zerstörung oder Anarchie. Ich habe genug vom Töten, übergenug, aber ich sehe nicht, welche andere Möglichkeit sie hätten. Sie versuchen nicht, zu bekehren, sie stehen nicht auf Kanzeln oder Parteitribünen, um zum Kampf für Frieden oder für Gott oder für was auch immer aufzurufen. Sie sind die armen Hunde, die die Prediger daran zu hindern versuchen, einander in die Luft zu jagen.«

»Du hast nicht recht«, erklärte Liz hoffnungslos. »Sie sind schlechter als wir alle.«

»Weil ich mit dir ein Verhältnis hatte, als du glaubtest, ich sei ein Vagabund?« fragte Leamas wütend.

»Weil sie alles verachten«, antwortete Liz, »was wahr und gut ist: die Liebe, die ...«

»Ja«, stimmte Leamas plötzlich erschöpft zu. »Das ist der Preis, den sie zahlen: Gott und Karl Marx im selben Satz zu verachten. Wenn du das meinst.«

»Du bist nicht anders«, fuhr Liz fort, »nicht anders als Mundt und der ganze Rest. Ich muß es ja wissen, ich bin diejenige gewesen, die herumgestoßen wurde, oder nicht? Von den anderen und von dir, von dir, weil es dir egal ist. Nur von Fiedler nicht ... Aber ihr anderen alle habt mich behandelt, als ob ich nichts wäre ... nur Währung, mit der man bezahlen kann. Ihr seid alle gleich, Alec.«

»O Liz«, sagte er verzweifelt. »Glaube mir um Gottes willen. Ich hasse das alles, ich bin es leid. Aber es ist die Welt, es ist die Menschheit, die verrückt geworden ist. Wir wären doch nur ein kleiner Preis. Aber es ist überall das gleiche, Menschen, betrogen und irregeführt, ganze Leben weggeworfen, Menschen erschossen und im Gefängnis, ganze Gruppen und Klassen abgeschrieben – für nichts. Und deine Partei: Gott weiß, daß sie auf den Leibern gewöhnlicher Leute errichtet worden ist. Du hast nicht wie ich Menschen sterben gesehen, Liz ...«

Während er sprach, erinnerte sich Liz wieder des schäbigen Gefängnishofes und der Wärterin, die sagte: »Es ist ein Gefängnis für die, die den Aufbau verzögern ... Für die, die ein Recht auf Irrtum zu haben glauben.«

Leamas schaute plötzlich angespannt durch die Windschutzscheibe. Im Scheinwerferlicht des Wagens sah Liz einen Mann auf der Straße stehen. In der Hand hielt er eine kleine Lampe, die er an- und ausknipste, als sich der Wagen näherte. »Das ist er«, murmelte Leamas. Er schaltete die Scheinwerfer und den Motor ab und ließ den Wagen lautlos weiterrollen. Als sie den Mann erreicht hatten, lehnte sich Leamas zurück und öffnete die hintere Tür. Liz drehte sich nicht um und sah ihn nicht an, als er einstieg. Sie starrte bewegungslos geradeaus die Straße hinunter in den fallenden Regen.

»Fahren Sie mit dreißig Stundenkilometern«, sagte der Mann. Seine Stimme klang heiser und ängstlich. »Ich werde Ihnen den Weg zeigen. Wenn wir die Stelle erreichen, müssen Sie aussteigen und zur Mauer laufen. Der Scheinwerfer wird die Stelle anstrahlen, wo Sie hochklettern müssen. Stellen Sie sich in Richtung des Lichtstrahls. Beginnen Sie hochzuklettern, sobald der Strahl weiterschwenkt. Sie werden neunzig Sekunden haben, um hinüberzukommen. Sie gehen zuerst«, sagte er zu Leamas, »und das Mädchen folgt. Es sind Eisensprossen im unteren Teil – hernach müssen Sie sich hochziehen, so gut Sie können. Sie werden sich oben setzen und das Mädchen hochziehen müssen. Haben Sie verstanden?«

»Wir haben verstanden«, sagte Leamas. »Wie lange ist es noch?«

»Wenn Sie mit dreißig Stundenkilometern fahren, werden wir in ungefähr neun Minuten dort sein. Der Scheinwerfer wird genau fünf nach eins auf die

Mauer gerichtet. Man kann Ihnen neunzig Sekunden geben. Nicht mehr.«

»Was geschieht nach neunzig Sekunden?« fragte Leamas.

»Man kann Ihnen nur neunzig Sekunden geben«, wiederholte der Mann. »Sonst ist es zu gefährlich. Es ist nur eine Streife instruiert worden. Die Männer glauben, daß Sie nach West-Berlin eingeschleust werden. Sie haben den Befehl erhalten, es ist nicht zu leicht zu machen. Neunzig Sekunden genügen.«

»Das will ich sehr hoffen«, sagte Leamas trocken. »Wie spät haben Sie?«

»Ich habe meine Uhr mit der des Streifenführers verglichen«, antwortete der Mann. Auf dem Rücksitz des Wagens zuckte kurz ein Licht auf. »Es ist zwölf Uhr achtundvierzig. Fünf vor eins müssen wir weiter. Noch sieben Minuten zu warten.«

Sie saßen in völliger Stille, bis auf das Geräusch des Regens, der auf das Wagendach trommelte. Das Pflaster der vor ihnen liegenden Straße wurde alle hundert Meter von schwachen Straßenlaternen beleuchtet. Es war niemand zu sehen. Der Himmel über ihnen schimmerte düster im unnatürlichen Schein entfernter Bogenlampen. Gelegentlich strich der Strahl des Scheinwerfers über sie hinweg. Weit links erblickte Leamas dicht über dem Horizont ein Licht, das wie der Widerschein eines Feuers laufend seine Stärke wechselte.

»Was ist das?« fragte er, indem er darauf deutete.

»Der Informationsdienst«, antwortete der Mann. »Eine Tafel aus vielen Lampen, mit der in Leuchtschrift Nachrichtenschlagzeilen nach Ost-Berlin herübergestrahlt werden.«

»Natürlich«, murmelte Leamas. Sie waren dem Ende der Straße sehr nahe.

»Es gibt kein Umkehren«, fuhr der Mann fort. »Hat er Ihnen das gesagt? Es gibt keine zweite Chance.«

»Ich weiß«, erwiderte Leamas.

»Wenn irgend etwas schiefgeht – wenn Sie fallen oder sich verletzen, kehren Sie nicht um. Innerhalb des Streifens an der Mauer wird sofort geschossen. Sie müssen hinüberkommen.«

»Wir wissen Bescheid«, wiederholte Leamas. »Er hat es mir gesagt.«

»Sobald Sie aus dem Wagen gestiegen sind, befinden Sie sich im Grenzstreifen.«

»Wir wissen es. Nun seien Sie ruhig«, sagte Leamas.

Dann fügte er hinzu: »Bringen Sie den Wagen zurück?«

»Sobald Sie ausgestiegen sind, fahre ich weg. Auch für mich ist es gefährlich.«

»Was Sie nicht sagen.«

Wieder war Stille. Dann fragte Leamas: »Haben Sie einen Revolver?«

»Ja«, sagte der Mann. »Aber ich kann ihn nicht hergeben. Er sagte, ich dürfe ihn Ihnen nicht geben ... Sie würden sicher danach fragen.«

Leamas lachte spöttisch. »Das dachte ich mir«, sagte er.

Leamas startete den Motor. Mit einem Lärm, der die ganze Straße auszufüllen schien, fuhr der Wagen langsam vorwärts. Sie waren ungefähr hundert Meter gefahren, als der Mann aufgeregt flüsterte: »Hier rechts, dann links.« Sie bogen in eine enge Nebenstraße ein. Zu beiden Seiten waren leere Marktstände, so daß der Wagen kaum hindurchkam.

»Hier links, jetzt.«

Leamas zog den Wagen schnell herum, diesmal zwischen zwei hohe Gebäude in eine Straße hinein, die wie eine Sackgasse aussah. Es hing Wäsche über der Straße, und Liz war nicht sicher, ob sie darunter hindurchkommen würden.

Als sie sich dem Ende der Sackgasse näherten, sagte der Mann: »Links, fahren Sie auf den Fußweg.«

Leamas fuhr den Bordstein hinauf und über den Bürgersteig in einen breiten Fußweg, der links von einem verfallenen Geländer und rechts von einem hohen, fensterlosen Gebäude eingesäumt war. Irgendwo über ihnen hörten sie eine Frauenstimme rufen. »Halt den Mund«, murmelte Leamas, während er ungeschickt eine rechtwinklige Biegung des Weges nahm, der fast gleich darauf in eine breitere Straße mündete.

»Wohin?« fragte er.

»Geradeaus drüber – an der Apotheke vorbei – zwischen der Apotheke und dem Postamt – da!« Der Mann beugte sich so weit nach vorn, daß sein Gesicht fast zwischen ihren Köpfen war. Über die Schulter von Leamas hinweg zeigte er jetzt die Richtung an, wobei er seine Fingerspitze gegen die Windschutzscheibe preßte.

»Setzen Sie sich zurück«, zischte Leamas. »Nehmen Sie Ihre Hand weg. Wie, zum Teufel, soll ich etwas sehen, wenn Sie mit Ihrer Hand so herumfuchteln?« Er drückte den Schalthebel in den ersten Gang und überquerte schnell die breite Straße. Als er dabei nach links schaute, bemerkte er erstaunt nur hundert Meter entfernt die gedrungene Silhouette des Brandenburger Tores und an dessen Fuß die unheimlich wirkende Ansammlung von Militärfahrzeugen.

»Wohin fahren wir?« fragte Leamas plötzlich.

»Wir sind fast da. Fahren Sie langsam jetzt. Links, links, fahren Sie nach links!« schrie er, und Leamas riß das Steuer gerade noch rechtzeitig herum. Sie fuhren durch einen engen Torbogen in einen Hof. Die Fensterscheiben in dem Gebäude fehlten zur Hälfte, teils waren die Öffnungen mit Brettern verschlagen; die leeren Eingänge gähnten sie an. Am anderen Ende des Hofes war ein offenes Tor. »Da durch«, kam der geflüsterte Befehl, »dann scharf rechts. Sie werden rechts eine Straßenlaterne sehen, die nächste dahinter ist kaputt. Wenn Sie an die zweite Laterne kommen, stellen Sie den Motor ab und rollen Sie weiter, bis Sie einen Hydranten sehen. Das ist es.«

»Warum, zum Teufel, sind Sie nicht selbst gefahren?«

»Er sagte, Sie sollten fahren. Er meinte, es wäre sicherer.«

Sie passierten das Tor und bogen scharf nach rechts. Sie waren in einer engen Straße. Es war stockfinster.

»Licht aus.«

Leamas schaltete das Wagenlicht aus und fuhr langsam auf die erste Laterne zu. Weiter vorn war gerade noch die zweite zu sehen. Sie brannte nicht. Er stellte den Motor ab, und sie rollten lautlos weiter, bis sie acht Meter vor sich den schwachen Umriß des Hydranten wahrnahmen. Leamas bremste, der Wagen hielt.

»Wo sind wir?« flüsterte Leamas. »Haben wir nicht die Leninallee überquert?«

»Greifswalder Straße. Dann nordwärts. Wir sind nördlich der Bernauerstraße.«

»Pankow?«

»So ungefähr. Sehen Sie«, der Mann zeigte in eine Seitenstraße hinein. An ihrem Ende sahen sie ein kurzes Stück der Mauer. Es schimmerte graubraun im müden Licht der Bogenlampen. Oben waren drei Reihen Stacheldraht gespannt.

»Wie soll das Mädchen über den Draht kommen?«

»Er ist schon durchschnitten, wo Sie hinübersteigen. Es ist ein schmales Loch. Sie haben eine Minute, um die Mauer zu erreichen. Leben Sie wohl.«

Sie hatten den Wagen verlassen, alle drei. Leamas nahm Liz am Arm, und sie wich zurück, als hätte er sie verletzt.

»Leben Sie wohl«, sagte der Deutsche.

Leamas flüsterte nur: »Lassen Sie den Motor nicht an, bis wir hinüber sind.«

Liz blickte den Deutschen einen Moment an. In dem schwachen Licht hatte sie den flüchtigen Eindruck eines ängstlichen, jungen Gesichtes: das Gesicht eines Knaben, der tapfer zu sein versuchte.

»Leben Sie wohl«, sagte Liz.

Sie löste ihren Arm und folgte Leamas in die enge Straße, die zur Mauer führte.

Als sie die Straße betraten, hörten sie den Wagen hinter sich starten, wenden und schnell in der Richtung, aus der sie gekommen waren, davonfahren.

»Bring dich nur in Sicherheit, du Saukerl«, murmelte Leamas und blickte dem Wagen nach.

Liz hörte ihn kaum.

26

Aus der Kälte herein

Sie gingen schnell. Von Zeit zu Zeit blickte Leamas über die Schulter zurück, um sich zu vergewissern, daß sie folgte. Als er das Ende der Gasse erreichte, blieb er stehen und trat dann in den Schatten eines Einganges. Er sah auf die Uhr.

»Zwei Minuten«, flüsterte er.

Sie sagte nichts. Sie starrte geradeaus auf die Mauer und die schwarzen Ruinen dahinter.

»Zwei Minuten«, wiederholte Leamas.

Vor ihnen war ein Streifen von zehn Meter. Er lief in beiden Richtungen an der Mauer entlang. Vielleicht fünfundzwanzig Meter zu ihrer Rechten war ein Wachtturm. Der Strahl seines Scheinwerfers spielte über den Streifen hin. Der dünne Regen hing in der Luft, so daß das Licht der Bogenlampe fahl und blaß war und die Welt dahinter verbarg. Es war niemand zu sehen, kein Laut war zu hören. Eine leere Bühne.

Der Scheinwerfer des Wachtturmes begann zögernd, sich seinen Weg an der Mauer entlang abzutasten. Er kam langsam auf sie zu, und jedesmal, wenn er einhielt, konnten sie einzelne Steinblöcke und dazwischen die Streifen achtlos hingeworfenen Mörtels sehen. Der Lichtstrahl hielt unmittelbar vor ihnen an. Leamas sah auf die Uhr.

»Fertig?« fragte er.

Sie nickte.

Er ergriff ihren Arm und begann vorsichtig, den Streifen zu überqueren. Liz wollte laufen, aber er hielt sie so fest, daß sie nicht konnte. Sie waren jetzt auf halbem Wege zur Mauer; der helle Halbkreis des Lichtes zog sie vorwärts, der Strahl war direkt über ihnen.

Leamas war entschlossen, Liz sehr nahe bei sich zu halten, als fürchte er, daß Mundt sein Wort nicht halten und sie irgendwie im letzten Augenblick wegschnappen würde.

Sie waren schon fast an der Mauer, als der Lichtstrahl nach Norden schwenkte und sie in völliger Dunkelheit ließ.

Leamas führte Liz am Arm, während er mit seiner ausgestreckten linken Hand blind nach vorne tastete. Plötzlich stieß er gegen den rauhen, harten Beton. Jetzt konnte er die Mauer erkennen und darüber den dreifachen Draht und die groben Haken, die ihn hielten.

In die Steine waren Eisenklammern, ähnlich den Kletterhaken, geschlagen. Leamas ergriff den obersten und zog sich schnell hoch, bis er den Scheitel der Mauer erreicht hatte. Er riß scharf an dem unteren Draht, der ihm durchschnitten entgegenfiel. »Los«, flüsterte er drängend, »fang an zu klettern.«

Er legte sich flach auf die Mauer, faßte hinunter, ergriff ihre ausgestreckte Hand und begann sie langsam nach oben zu ziehen, als ihr Fuß die erste Metallsprosse gefunden hatte.

Plötzlich schien die ganze Welt in Flammen aufzugehen; von überallher, von oben und beiden Seiten vereinigten sich mächtige Lichtstrahlen und trafen sie mit unbarmherziger Genauigkeit.

Leamas war geblendet, er drehte seinen Kopf weg und riß wild an Liz' Arm. Sie schwang jetzt frei; er glaubte, sie sei abgerutscht.

Er rief wie wahnsinnig ihren Namen, wobei er sie weiter nach oben zu ziehen versuchte. Er konnte nichts sehen – nur einen wilden Farbentanz vor seinen Augen.

Dann kam das hysterische Geheul von Sirenen und das Gebrüll befehlender Stimmen. Halb auf der Mauer kniend, packte er sie an beiden Armen und zog sie ganz langsam Zentimeter um Zentimeter zu sich herauf, wobei er selbst zu fallen drohte.

Dann schossen sie. Es waren drei oder vier einzelne Schüsse, und Leamas fühlte das Zittern, das durch Liz' Körper fuhr. Ihre dünnen Arme lösten sich aus seinen Händen.

Er hörte eine Stimme von der Westseite der Mauer auf englisch rufen:

»Spring, Alec! Spring!«

Alles schrie jetzt auf englisch, französisch und deutsch durcheinander. Er hörte Smileys Stimme aus ziemlicher Nähe: »Das Mädchen, wo ist das Mädchen?«

Er hielt die Hand über seine Augen und sah an der Mauer hinunter. Schließlich entdeckte er sie. Sie lag reglos auf dem Pflaster.

Einen Augenblick zögerte er. Dann kletterte er langsam wieder an den Sprossen hinunter, bis er neben ihr stand. Sie war tot. Das schwarze Haar war über ihr abgewandtes Gesicht gefallen, als solle es sie gegen den Regen schützen.

Sie schienen zu zögern, bevor sie wieder schossen. Jemand brüllte einen Befehl, und noch immer feuerte niemand.

Schließlich gaben sie zwei oder drei Schüsse auf ihn ab. Er stand und starrte wie ein geblendeter Stier in der Arena um sich. Während er stürzte, sah Leamas zwischen großen Lastwagen ein kleines zerquetschtes Auto, aus dem ihm Kinder fröhlich durch die Scheibe zuwinkten.

JOHN LE CARRÉ

Perfekt konstruierte Thriller, spannend und mit äußerster Präzision erzählt.

01/6565

01/6619

01/6679

01/6785

01/7677

01/7762

01/7836

01/7921

Wilhelm Heyne Verlag München

DIE GROSSE HEYNE-JAHRESAKTION '90

»Ein himmlisches Buch«

Millionen Lesern ist Anna mit »Hallo, Mister Gott, hier spricht Anna« ans Herz gewachsen. Aus ihren Briefen, Geschichten und »Notizien« für Mister Gott spricht eine wunderbar unverbogene Lebensphilosophie.
Heyne-Taschenbuch 01/8120

»Le Carrés Meisterwerk«

Le Carrés Meisterwerk – ein überragender Spionageroman, der neue Maßstäbe in der Thrillerliteratur setzte und den Autor weltberühmt machte.
Heyne-Taschenbuch 01/8121

»Der ewig-junge Schulklassiker«

Einer der schönsten heiteren Romane der deutschen Literatur. Jeder findet in ihm ein Stück seiner eigenen Schul- und Jugenderinnerungen gespiegelt. »Ein heimliches Loblied auf die Schule.«
Heyne-Taschenbuch 01/8122

Wilhelm Heyne Verlag München

DIE GROSSE HEYNE-JAHRESAKTION '90

»Der beste Forsyth«

Ein atemberaubender Thriller, in dem ein hochdotierter Berufskiller auf den bestbewachten Staatsmann der westlichen Welt angesetzt wird – es beginnt eine tödliche Jagd.
Heyne-Taschenbuch 01/8123

»Ein Lesebuch der Sinnlichkeit«

Bedeutende Schriftsteller schreiben über ihre sexuellen Phantasien, über Liebe, Lust und Leidenschaft. Diese Sammlung vereint ausgewählte Höhepunkte der modernen erotischen Weltliteratur.
Heyne-Taschenbuch 01/8124

»Ein einfühlsames, brillantes Buch«

Jane Somers, einer erfolgreichen Frau mittleren Alters, passiert das, was man Liebe auf den ersten Blick nennt. Ein zeitgenössischer Roman voll Sentiment, aber ohne Sentimentalität – eines der besten Bücher.
Heyne-Taschenbuch 01/8125

Wilhelm Heyne Verlag München

Große Romane

01/7836

01/7876

01/7627

01/7910

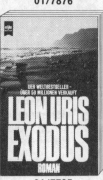

01/7735

01/7781

01/7908

01/7890

01/7851

große Erzähler

01/7835

01/7734

01/7754

01/7911

01/7917

01/7813

01/7723

01/7897

01/7864

Der neue Spionageroman des zweimal mit dem Deutschen Krimi-Preis ausgezeichneten Autors Peter Zeindler: Der Agent Konrad Sembritzki gerät mit seiner Geliebten in politische Unruhen des baltischen Estland. Gegen die undurchsichtigen antisowjetischen Pläne der eigenen Seite muß er nicht nur ums eigene Überleben kämpfen.

305 Seiten, gebunden
ISBN 3-552-04126-5

PAUL ZSOLNAY VERLAG